U1012029

云起书院
腾讯文学书系

少年失约西柏林墙

陆宝 / 著

海天出版社（中国·深圳）

图书在版编目（CIP）数据

少年失约西柏林墙 / 陆宝著. — 深圳 : 海天出版社, 2015.1
（腾讯文学书系）
ISBN 978-7-5507-1172-3

Ⅰ. ①少… Ⅱ. ①陆… Ⅲ. ①长篇小说–中国–当代 Ⅳ. ①I247.5

中国版本图书馆CIP数据核字（2014）第193411号

少年失约西柏林墙
SHAONIAN SHIYUE XIBOLINQIANG

出 品 人 陈新亮
责任编辑 谢 芳
蒋鸿雁
责任技编 梁立新
责任校对 刘发明
装帧设计 李松璋书籍设计工作室 Tel:86231958 Email:hkdadao@126.com 平面执行：李青华

出版发行 海天出版社
地　　址 深圳市彩田南路海天综合大厦(518033)
网　　址 www.htph.com.cn
订购电话 0755-83460293(批发) 83460397(邮购)
排版制作 深圳市龙瀚文化传播有限公司 0755-33133493
印　　刷 深圳市新联美术印刷有限公司
开　　本 787mm × 1092mm 1/16
印　　张 19.5
字　　数 240千
版　　次 2015年1月第1版
印　　次 2015年1月第1次
定　　价 29.80元

海天版图书版权所有，侵权必究。
海天版图书凡有印装质量问题，请随时向承印厂调换。

当所有的执念都成了梦魇放不下，午夜梦回时
触碰到冰冷的墙壁，我便知你再也不会来我梦里，
我更知你再也不会回来。

——题记

目录

第一章

海平面和地平线的交界点

一

天空的云层低低的，就快要垂到行人的肩上来。人群中，走出一个瘦而高的年轻男人，他的皮肤是不自然的苍白，脸颊瘦削，鸭舌帽压住他的碎发，大黑超几乎遮住了他二分之一的脸庞。就是这样一个低调的人，在他独自拉着行李箱走出机场大厅时，还是被热情的粉丝一眼认出并团团围住。

“清尧君，清尧君，签个名吧，就签在这儿。”热情的粉丝堆里挤出一个胖胖的女生，她手上拿着的是一件Bra，看那女生的身形，没有G罩，也有D罩了。

“真是不知羞耻。”身后有个女生原本在前面，可以离顾清尧近一些，却被这个胖女生硬生生地给挤到后面去了，再看到她拿出签名的东西居然是自己穿过的Bra，便忍不住骂了起来。

顾清尧拿着金色的签名笔，先是慢悠悠地在手上转了一个圈，随后潇洒地签下自己的名字，并没有觉得有什么不妥。

“啊！清尧君，我爱死你了！”胖女生激动得两颊通红，根本不敢相信眼前的事情是真实的，感觉就跟做梦一样。

“清尧君，我可以抱抱你吗？”胖女生口中说着请求的句式，行动却明显快语言一步，可是顾清尧身子轻轻一撇，胖女生便扑了个空，而且由于重心不稳，摔在了地上。

周围哪有人还顾得了她，都纷纷拥上前，要求顾清尧给她们签名。顾清尧一一满足了她们的愿望，脸上却始终没什么表情，一句话不说，甚至连一个笑容都懒得给予。可是那些粉丝不管，她们爱的就是这位偶像作家冷酷而有型的一面。

不远处，有两个女生正看着这一幕。

“沐尔，去啊，你再不去就没机会了！”夏熏把李沐尔往前推了一把。

“我——我不敢啦！”李沐尔结结巴巴，居然紧张得身体直打颤，双腿跟灌了铅一样，就是杵在原地不动。

“是谁要来的？你这叫临阵脱逃！你还我打车费一百五十块，还呐！”夏熏摊着手向沐尔要钱，一副包租婆来收房租的架势。

“我哪来钱？！”李沐尔眉毛一扬，瞪着眼睛不客气地回道。

“什么世道，没钱的还这么嚣张，我可是陪你来的，你不能让我这一百五十块打水漂了不是？”夏熏扯着李沐尔的胳膊向前，却发现李沐尔的定力远超出她的想象。

实在没办法了，眼看着顾清尧签完名就要离开，夏熏眼珠子滴溜一转，急中生智。

“顾清尧，顾清尧，看这里，你的救命恩人在这边！”夏熏踮着脚晃着手，朝着人群最密集的地方大声喊道。

她的声音很大，而且机场大厅很空旷，声音便很快传播开来。所有人都朝她们这边看过来，其中，包括顾清尧。

“效果不错嘛。”夏熏看着那一双双雷达一般扫过来的眼睛，洋洋得意道。

“你在胡说什么啊？！”李沐尔反应过来，试图捂住她的嘴的时候，发现已经晚了。

怎么办怎么办？夏熏你个损友，你这次是真的害惨我了！李沐尔心里直犯嘀咕，咚咚咚的，就像秋日的战鼓擂。

夏熏见李沐尔不知所措的样子，索性使出吃奶的劲将她拖到顾清尧那边，没错，关键字就是拖。然后来到顾清尧面前，大家居然都很自觉得给她们俩让了一个道。

“那个，顾清尧，我们家沐尔有两句话要对你说。”夏熏仰视着比自己高不止一个头的顾清尧嘿嘿笑着。这家伙皮肤真好，气质也好，随随便便往那里一站就是一道风景。

顾清尧停下签名的动作，他双手抱胸，饶有兴致地盯着李沐尔看。

李沐尔能够感觉到那大黑超底下的眼睛正在盯着她，完全可以使她浑身燃烧起来。她扭扭捏捏，口干舌燥，头便低下去。

夏熏捶了她一拳，一副恨铁不成钢的样子。她抬头给了顾清尧一个灿烂的笑容道：“我们家沐尔是看上了您最近刚出的小说，那个什么《世上无人是明灯》，写得特感人，想做成广播剧，所以来跟您打个招呼，讨个版权，您看怎么样？”

李沐尔见夏熏就这么赤裸裸地帮她表达出来意了，头低得更厉害了。

周边顿时炸开了锅，大家都议论纷纷。李沐尔什么都听不清，她觉得那些人的声音就像麻雀一样叽叽喳喳。

不知是过了多久，顾清尧浅浅一句：“你先抬起头来。”周遭又顿时安静下来。

李沐尔缓慢地抬起头，居然看到了顾清尧唇角一抹似有若无的微笑，她拼命眨了眨眼睛，怀疑是自己的错觉。

“你是网配圈的？”顾清尧问。

“嗯。”李沐尔回答的声音细如蚊呐。

夏熏在她旁边使劲翻了个白眼儿，平时可不见她这么端庄，对待夏熏野蛮着呢，果真是一个重色轻友的人。

“具体是做什么的？”他又问。

“CV。”李沐尔抿了抿下嘴唇，低低地答道。

“你敢自己跟我要求一遍吗？”顾清尧的声音听不出任何情绪，平淡得就像湖泊上激不起涟漪的水。

“不——不敢。”李沐尔拼命晃着脑袋回道。

“胆小鬼。”顾清尧吐出这三个字，然后便大步向外面走去。他的粉丝们依旧追着他不放，拼命要求这个要求那个，拿着手机“咔嚓咔嚓”拍照。

李沐尔这才敢昂着头看顾清尧的背影，一种巨大的失落笼罩了她。

“你呀，真是要气死我了！”眼前是夏熏张着血盆大口，一副恨不得要吃了她的样子。

二

顾清尧走到机场外，一辆保姆车早就停在那里多时了。车上下来一个助理帮他把行李放到后备厢，然后一面挡住粉丝一面让顾清尧上车。

粉丝们依旧恋恋不舍，拼命拍打着车窗户。顾清尧酷酷地朝她们挥了挥手，示意再见了。

车内，Kenda早就笑得直不起腰了，顾清尧摘下墨镜，揉了揉鼻梁两侧道："你笑什么笑得这么夸张？"

"我在笑，你对你的衣食父母们都这么酷，你就不怕她们移情别恋？话说偶像还是要亲民一些的好。"Kenda带着笑意，善意地提醒他道。

"我不是偶像，我是一个作家。"顾清尧冷冷地反驳道。

"好好好，作家，你要不是生着这副好皮囊，还有你爸爸暗地里帮你那么多，你以为你写的那些无病呻吟的东西会有多少人真心买账呢。"Kenda说道。

"我写东西只是写给自己看，我从来没想过去刻意迎合这个市场或者读者的胃口，以及，你少跟我提Caspar。"顾清尧不客气地应道。

"就算没血缘关系，你也用不着直呼你爸爸的名字吧？"Kenda半开玩笑半认真地说。

顾清尧眼睛看着窗外，没有再说话，气氛陡然尴尬起来。

Kenda哈哈干笑了几声，迅速换了一个轻松的话题。"哎哟，我们家清尧现在是越来越大牌了，你看，保姆车，明星待遇，不对，我们家清尧现在就是明星了。"

"我再说一遍，我不是偶像。"顾清尧猛然回过头，他眼底的森然冷意让Kenda不寒而栗。

顾清尧其实最反感的不是Kenda说他是一个偶像，也不是否定他的努力，而是她口中的"我们家"，每每说起，都让顾清尧浑身不自在。

Kenda终于闭紧嘴巴，不再说话，车内骤然安静下来了，只听得到沉闷的呼吸声。

而另一边。

李沐尔和夏熏两个穷学生因为都没钱了，只有坐机场大巴回到市里，再从市中心坐公交车到地铁站，接着坐地铁到末站，两个人又走了十多分钟，终于走到了学校。

一路上，李沐尔的耳朵要被夏熏训斥出老茧来了。快到学校的时候，夏熏又突然问："这么说来，你们是不是就可以着手开始制作了？"

"他还没同意呀。"李沐尔心神不宁。

"不同意还不是因为你！"眼看着夏熏又要对李沐尔进行一番批斗，李沐尔赶紧举起手，做了一个噤声的手势。

"干什么干什么，我说你能不能不要在我面前张牙舞爪，在顾清尧面前就装得跟三从四德的童养媳一样，你这是人格分裂，有病得治啊。"夏熏拍开她的手，不满地喊道。

"不过话说回来，他知道了就代表默认了吧。总归是有一面之缘的人，你就放心去做吧，那顾清尧一看就是一个面冷心热的人。"夏熏用笃定的语气给顾清尧下了定义。

"我看有人格分裂的是你吧！"李沐尔直接甩下她，一个人往宿舍楼走去。

"喂，你给我站住，沐尔，李沐尔！你快还我钱！"夏熏在她后面一边跟着一边喊。

三

李沐尔一回寝室，就迫不及待地抱着笔记本爬上了自己的床。她要做的第一件事便是登录INS。作为一名新新人类，不玩INS就不足以心怀天下。当然，对于李沐尔来说，顾清尧就是拥有锦绣江山的整个天下。

果然，顾清尧在20分钟以前用手机更新了一条INS，随手拍的一道饭后甜点，评论已经达到四百多条。李沐尔反而微微有些庆幸，因为如果运气够好，顾清尧在此时此刻打开评论列表，她的最新评论会出现在顶端，顾清尧一眼就能够看到的地方。

她的指尖在键盘上噼里啪啦地打道：清尧，今天第一次见你本人，很高很帅。

不行，太花痴了！她全部删掉，又重新打道：清尧君，山有木兮木有枝，心悦君兮君不知。

也不行，太矫情了！她继续删除，再打：顾清尧，今天第一次见到你本人，和杂志上一样好看。我会一直支持你的。——By胆小鬼

这样比较官方，但是算比较正常，不会显得太另类。亮点在留名，胆小鬼，不知道他想不想得起来他说过的这三个字。也许他只是随口一句点评，她却很深刻地记住了。

喜欢一个人的心情特别渺小，渺小到别人的一句话可以在心底激起惊涛骇浪，淹没自己。

“不想了不去想了。”李沐尔左右摇晃着脑袋，自言自语，然后一下子缩进被窝里，像一条滑不溜唧的泥鳅。

待她翻来翻去，最后贴着冰冷的墙壁降完自己的体温后，李沐尔才捂着自己已经红得跟桑葚似的脸颊起来继续看INS。页面上跳出一条互fo的消息。

她点开一看，脑子瞬间就被像雷电击中了一样，然后整个人直冲云霄。关注她的人居然——居然是顾清尧！

“他关注我了，他关注我了，怎么办怎么办！”李沐尔尖叫起来，恨

不能一下子从床上跳起来一飞冲天。

她们宿舍的床最可怜了，本来就因为年代久远动一下就“咯吱咯吱”作响，现在还要负荷承受狂喜中的李沐尔。

“你发什么神经，在宿舍外面都能听到你的鬼吼鬼叫！”夏熏一脚把宿舍的门踹开，端着洗衣盆的她将盆直接放在地上。

“顾清尧关注我了！”李沐尔的五官都因为兴奋而扭曲了。

“关注？你说的是INS吗？”夏熏愣了愣，随即在李沐尔的脸上读懂了她这并不是在开玩笑。于是夏熏也开始莫名其妙变得高兴起来，是为李沐尔高兴，还夹杂着一丝妒忌。就算自己对顾清尧一点兴趣都没有，但能被一个名人关注，无论怎么说，都是一种荣幸。

夏熏以前也注册过一个INS账号，可是她连续发了几条信息，既没有什么人回复也没有什么人转发，感觉跟自言自语没什么两样，顿觉无趣，便慢慢荒废了。倒是李沐尔守得云开见月明了，果然有信仰的人和没信仰的人就是不一样。

“在哪里在哪里，我要看我要看！”夏熏将手上的肥皂泡沫擦在了衣服上，随即以迅雷不及掩耳之势爬上了李沐尔的床铺。

床发出的声音更响了，好像在发表强烈的抗议。

两个人挤在狭小的单人床上死死盯着电脑屏幕，那个美好的互相关注的标记让李沐尔与夏熏都雀跃不已。

“我就说嘛，这一百五十块不可能白花。对了，他不会是关注错了人吧，你看，他这边显示的是手机客户端，手一抖，就会关注错人。”夏熏指着电脑说，顿了顿，她又扭过头突然问道：“不然他凭什么要关注你啊？”

“我怎么会知道呀。”李沐尔的语气温温柔柔，含着一丝娇羞的意味。

“我说你能正常点儿吗？你不是女汉子吗？”夏熏虎躯一震，斜睨着李沐尔。

“我现在这样，就很正常呀。”李沐尔两只手交错在一起，像扭麻花一样。

“你再这么作，信不信我把你从床上踹下去？”夏熏开始喧宾夺主，随即像想到什么了一样问：“明天他的签售会你去吗？”

“去呀，去吧。”李沐尔的脑海里立刻浮现出“毛邓三”老师那如同牛头马面一样的面孔。可是从自己这破学校转几次车到位于市中心的广场参加签售活动，两三个小时是绝对搞不定来回的，必须要把一天的时间赔进去。

“你还是去吧，你就算留在这里上课，也是身在曹营心在汉。我帮你喊‘到’，帮你作掩护，那老头子是看不出来少了你一个人的。”夏熏说着还从自己的口袋里掏出被揉得皱巴巴的两张毛爷爷，丢给李沐尔道：“我下星期的生活费借给你买书，多买几本给他签，就可以和他说说话什么的，待的时间长一些。”

“我好爱你，小熏，熏姐，我明晚回来给您侍寝报答您的大恩大德！”李沐尔欣喜若狂，一把抱住夏熏的脖子亲个不停。

“得了吧你，你知不知道我现在鸡皮疙瘩掉一地了。对了，你干吗不私信他，互fo之后不是可以发私信了吗？”夏熏一语惊醒梦中人。

“哎，对哎。”李沐尔又抱住夏熏的脸啃了一口，随即打开私信的窗口。

“你说我第一句话该说点什么好呢？”李沐尔的一双手悬在键盘上空，像多动症一样不安分地抖着。

“问他广播剧的事情啊，你不是说他没答应怕出事的吗？”当局者迷，旁观者清。夏熏此刻比李沐尔冷静多了。

“嗯，对！”李沐尔点头，然后在私信的窗口内打道：清尧，今天跟你说起的广播剧的事情可以让我们试试吗？我们社团在网络上小有名气，已经改编过很多小说了，都非常受欢迎，一定不会让你失望的。

“你说他会不会理我？我怎么觉得一切那么不可思议呢。”李沐尔将对话内容发送出去后，又开始紧张起来。

“他回了。”夏熏却是一直盯着李沐尔的电脑屏幕，然后指了指。

“啊？这么快？我不敢看，你帮我看行不行？”李沐尔摇着夏熏的手道。

夏熏眯着眼睛，一副很无奈的表情，好像在说：真拿你没办法，我是不是上辈子欠了你的？

“他只回了两个字，‘可以’。”夏熏念道。

“啊，可以？他真的说可以？我要立刻将这个好消息去告诉我们社团的成员们，他们一定很高兴，我是功臣，哈哈哈！”李沐尔瞬间又变得疯疯癫癫。

“哎。”夏熏摇摇头，叹了一口气，那表情像极了一个苦口婆心劝说自己孙女回头是岸无果的老人家。

“你洗澡去吧。”夏熏对李沐尔说道。

“不，等一会儿。”李沐尔摇头。

“你别每天都等到所有寝室熄灯了，你一个人摸黑洗澡啊。再说现在浴室里一个人都没有，都没回来呢。”夏熏再一次很无奈。

“真的都没回来？浴室里一个人都没有？”李沐尔反复问。

“真的，比珍珠还真呢。”夏熏不耐烦地强调。

夏熏一贯很尊重别人的隐私，不该说的就不说，不该问的也就不问是她一向的处事原则。可是这个李沐尔真的很奇怪，她每天洗澡都要等浴室里一个人都没有了再洗，常常是摸黑洗澡。一开始，夏熏只是以为她有精神上的强迫症或者洁癖，也就由她去了。可是李沐尔奇怪的行为还不止这一点。虽然现在是入秋了，可是刚开学的那阵儿还是秋老虎的天气，大家依旧穿得很清凉，她却裹着长袖。夏熏又以为她是怕被晒黑，可是李沐尔下半身却穿得跟她们一样清凉，热裤或者短裙。

总之，这个李沐尔就是这样一个怪人，让人摸不着头脑。

四

曲歌广场上早就是人山人海，除了顾清尧的铁杆粉丝们，还来了一大批围观凑热闹的观众，他们将这个广场围得水泄不通。

台前早就排起了巨长的队伍，比节假日去方特排飞越极限的队伍还要长得多。满广场的粉红色气球，时不时传出气球爆破与女生尖叫的声音。有些排队的女生甚至拎着一捆书来，排得累了，就干脆坐在书上。明明是寒秋的天气，却拼出热火朝天的气势。

李沐尔也不甘示弱，她拉着一捆书艰难地排在长龙后面。空气中弥漫着方便面和油腻面包混合在一起的味道，李沐尔有些反胃，可是她的胃中空空如也，估计就算吐，也是什么都吐不出来的。她不想将钱花在不是刀刃的地方，对此时此刻的她来说，买书，就是将钱花在刀刃上。买吃的，就是浪费钱。

下午两点的时候，顾清尧在保镖的护送下出现了。李沐尔的耳边立刻响起尖叫声，那种尖叫声，毫不夸张地说，可以立刻刺穿她的耳膜。

她拿出手机给夏熏发短信，一条接一条，像新闻联播中的现场记者一样，及时报道现场的情况。

“顾清尧出现了！

“他今天穿的休闲西装好帅，里面是白色的T-shirt，印的好像是一个骷髅，哎呀，我看不清。

“排队的乐趣就是眼睁睁地看着前面的人越来越少，而后面的人越来越多呀。

“快到我了，快到我了！”

而正在教室中上课的夏熏一条短信也没回她，不知道是因为忙还是压根不想搭理李沐尔，李沐尔非常有自知之明地觉得应该是后者。

李沐尔看着排在自己前面的人只剩下四五个时，她的胸腔内就像揣了一个活蹦乱跳的小兔子，一不注意，随时随地都会从她的口中蹦出来一样。

排在李沐尔后面的女生特别疯狂，因为她们已经能从近处看到顾清尧了。正在埋头签名的顾清尧依旧一副酷劲十足的样子，但是他很有礼貌，每签一本就会抬起头对面前的女生说谢谢，并且尽量满足女生对签名上的要求。

“清尧君，我今天生日，可以在这上面给我签一句‘生日快乐’吗？”面前的女生强压着兴奋，甜甜地问道。

“好，你叫什么？”顾清尧居然露出了难得的笑容。

“啊啊啊啊啊，清尧君笑了，他笑了，清尧君，今天我也过生日啊！”排在李沐尔身后的女生疯狂喊道。

“还有我，还有我。清尧君，你若安好，便是晴天啊！”

李沐尔立刻石化了，她特别想回头捂住那些聒噪女生的嘴巴，并且送她们一句：“明明是你若安好，便是晴天霹雳！”

终于到了李沐尔，她将书全部摆上去，然后将心中那句重复了千百遍的话说出口：“我是——我是来帮朋友代签的。”

顾清尧没有抬头，而是依照惯例，在书的扉页上龙飞凤舞地签下自己的名字。

此刻的时间都是掐秒计算，李沐尔心跳的频率比他签名的速度还要快。

“嗯，那个，清尧，可以在这本上签下‘胆小鬼’三个字吗？”李沐尔憋了几秒钟，终于还是说了出来。没有夏熏在她旁边帮她壮胆，她自己原来也可以。

顾清尧突然抬起头，李沐尔离他很近，不过一米不到的距离，可以清晰地看到他瘦削的脸庞，深邃的双眸，以及眼眸里静止的一汪潭水，倒映着她的影子。

李沐尔觉得顾清尧与她四目相对的那一刻，全世界都失去了声音。

“广播剧好好做，我会听的。”顾清尧唇角牵动的那根线条是一个完美的弧度，李沐尔艰难地咽下了口水，顾清尧是对她笑了吗？

身后的几个女生再也忍不住了，她们蜂拥而上，将自己的书摆在台子上，然后整个人几乎要趴上去。她们几个疯狂的举动也带动了后面几个粉丝的热情，于是，不远处的保安过来都维持不了秩序了。

李沐尔死死盯着顾清尧眼底的那一汪清水，她已经顾不及身后疯狂的女生将她推推搡搡。

现场陷入一片混乱，李沐尔只觉得臂膀上突然一片清凉，她低头一看，那些疯狂的女生因为要拼命向前，居然跟保安扭打成一片，同时也连累了她，扯坏了她的衣服。而顾清尧在台上用话筒劝架好像都起不了什么作用了。

眼前好似燃起了熊熊烈火，火光熏得李沐尔根本睁不开眼睛。她倒向那片人海，意识清醒着的最后一秒，她看到顾清尧直勾勾地盯着自己的臂膀，眼神里满是惊讶。

很丑陋吧，不该让你看到这么丑陋的我的。就这么睡去吧，不要醒来最好。

五

后台的休息室，门外有保安重重把关。

顾清尧坐在布艺沙发上，工作人员递给他一个纸杯，里面是大半杯的开水。

“谢谢。”他抬起头说了一句。工作人员也是个年轻的女孩子，见顾清尧对自己说话了，便羞涩不已，她扭捏了半天才吐出一句：“没事的，还有什么要帮忙的吗？”

“不需要了，我想一个人静一静。”顾清尧低低地说着。

“哦哦。”工作人员应道，随后退到了外面。

他永远都是这样，好像对所有人的态度都是客气而疏离的，挑不出什么错误，但就是一副任谁都走不进他心里的模样。

顾清尧闭上眼睛，脑海里就会浮现出李沐尔的身影。

那个女孩——她站在自己面前会紧张得不知所措，她给自己留言，然后是她倒向人海的景象。

她手臂上是让人触目惊心的烧伤的疤痕，好像已经很久远的样子，一块块肌肤组织都像是盘龙交错的树根，时时刻刻提醒着看到的人，这身体的主人当日是经历过怎样千锤百炼的痛楚，才一步一步熬到了今日。

是自己看错了吗？

“顾先生，外面实在太闹了，今天的签售会恐怕要提前结束了。”

工作人员的声音再次响起。

顾清尧猛地睁开眼睛，思绪被拉扯回现实。眼前的这个工作人员不是刚刚进来给自己送茶水的那位，这位看起来明显比较老练一些。

“好。”顾清尧简单一字应道。

“那请您跟我来，从后门走，Kenda姐已经在车上等您了。”工作人员又道。

“嗯。”顾清尧起身，随后又像突然想起了什么似的，拉住工作人员问：“那个女孩现在怎么样了？”

“嗯，已经送到医院急救了，据说只是因为血糖低，再加上情绪过分激动导致的晕厥。您不用太担心。”工作人员回道。

顾清尧点点头，懒得再说一句话，他将帽子与眼镜戴好，便跟着工作人员出了后门。

车上已经开了暖气，顾清尧摘掉帽子，便听到Kenda翻着一叠文件跟他说：“伊索文化已经出面帮你把刊号拿到了，我们接下来有得忙咯。”

“我们有什么可忙的？从一开始，杂志的风格走向，栏目策划我都没有参与不是吗？我只不过就是挂个执行主编的牌子替他们赚钱罢了。”顾清尧扯了扯嘴角，讽刺意味很浓。

“话也不能这么说，在做杂志这块，你还是个新人。现在青春杂志这块竞争压力这么大，我们——”Kenda想要跟他细说，却被顾清尧不耐烦地打断。

“好了好了。”他抬起手，然后蹙着眉头说道：“我需要一个助理。”

“我早就帮你找好人了，你看看她的资料。”Kenda将手中资料的其中一张翻给顾清尧看。

顾清尧有些哑然，他没料到Kenda的速度会那么快。

季清幽，女，德国波恩大学公共关系学硕士。还附了一张照片，照片上的女孩很清秀，戴着一副眼镜，黑色的长发披散在肩上，周身散发出知性的女性魅力，倒是与她的学历很匹配。资料上的她无可挑剔，条件非常优异，做主编助理绰绰有余。

“这是你给我找的助理还是你安插在我身边的眼线？”顾清尧将季清幽的资料随手一扔，轻飘飘的一页纸就这么落在车内的地毯上。

“清尧，你怎么说话呢？”Kenda有些生气。

“难道不是吗？”清尧冷哼一声，随后又道：“我要自己挑助理。”他的语气毋庸置疑。

“新闻的通稿已经发出去了。”Kenda没听到一样，嘴上像在说另一件事似的。

“什么新闻通稿？”顾清尧微微挺直了身子。

“就是今天签售会上的意外，如果我不先打好招呼，难免有记者到时候颠倒黑白说是你要大牌之类。”Kenda回答道，见顾清尧没有反应，又顿了顿道：“以及季清幽将成为你的助理这件事，明天就能家喻户晓。”

顾清尧后脊僵了僵，他不再说话，而是扭头看窗外。他的手握成一个拳头状，关节被捏得“咯咯”作响。

Kenda知道，他是真的生气了。

他每次一生气就会陷入巨大的沉默中，让周围的人不知所措。他不会和你吵也不会和你闹，最擅长的就是冷暴力，让你不自觉地认输。

“好了，清尧，不许再生气了。”Kenda语气软下来，安抚道。

她的手环上顾清尧的胳膊，顾清尧却一把甩开，动作嫌恶得就像在甩开什么脏东西一样。Kenda愣了愣，也不再说什么了。

车窗上居然浮起一层薄薄的雾气，如果用手去擦玻璃，会看到车窗外萧瑟的风景。路边失去了叶子掩饰的梧桐，依旧像坚守岗位的禁卫军一样，一动不动地望着来往的车水马龙。

六

李沐尔的眼皮微微翻了翻，刺鼻的福尔马林的味道就这么灌入她的鼻腔，她就像一个僵尸一样一下子从床上坐起来。

“你吓死我了！玩诈尸吗？”正走过来想要帮李沐尔盖被子的夏熏拼命拍打自己的胸脯。

“味道好难闻。”李沐尔皱着眉头，用手去捏住鼻子，因为动作过猛，没注意手上还插着针。

“你小心一点，你现在是病人，正在输液呢。医院的味道能好闻到哪里去啊？”夏熏跨了一大步，扶住吊水的架子。

见李沐尔不说话，夏熏又调侃道：“你下次能不能不这么一惊一乍的，我要是有心脏病被吓死了怎么办？谁来照顾你？你下次昏倒再醒来时，应该先睁眼，再虚弱地问一句‘我这是在哪儿呀’，别跟个僵尸一样。”

“那从来就不是她的风格，哈哈哈。”没等李沐尔回话，病房外便响起一阵笑声，那笑声就如同冬日的暖阳一般，不但可以温暖人的身体，还可以安抚人的心灵。

李沐尔和夏熏都猜到是谁了，也只有他才会拥有这么干净的笑声。

门被推开，一个戴着黑框眼镜的男孩儿走进来，他一只手里握着一束康乃馨，另一只手里拎着一袋子时令水果。

他永远都那么恰到好处地修饰着这个不完美的世界。

“韩轩扬，你怎么来了？”李沐尔很惊喜。

“你这不问的废话吗，人家当然是专程来看你的啊。”夏熏白了李沐尔一眼，又将“专程”这两个字咬得很重，并且语气暧昧。

韩轩扬将康乃馨小心翼翼地插进花瓶内，然后又从水果袋里拿出一个苹果，用水洗干净后从桌子上拿着刀子开始削起来，他的动作自然又连贯。夏熏朝李沐尔挤眉弄眼道：“我突然想起来学校还有些事，我先走了。”

“你滚吧。”李沐尔作势要拿枕头丢她。

韩轩扬头也不抬地问李沐尔：“学姐，身体好些了吗？”

认识这么久了，他还是叫她学姐，不敢逾越分毫。

“嗯，本来就不是什么大病。看把你们一个个都紧张的。”李沐尔笑得花枝乱颤。

“听说你是在那个顾清尧的签售会上昏倒的？早知道你要他的签名我帮你去排队好了，你身体不好就应该留在寝室多休息的。”韩轩扬一脸关切。

“哈哈哈哈，是啊。”李沐尔皮笑肉不笑，心里想着：你知道什么？签名事小，见面才事大。比起签名，自然是本人比较有吸引力嘛。

“哈哈哈。”韩轩扬也回应了一个笑声。

李沐尔瞬间觉得自己和他两个人都好傻，气氛陡然尴尬起来。

“对了，你是为什么昏倒的？记得以前就听说过你有低血糖，但是也没见你一激动就昏倒啊。”韩轩扬大概也是意识到气氛尴尬，于是没话找话说，还一脸认真。

李沐尔脸上的笑容顿时消失殆尽了，不留一点欢笑过的痕迹。

她想起当时，那些女生拼命拥向前，她们撕破她的衣服，她的半个臂膀就这么露在寒风中。那些她自己至今都不愿意去面对的伤疤，居然展露在自己最喜欢的人面前了。

那些过去，她想抛却怎么也抛不开，多么难过。

李沐尔的手紧抓着被子，尖锐而苍白的指甲已经要把被子抠出一个洞来，她懊恼事情怎么会演变成这样。韩轩扬将苹果切成块放进碗内，一抬头就发现了李沐尔的闷闷不乐。

“你怎么了，学姐，是不是哪里不舒服？”韩轩扬紧张兮兮地问。

李沐尔摇了摇头。

“那——是不是水滴得太快了？要不要我去找护士来看看？”说着，韩轩扬站起身就要出去。

“你不要去喊护士，我没事，真的没事。”李沐尔伸出手扯着韩轩扬的胳膊，阻止他，却发现自己的声音是嘶哑无力的。

清了清嗓子，李沐尔勉强扯出一个笑道：“可能是有些累了。”

“累了？”韩轩扬重复着她的话，明显意识到这是一个漏洞百出的借口。她在病床上休息了这么久怎么会感觉累呢？

“那你休息吧，我不打扰你了。”韩轩扬顺着她的话往下说，面上风平浪静，语气温柔得似二月的春风。

他帮她调整床的高度，然后将枕头摆好，再扶着她躺下来，最后还细致地将她未挂水的那只手放进被子里，怕她着凉，一举一动，都那么周到。

李沐尔有些不知道该怎么面对他，只能转过身，闭上眼睛开始装睡，好像真的累了困了一样。

从医院内的超市踱了一圈归来的夏熏看到病房内这一幕，立刻把病房的门敲得“啪啪”响。身后有护士走过，不耐烦地提醒她道：“这是医院，不知道安静一些吗？这点素质都没有！”

韩轩扬立刻做贼心虚地离开李沐尔的床沿，速度跟弹簧一样。

他有些不知所措地望着夏熏笑得贼兮兮地走进来，她对待李沐尔就没那么温柔了，直接走过来拍她的床铺。

“她累了，在睡觉呢。”韩轩扬小声提醒夏熏。

夏熏却张牙舞爪地回道：“她说什么你就信什么呀，真傻！”

李沐尔回身，看到夏熏正眉飞色舞地指指韩轩扬，又指指自己，八卦全部写在脸上了。

李沐尔在夏熏面前永远都是被孙悟空打回原样的小妖精，一分淑女样也装不出了。她故意语气轻佻：“既然看见了我和我学弟亲密无间的样子，你也不知道回避回避，果真厚脸皮吗？”

“得得得，我不当电灯泡了，我现在就走，你们继续，继续。”夏熏假装识相地正要走人，一转身看到韩轩扬闹了个大红脸，他清咳了两声，想要装作镇定。夏熏立刻感觉很有趣。

“还是你在这儿吧，我走。”韩轩扬有种想立刻逃开的感觉。

“可是怎么办，我看你比看她舒服哎。”李沐尔故意气夏熏。

夏熏“啧啧”了两声，然后用一种鄙夷的眼神盯着李沐尔道：“之前就看出你这家伙重色轻友了，忘记是谁贴钱让你住这么好的病房，忘记是谁日夜照顾你啦？”

李沐尔嘿嘿笑了。她觉得很幸福。有暗恋她的小学弟，还有那个一直说自己很穷，装得很抠门其实身上随后从哪里搜刮，都能搜到钱的夏熏一直陪在她身边。她感觉自己也是个有人疼有人爱的孩子。

那首歌《天后》，歌词怎么唱来着，“有人疼才显得多么出众”。

离开那个充满灰色记忆的家庭上了大学，因为有人真心疼她了，李沐尔才觉得自己是出众的。

第二章

地球那边多出一个你

一

顾清尧坐在办公室内忙得焦头烂额的时候，一阵咖啡的香味飘入他的鼻腔。他从一堆文案中猛然抬头，看见一个穿着很OL范儿的端庄淑女正巧笑倩兮地望着他，手上捧着大杯的咖啡。

这张脸看过，顾清尧想起来，她就是季清幽，传说中他的助理，今天才来报到。消息早已满天飞，可是今天却是他第一次见到她本人。

“我问过Kenda姐，您喜欢大杯的摩卡却厌恶奶泡，所以我已经要求楼下咖啡店的店员去掉了。”

“我是季清幽，从今天起担任您的助理，有事请随时吩咐，我会为您办妥。”

恰到好处的仪容，让人挑不出错的对话。顾清尧无法讨厌她，可是只要一想到她是Kenda派来的“奸细”，他就特别排斥她。

“那我现在吩咐你一件事，你过来。”顾清尧不动声色地勾了勾手指。

季清幽走了过去，顾清尧只低低一句：“我要吩咐你做的事就是远离我的视线范围。”

季清幽听完，直起了身子，微微笑了笑，然后应道："好的，我就在门外，您有事随时叫我，这是我的名片，上面有我的私人电话。"

她离开的动作一气呵成，脸上的表情也看不出一丝不愉悦的成分。她就像一个演技精湛的演员，或者说，一个完美的傀儡。

顾清尧捏起季清幽离开办公室前轻轻放在桌子上的名片，仔细看了看，然后便随意丢在了笔筒内。

就在这个时候，顾清尧的电话响了，是那个男人。

"有事吗？"这是顾清尧接起电话后脱口而出的第一句话。

"见到你的助理了吗？怎么样？"电话那头的男人声音平稳，不带一丝情绪，好像对顾清尧这样的态度已经习以为常。

"如你所知，就这样。"顾清尧回道。

"那好，我祝你们相处愉快。"男人好像是轻轻笑了笑，然后便挂了电话。

顾清尧听到电话那头"嘟嘟"的挂断声，又回忆起男人轻轻的笑声，好似嘲讽。顾清尧突然恼羞成怒，将手机狠狠摔在桌子上。

心烦意乱之际，他随意浏览着各个网页。接着，他在百度搜索栏中输入"顾清尧"这三个字，然后慢慢翻看着关于自己的新闻。

某个论坛上被转载得特别火的一篇帖子引起了顾清尧的兴趣。

那个丫头，她做出来了？顾清尧眯起了眼睛，然后点击页面上的链接，打开了那个网页，他用食指不断翻着鼠标的滚轮，一直往下，这个用他的小说改编成的广播剧深受网友的好评。

广播剧《世上无人是明灯》后面还有个括号，括号后面是顾清尧授权作品。

顾清尧唇角微微上扬，心情忽然愉悦了许多。李沐尔的声音很甜美，将《世上无人是明灯》中女主角的特点诠释得很完美。

顾清尧倚在宽大的办公椅内，闭着眼睛，细细聆听。脑海里，那个奋不顾身的小女孩，低下头羞涩得说不出话的李沐尔，慢慢交织成同一幅画面。

“啪”，画面定格在那里。顾清尧猛然睁开眼睛，这种说不出来的奇怪感觉让他浑身不自在。

他现在迫不及待想证实一件事。

二

“啊啊啊啊啊！啊——”

整个女生宿舍楼都听得到这一声嚎叫，而这声嚎叫来自213宿舍。

“你被针戳到屁股了？”

“你踩到狗屎了？”

“你羊水破了？”

宿舍内的三个女生说话一个比一个狠，而最狠毒的莫过于说李沐尔羊水破了的那位夏熏小姐。

“不是啊不是啊，是顾清尧主动给我发私信了！OK，这不是重点，重点是他听了我们社团的广播剧，觉得我的声音很好听，还要我去他们公司面试呢。”李沐尔此刻被兴奋冲昏了大脑，也顾不得低调，干脆一股脑儿全说出来了。

“哇，真的啊？”

“李沐尔，你赶紧去买彩票吧，中了五百万，我们宿舍人不上学了，一起跟着你私奔！”

三人中，只有夏熏保持着冷静。她说：“去面试什么？声优？”

“嗯？怎么可能？你过来看，是说我声音好听，让我应聘公关呢，说是没课的时候去上上班就好。”李沐尔指着电脑屏幕解释道。

“兼职？”夏熏狐疑地看了看李沐尔，又看了看电脑屏幕。宿舍其他两个姑娘也迅速围了过来。

“你确定顾清尧的微博账号没被盗吗？我总觉得这事儿不大靠谱啊，哎哟，还昨儿半夜发的，黑客猖狂的时间段呀。”夏熏顿了顿，说道。

“有什么不靠谱的呀，你说我穿什么去面试好呢？扮清纯萝莉还是风韵轻熟女？我觉得我是百搭女王，要什么风格有什么风格呀。”李沐尔已经非常速度地把衣服全部翻出来，丢在床上，一件一件往自己身上比画着。

“百搭是因为你长相和身材都没特点，也没见你在别的事情上这么雷厉风行。”夏熏打击她。

可是李沐尔置若罔闻，直接过滤掉了她的讽刺，转而继续问其他人：“我穿什么好看呐？”

夏熏实在看不下去了，她将李沐尔手上的一件娃娃衫夺过丢到床上。

“我陪你去逛街，重新买两件衣服吧。”夏熏道。

“干吗，我衣服不挺好的吗？”李沐尔反驳。

“好什么好啊。”夏熏特瞧不上李沐尔的品位。

学生时代的女生总是流连街道巷子里的小店，热衷于跟服装小贩讨价还价，每次逛街都会买回来一堆新潮又廉价的衣服，虽然质量不怎么样，但是她们乐在其中，这是青春独有的模样。可是夏熏似乎跟她们不是一类人。

“那你陪我买了衣服，也顺便陪我去他们公司吧。”李沐尔拖着夏熏，开始得寸进尺。

“行，下午没课，我陪你去他们公司。”夏熏满口答应，“不过他们公司所在的大厦据说管理挺严格的，没证件进不去的吧，难道你准备捧着电脑证明是顾清尧让你来的吗？”夏熏又调侃道。

“他既然让我去，就说明已经安排好了嘛。清尧君那么稳重冷静的一个人。”李沐尔瞟了夏熏一眼。

“好吧，我不跟你争。”夏熏摊了摊手。

下午，两个人便风风火火赶去了传说中的“伊索文化”的办公楼前。这是这座城市中论装潢设计来说数一数二的写字楼，出入的都是社会精英。

两个人虽然在这座写字楼前感觉到自己的渺小，但是还没有被自卑瞬间淹没得理智都没了。

李沐尔与夏熏很幸运地躲开了门口的保安人员。

“淡定淡定一定要淡定，我们只要足够淡定，前台就以为我们是上面哪家公司的新职员。不要东张西望，不要东张西望。”夏熏目视前方，嘴里含糊不清，就跟念经一样。

“你是从哪个尼姑庵里出来的小尼姑？”李沐尔转过头对夏熏来了这么一句。

她这要是不说还好，说了反而引起了前台小姐的注意，正在接电话的姑娘一边拿着电话一边冲两人喊着：“你们是上面哪个公司的？”

“都怪你，快走。”夏熏扯了扯李沐尔的胳膊，拉着她迅速走到电梯门口。

可是电梯不给力，停在8楼不下来。前台小姐喊的声音过大，连保安都给喊过来了。于是，几个人围着李沐尔和夏熏。

“你们是干吗的？”保安不客气地问道。

“大——大哥，我们是上面伊索文化公司的员工。”李沐尔开始结巴。

“伊索文化？怎么没见过？”前台小姐狐疑地盯着李沐尔。

“我们是新来的。”夏熏辩解道。心里想着，如果顾清尧发给李沐尔的私信内容是真的话，那就不算说谎了。

“新来的？”前台小姐玩味地重复了这三个字，随后拨通了伊索文化公司内部的分机。

“你们两个叫什么？”前台小姐问道。

“李沐尔。”夏熏抢着回答，然后又讪笑道：“报她的名字就可以了。”

前台小姐看了她们俩一眼，过了一会儿，挂了电话，对保安做了一个要赶她们走的姿势。

“哎，不行，是顾清尧让我们来的，是他们主编让我们来的！”夏熏急了，连忙喊道。

“就知道你们会这样说。”前台小姐冷哼了一声。

“什么意思？”李沐尔问。

“不怕跟你们说，你们这些粉丝啊，来了一拨又一拨，有什么意思呢？想见偶像也不看看这是什么地方。”前台小姐用一种嘲笑的口吻说道，好像自己高人一等。

原来把她们俩当粉丝了。其实李沐尔就是粉丝，可是此粉丝非彼粉丝呀。

“不是，真的是顾清尧叫我们来的。他说让我来应聘兼职公关。”李沐尔在与保安的推推搡搡中喊道。

“兼职公关？”前台小姐和周围几个人都“噗嗤”一声笑出来。

“鬼才相信你们这些无理取闹的小女孩。还是走吧，再纠缠下去，我可要报警了。”前台小姐已经没有耐心再把话说第二遍了，她的面前还有很多事务等着她处理。

“哎，是真的，没骗你们，不信你们问顾清尧去啊！”夏熏依旧不死心。

保安将她们两个推到门口，却听到电梯“叮咚”一声，然后便响起一个沉稳嗓音却格外清亮的男声。

“是我让她来的。”

众人皆倒吸一口凉气。走出电梯的人不是顾主编又会是谁？

“哎呀，说曹操曹操就到。你看，关键时刻他来解救你了！”夏熏激动得不停摇晃李沐尔的手臂。

“什么来救我，本来就是他让我来的呀。”李沐尔的声音里泛着委屈。

她是一个认死理的姑娘。

“跟我来吧。”顾清尧走到她们俩面前就又回头朝电梯的方向走去，他不跟任何人解释一句，也自然没有人敢问他。

夏熏兴高采烈地拉着李沐尔跟在顾清尧后面，头扬得高高的，一副狐假虎威的模样。

谁知，顾清尧突然停了下来。他转过头，面无表情地对夏熏说：“她跟我上去，你留在这里。如果不愿意等，那你就先回去。”

夏熏瞬间就像蔫了的茄子一样，有气无力地杵在原地。然后她朝李沐尔挥了挥手：“一定要荣归故里啊！”那架势，就像清朝送自己家姑娘进宫选秀女的妈妈一样，自己的青春被葬送了，只能把希望都寄托于姑娘身上。

“叮咚”一声，李沐尔就跟顾清尧被关进了电梯里。

第一次离偶像那么近呐，短短的几十秒内，李沐尔的脑子里全是豆腐渣画面。顾清尧穿在休闲西装内的衬衫洁白无瑕，还泛着隐隐约约的香水味。

阿玛尼还是香奈儿？嗯，好香。

李沐尔闭着眼睛，刚才的委屈一扫而空，现在满心都被一种莫名的喜悦充溢着。

“你在胡乱想什么？”头顶上空传来一阵闷响，把李沐尔正在云里雾里飘荡的思绪拉扯回头。

电梯已经到了，李沐尔却还像个傻子一样站在电梯里。顾清尧站在外面，一只手摁着开门的按钮，似笑非笑。那双眼睛好似能看穿李沐尔的心事，所以李沐尔不敢直视。

于是，李沐尔像被火烧了尾巴一样跳出电梯的大门，然后低着头跟在顾清尧后面，像一条小尾巴。

三

一路走过去，尽管李沐尔头埋得很低，可还是感觉到周围人群扫过来或嫉妒或好奇的目光。

终于，来到了顾清尧的办公室。大门被顾清尧关上的一刹那，也就阻挠了那些奇奇怪怪的目光。可是李沐尔却更加紧张，她艰难地咽下了口水。

“坐。”顾清尧简短一字。

“好的，我坐。”李沐尔傻笑着，然后在沙发上找了一个边角的地方坐下。要是平时，这么软的沙发，她肯定肆无忌惮地扑在上面。而现在，她大概只有三分之一的屁股是与沙发亲密接触的，其余的部分都是悬空的。双腿并拢，双手摆放在腿上，活脱脱一个上流社会名媛的形象。

“喝水。”顾清尧从饮水机处倒了一杯热开水递到她面前。

“好的，我喝。”李沐尔继续傻笑，然后接过水，小口小口地抿着，像喝的什么天山圣水。农夫山泉只有点甜，可是顾清尧亲手倒的水却很甜很甜。

“你来给我当生活助理怎么样？”顾清尧突然问道。

“噗。”李沐尔口中的水像喷水壶一样全部喷洒出去，溅了顾清尧一身，之前的端庄姿态也像这喷出去的水一样，再也收不回头了。

“咳咳咳——”李沐尔剧烈咳嗽起来。咳得七荤八素的时候，她居然幻想顾清尧会过来温柔地拍拍她的后背，待她停止咳嗽时，却清醒地看到顾清尧只是站在原地，表情非常厌恶地拿纸巾擦拭身上的衣服。

据说越受推崇的人，洁癖度就越高。

李沐尔红了脸，又尴尬地干咳了两声。

“对不起，我不是故意的，我来帮你擦。”李沐尔说着，“腾”地站起来。

“不用。”顾清尧往后退了一步。李沐尔又尴尬地立在那里，手悬在半空，姿势十分奇怪。

“咚咚咚。”

“进来。”

季清幽拿着一个文件夹走进来，她一边打开一边目不斜视地说道：“这是作者们的稿费单，编辑们已经填写完毕，您签完字就可以送到财务部打款了。”

顾清尧看都没看，大笔一挥便签完了。李沐尔对着顾清尧潇洒的姿态花痴不已。

季清幽离开的时候对着李沐尔友好地笑了笑，于是李沐尔也回给她一个傻呵呵的笑。顾清尧将这个小细节看在眼里，想着，这个季清幽真是一个深藏不露的角色，自己与她接触了几天，根本发现不了她的软肋，她做事永远这样，不温不火，恰到好处，像一个拧好发条的机器人。不该她过问的事情她永远不问。

“刚才进来找我签字的是我的助理季清幽小姐。”顾清尧开口介绍道。

“哎呀，刚才进来找我签字的是我的助理季清幽小姐，清尧君，你居然一连串对我说了19个字呢。”李沐尔兴奋地掰着手指，关注的重点与顾清尧根本不在同一个起点上。

顾清尧不说话了，在气氛沉寂了几秒后，李沐尔突然收敛起来。她小心翼翼地问道：“你——不是有助理了吗？而且那位季小姐好像很厉害的样子，我什么都不懂，我是才大二的学生。”

“她只是我工作上的助理。我以前很少来A市，但是因为杂志的事情现在是我负责，所以我要在这里常住了。我缺少一个生活助理。”顾清尧缓缓解释道。

“生活助理的话，是不是就是保姆？”李沐尔歪着脑袋小心翼翼地发问，她也并非什么都不懂。

“你不愿意？”顾清尧挑了挑好看的眉毛。

“愿意愿意，怎么会不愿意？！”李沐尔头点得像哈巴狗一样，她顿了顿：“可是——”

“可是以后你要住在我家，客房给你睡，你负责我家的卫生，以及我养的一条萨摩耶和一只苏格兰折耳猫，定期洗澡和打针的任务也落在你身上了。你不用会做饭，我一般不在家里吃饭。如果你有事情需要回家，你得提前跟我请假。做到这些，一个月付给你三千的月薪，做得好有奖金。”顾清尧打断她的话，然后说道。

“啊？那——”李沐尔又准备说什么，却继续被顾某人打断。

“那你每天有课的话，我会让我的司机送你去上课。”顾清尧继续说着。

“呃，不是，是你同时把狗跟猫养在家里吗？折耳猫的耳朵是折的，是不是就是被萨摩耶打折的？”李沐尔提问的表情一本正经。

其实她刚才想说的话被顾清尧打断后就再也想不起来了，感觉环境有些严肃，她就说个冷笑话缓解一下气氛。

“咳咳。”顾清尧用几声干咳将笑意粉饰太平。

“你还有别的问题吗？”顾清尧问。

“没了。”李沐尔干脆地回道。

“那好，你朋友应该还在下面等你，你下去吧。这里是办公的地方，你的身份不适宜久留。你把手机号码留下，晚上我会派司机过去接你。学校的外出住宿证明我会让人帮你办理好，你不需要太担心。”顾清尧说着，已经坐回了自己的办公椅上，对着电脑头也不抬地说着。

“哦。”李沐尔想着，这个人虽然外表冷漠，其实心特别细，总能把所有的事情都想得滴水不漏。他应该是以冷漠的姿态对抗这个世界的寒冷的吧？内心一定渴望温暖。怪不得人家总说，作家都是孤独的。

“可是——”李沐尔还是觉得哪里不对劲。任何一个人都无法在这么短的时间内相信这种事，可是天底下最狗血的馅饼真的就砸她头上了。她偷偷掐自己的手，越掐越疼，说明不是在做梦。

“还可是什么？还不走？难道要我留你喝下午茶？”顾清尧的脸色冷了三分。

李沐尔赶紧打开门，一溜烟跑了出去，然后又帮他关好门，最后又一溜烟穿过编辑部到了电梯口才算解脱。

“呼——”李沐尔在徐徐下降的电梯里长吁了一口气，然后兴奋地自言自语：“这是真的吗？这是真的吗？！”

四

“这是真的吗？！”夏熏表现得比李沐尔还兴奋。

“嗯。”李沐尔点头。

“那就是说顾清尧应该是故意的，他用兼职公关的幌子让你来公司，其实是想让你做他的生活助理，绕了这么一个大弯子，原来——”夏熏想了想，又开始将李沐尔从头到脚地打量，那目光赤裸裸的，李沐尔在她这样直白的打量中开始觉得不自然。

“啧啧啧啧，顾清尧看上你哪一点了。要脸蛋没脸蛋，要胸没胸，要屁股没屁股，难道就因为你声音好听？”夏熏笑道。

“去你的，难道本姑娘除了声音好听外就没别的优点了吗？我很善良啊，我很勤奋啊，我很——很有梦想啊。”李沐尔说到最后，自己也没了底气。

“有梦想这个也算优点的话，全世界姑娘都是有梦想的。总而言之，你这只麻雀要变凤凰了！”夏熏换上了一副认真的表情。

“珍惜吧，他总有他的理由，说不定你就成偶像剧女一号了。”夏熏突然若有所思道。

很久之后，李沐尔再次回味当初夏熏说的这句话时，不禁苦笑地摇了摇头。那时候的夏熏就像一个预言师，能透过水晶球看未来。可是水晶球看到的东西都是美好的，那些晦涩与说不出的苦衷只能她独自承受。因为——秘密永远只能盛开在阴暗的角落，不为人知。

两个人回到寝室内，夏熏帮着李沐尔开始收拾行李。其他两个人问道：“沐尔这是准备回家？”

“不是，她出去住了。”夏熏代替李沐尔回道。

“出去住？房租多贵呀，沐尔，难道你真的中五百万了？别忘记我们这些贫贱之交呀。”另一个女孩说道。

“是她男朋友的房子她去住。”夏熏坏笑道，李沐尔“腾”地就脸红了。

这不是真的，可是这样的话却是最好的谎言。毕竟，顾清尧的身份太特别了，她不能走漏一点风声。那些粉丝疯狂的样子，她又不是没见识过。最后，她可不是大家钦羡的女主角，而是大家围攻的目标。

“我怎么没听过你有男朋友这事啊？李沐尔，你太不够意思了，还瞒着我们。”那女孩笑道，不过人家的私事也不好过问太多，就是开开玩笑罢了。

李沐尔手机响起的时候，她的行李也收拾得差不多了。

“我还是觉得那么不真实。”李沐尔说道。

“这有什么呢？冥冥之中，老天爷早就安排好了一切，你拒绝不了的，就好好享受吧。再说你确实很缺钱不是吗？之前找的兼职都不理想，价格又低，都是把学生当廉价劳动力使唤的。现在天上掉下这么个美差，你还愁什么呢？”夏熏笑道。

“我只是觉得——美好的东西都不该属于我。我——我是个不幸的人。”李沐尔忽然望着远方驶过来的一辆汽车，低低地说道。

“你该学着自信一些，你看你多好。”夏熏又笑，她的笑容暖暖的，而不是平时跟李沐尔呛声时那欠扁的笑。

“你不是刚说我没胸没屁股什么的吗？你这人说话的话头转变得

云起书院

还真快。”李沐尔刹那间又恢复了平时凶巴巴的样子。

“我说的实话呀。”夏熏的眼神没有躲闪，又多出一丝调侃的意味。

这时，夏熏的手机也响起来，可是夏熏只是看了一眼来电人的号码便挂断了。

“谁呀？”李沐尔随口问道。夏熏经常会接到莫名其妙的来电，可是她从来不当着李沐尔的面接。

“走吧。”夏熏没有回答她的问题，而是帮她拎起两个大袋子，走向停在校门口的车子。

李沐尔也没有再问。谁都有隐私，就像她自己，将夏熏当作最亲密的朋友，可是有些事，她也不曾对她说起过。

李沐尔坐在了车内，从车窗探出头，朝夏熏挥了挥手，并且大声喊道：“亲爱的，明天下午见咯，记得帮我占位！”

“嗯，放心吧。”夏熏笑着回道。

李沐尔将头缩回去，车子也渐渐消失在夏熏的视线范围内。夏熏脸上的笑容才变得有一丝落寞。她低下头，掏出手机，发送了一条短信。

短信内容是：老地方，不见不散。

这一夜，李沐尔没有回寝室。而夏熏，也没有回寝室。这是李沐尔第一次睡在外面，却是夏熏第N次。以往怕别人起疑，她都是半夜翻墙出去，大家晨起前再翻墙回来，轻悄悄地爬上床，装作和大家一起醒来的样子，因为伪装得很好，所以从没有人怀疑。

五

到顾清尧的住所的时候，已经是晚上9点多。

顾清尧好像刚从公司回来，因为衣服依旧是她白天见到他时穿的那一套。

顾清尧看到她带过来的一堆大包小包、布袋子什么的，就这么倒腾在他家洁白的羊绒地毯上，不禁皱起了眉头。

“你可不可以告诉我，你这些包啊袋子啊里面装的都是什么？”顾清尧问道。

“这些都是我的生活用品啊。”李沐尔看出了顾清尧眉宇间的嫌恶，她有些不知所措，她不想让顾清尧讨厌她，可也只能实话实说。

顾清尧眉宇间的褶皱渐渐消失，他轻微地叹了一口气，似是认命。

“你看看你还需要什么就列一张清单下来，让司机去买。”顾清尧潇洒地丢给她一个小本子和一支笔。李沐尔接过那个沉甸甸的小本子，看了看上面印着的logo，就吓得双手拿好它，恨不得要把这个本子供起来。要是弄坏了，把她卖了都赔不起这个本子。

“用这么贵的本子来写清单，真浪费。”李沐尔跪在毯子上，拿笔才写了第一个字，便小声地嘀咕了一句。

顾清尧听清了她的嘀咕，突然笑出声：“你喜欢这个本子就送给你。”

李沐尔瞬间抬头，有些受宠若惊。由于顾清尧坐着，她跪着，李沐尔必须采取仰望的角度才能看清顾清尧的面庞，不知是不是逆光的缘故，顾清尧的面庞此刻看起来有如神祇。

“你没把这件事到处宣扬吧？”顾清尧看到她有些痴迷的眼神，好笑地发问。

“什么事？”李沐尔如梦初醒。

“你住到我这里来的事。”顾清尧答。

“没，我怎么可能会说出去？”难道是自己找死吗？李沐尔还没这么傻，有些事只可意会不可言传，她当然懂。“你怎么不问夏熏有没有把这件事到处宣扬呀？”李沐尔不服气地抬起头，可是一看到顾清尧的眼睛，就不自觉地脸红，然后低下头。

这可要命了。打过几次交道，她还是会被他的气场秒杀，以后还怎么相处？果真天上掉下来的馅饼不太好接。

“你说那个陪你一起来的姑娘？她看上去就比你聪明。”顾清尧悠悠晃晃地说道。

“我——”李沐尔被他这一句话噎住了。

“你要不要去看看你的房间？左转往前第一间。”顾清尧轻松地指着路。李沐尔放下笔和本子，顺着顾清尧指的方向走过去。

她推开房间一看，这哪里是客卧啊，简直太漂亮了！

纯白色的壁纸，黑色的条纹线路。一张看上去便很柔软舒适的大床后挂着三幅油墨画，是李沐尔看不懂的那种。也许在艺术家眼里看起来是至高无上的艺术，在她眼里看来就是鬼画符。李沐尔踏进去，在纯羊毛的地毯上踩了踩，又去床上蹦了蹦。

“这个房间真的是给我住的吗？”最后，李沐尔兴奋地跑出来，问顾清尧。

“当然。”顾清尧依旧悠悠的语气。

“咦？我的袋子呢？”李沐尔转了一圈，发现自己带过来的布袋子没了。地上零零散散地放着一堆杂物，有笔记本电脑，有衣服，还有一些生活用品，都是她的。

“我帮你丢到卫生间了，一会儿将你的布袋，连同我的地毯一起拿去洗了。布袋可以丢进全自动洗衣机，地毯要用干洗器干洗。”顾清尧说得很轻松，就跟念绕口令一样。

“知道了。”李沐尔垂头丧气，果然这伺候人的活儿不好干，伺候一位洁癖作家的活儿更不好干。

“对了。”顾清尧直起身子，又想起了什么。

李沐尔作出洗耳恭听状。

“你一个女孩子怎么那么不爱干净，你那布袋脏得像刚从泥土里挖出来的一样。”顾清尧很苛刻。

“因为——因为——”李沐尔在他磁场一般的气场前总是会说话结巴，想克制都克制不住，真要命。

“我下次会注意的。”李沐尔还是决定不反驳了，其实她想说，这个布袋平时不用，丢在宿舍的床底下很久，因为今天仓促地搬来才被她拿出来装东西的。李沐尔认为自己绝对是个爱干净的好姑娘。

“嗯，那你坐在客厅里看一会儿电视吧，我先去洗澡。”顾清尧慵懒地从沙发上站起来，缓缓走进卫生间。

洗——洗澡吗？

李沐尔坐在沙发上，双手不自觉地抚上自己的面颊，滚烫滚烫的，而且在持续发烧。如果放水在自己脸上烧，一定比烧水壶还先容易沸腾得快。

“喵。”一声很轻细的叫声唤醒了李沐尔的春梦。

好可爱的一只猫！胖嘟嘟的身子，圆滚滚的眼睛泛着蓝色的光芒，短而厚实的巧克力色毛，微微向下折的小耳朵。

李沐尔忍不住将这只猫咪抱到自己怀里来。小猫没有因为在陌生人怀里就四处乱抓，反而像一只安静的小精灵一般好奇地张望着。

不是说还有一只狗的吗？萨摩耶？怎么没看到？

“小猫咪，你叫什么？你那个萨摩耶姘头呢？”李沐尔摸着猫咪身上的毛问道。

小猫咪“喵喵喵”叫了三下，好像是在说：我那个姘头睡在阳台上呢，主人嫌它调皮，没有我乖巧。

“叮咚。”门铃响起，李沐尔去开门，正是开车送她到这里的司机。司机将一大包的东西丢下后，话都不说一句就走了。

李沐尔“谢谢”挂在嘴边，话音还没落，门就“砰”的一声被关起来。

“是不是他身边的人都这么奇怪？”李沐尔自言自语，然后拍了拍脑袋，开始蹲在袋子边看司机买的东西。

她将袋子里的东西全部倒腾出来，然后一件件地翻看着。从洗漱用品到干净的毛巾拖鞋，再到女生的卫生用品。太细心了，他身边的人都跟他一样心细吗？

就在李沐尔翻得很欢快时，卫生间的水声骤然停了。一阵稀稀疏疏的声响过后，他走出卫生间。

头发湿漉漉的，周身带着氤氲的雾气，就好像从天上落入凡尘的谪仙。

“司机来过了？”顾清尧看到茶几上一堆乱七八糟的东西问道。

李沐尔点点头，木讷地说道：“但是他又走了。”

顾清尧站在原地，目光落在茶几上的某件物品上，嗓音愈发沙哑起来。李沐尔反应快，她看到赫然摆放在中间的东西居然是女性用品，她赶紧扑过去，将那几包东西塞回袋子里。

她的动作幅度太大，看上去就像是一头笨拙的狗熊。顾清尧唇角不禁闪过了一抹促狭的笑容。

“你不去洗吗？”顾清尧将手指插进头发中，问李沐尔道。

“我——也去洗吗？”李沐尔再次没出息地咽了一口唾沫。

“不然呢？”顾清尧就像一尊完美的雕塑品一样立在那里，从他口中发出的简单的三个音节，都让李沐尔心神荡漾不已。

“我和你共用一个浴室吗？”李沐尔越问越羞涩。

“家里就只有一间浴室，这是我的过失，因为没料到家中会住人。”顾清尧口中若无其事地解释，眼睛却一直盯着李沐尔看。

李沐尔觉得他这个解释很奇怪。没料到家中会住人，难道他打算单身一辈子，不结婚不生小孩？可是又一想，她是住进他家的第一人吧？此等荣耀还不能炫耀，必须低调，真是难受。

李沐尔拿了自己换洗的衣服，头都不敢抬地走进了卫生间。她无法直视顾清尧眼底炙热炙热的光芒，就像燎原上的火种一般，短短几秒就能变成大火将她吞噬得皮骨无存。

李沐尔走进依旧雾气朦胧的卫生间，手触摸到洗手台，不是冰凉的，而是带着温度的。可不可以理解为是他的体温残存在这个狭小的空间内？

不知道过了多久，李沐尔实在被蒸得受不了时才走出洗手间。她看到顾清尧盘腿坐在地毯上，茶几上放着他的电脑，电脑旁还摊着一个精致的笔记本，上面是密密麻麻的字——应该是小说大纲。

客厅很安静，立在墙角的空调的扇叶一闭一合，散发出热量。

“你不去睡吗？”李沐尔问出口，才发觉自己问了一句很傻的话，但是已经收不回来了。

顾清尧从电脑前转过头，看到李沐尔里面穿得实在单薄，她也知道自己穿得少所以又在外面披了一件外套。顾清尧眼底闪过的促狭光芒让李沐尔又将外套裹紧了些。

顾清尧注意到了她这个细微的动作，眼底多了一抹笑意，还有一丝说不清道不明的东西。

“空调开着你还这么冷吗？”顾清尧开口道。

“呃——我习惯了。”李沐尔紧张兮兮地应道。

顾清尧唇角微微上扬着，他从地上站了起来，李沐尔心虚地直往后退：“我先去睡觉了。”

“等等，我有话问你。”顾清尧一把拉住李沐尔的胳膊。

电闪石光间，李沐尔感觉被电触了一下，浑身僵硬，不自然极了。

“我想问你——”

顾清尧的话还未说完，李沐尔就因为重心不稳，摔在了顾清尧怀里，而顾清尧显然也没料到事态居然会是这样的发展情况。他往后一倒，两个人就这么倒在了沙发上。

李沐尔的外套被扯开一些些，顾清尧隐约看到那条蜿蜒的伤疤。他的手摸上去，急切地想要把李沐尔的外套脱了，以便看得更真切一些。

“清——清尧君，你别这样，虽然我们已经见了几次，但是——”

“清尧！”不知是害怕还是紧张，抑或是太兴奋了，李沐尔喊他名字的声音已经达到最高分贝了。

李沐尔干脆把眼睛一闭，心一横，什么都不去想了。她也什么都想不了了。

顾清尧轻轻地掀开李沐尔的衣服，然后缓缓褪下。他感觉到李沐尔的身体在微微颤抖，整个身躯都绷得笔直笔直的。她把自己当作案台上的祭品一样，等待神灵的享用。

而顾清尧却只想解开内心的疑问。

李沐尔感觉身上一凉，还像有什么东西轻轻扫过一样，痒痒的。可是等待了许久，她期待的动作却迟迟没有落下。他在干吗？难道没有一个前戏就直接霸王硬上弓吗?

原来顾清尧是这样的人呐。不对呀，怎么还没有行动?李沐尔忍不住，缓缓睁开眼睛，她看到顾清尧坐在茶几旁的椅子上，他修长的手指间正燃着一根没有点燃多久的香烟。烟雾袅袅，李沐尔看不清顾清尧的面部表情。

气氛有些诡异。李沐尔也不敢乱说话，她猜不懂这位偶像作家究竟想干吗。

过了一会儿，顾清尧像下定什么决心一样，将香烟捻灭在烟灰缸内，还狠狠地捻了捻。

“我问你一个问题，你如实回答。”顾清尧直勾勾地盯着李沐尔说道。

他的眼神，像要看穿她一样。

“嗯。”李沐尔裹好衣服，小鸡啄米似的点头。

第三章

无处不在

一

空调的扇叶根据它的频率不间断地工作着，并且发出“呼呼”的声音。

李沐尔觉得耳蜗里面“轰隆隆”的，像碾过了一截火车一样。

“你以前是不是救过一个男孩儿？”顾清尧眼神里藏着秘密。

李沐尔并不敢与他对视，她的眼神游移在玻璃窗台下的那一盆小植物上，她不知道那是一盆什么植物，应该是一盆不知道从哪个国家运来的，冷不得热不得干不得湿不得的娇贵植物。不过那不重要，重要的是，她从窗户上看到自己的脸严肃得不像样子。

像是从喉咙口挤出来的一声“嗯”。

顿时，周边浮动着的干热气息凝固了，惹得李沐尔快要窒息。从记忆深处跳出来的画面一幕一幕，纷纷晃悠到眼前。这让李沐尔冷静了一些。刚才，他是在看自己身上的伤疤吗？

那些丑陋的痕迹自打出事的那一年就跟随着她了，无论她再怎么遮掩，都改变不了这个事实。那种被火熏得快要呼吸停滞，眼睛睁不开还在流着眼泪，耳里听到火将自己的皮肤烤得“吡吡”的绽裂声，而自己，已经痛得麻木了。

沉默，还是沉默。

“我——我先去睡了。”李沐尔鼓起勇气打破了这异样的沉寂氛围，声音却小得连她自己都听不见。

顾清尧依旧没有说话，李沐尔不看他，也知道他正用一种颇为不寻常的眼光注视着她，这样的目光跟随着她，从她站在客厅起，一直到她走入自己的房间。

李沐尔钻入被窝内，身体的肌肤全面接触柔软的被子时，才稍稍放松了刚才一直紧绷着的神经。明明身体已经很倦怠，可是脑袋却一刻也停止不了转动。

顾清尧看到这个伤疤的反应为什么会这么大？以至于让她误会了什么。难道，当年的那个人是他吗？

李沐尔陷进了回忆里。

那一年她大概8岁，因为生日小的缘故，她才刚入少先队。老师教育他们要乐于助人，向雷锋学习。李沐尔不但全部记住了，而且也付诸行动了。

一天放学时，她走在回家的路上。走到那条弄堂时，她看到一大群围观的人将那个弄堂团团围住。有人焦急地打大哥大报警，有人走来走去。所有人脸上的表情都告诉李沐尔一个事实：弄堂中的一户人家起火了。

李沐尔后来一直在想，如果再过几年，她的心智成熟了，学会了猜忌与明哲保身，她也许就不会凭借着那股幼稚的勇气冲进火里。

她看到一个比她低一个头的小男孩坐在火中哇哇大哭。那个男孩好像是被屋梁砸中了腿，走不动了。她没有犹豫，背起那个哇哇直哭的小男孩就往外面走。

火势越来越大了，她好像看到外围一圈人都看着她，露出又钦佩又担心又惊讶的神色。她以为她营救成功了，可是她明显没有读懂围观的人在担心什么。

好像听见了消防车的声音由远及近。可是屋子唯一的出口却被几根大木头给堵住了，整个屋子都处于封闭的状态。

李沐尔护着在自己背上不断哭着的小男孩，却看到自己的衣袖烧起来了。她一边扑着火一边拼命咳嗽。

意识越来越模糊，消防车终于来了。她拼尽自己最后的力量将小男孩推到外面，自己却倒在了屋中。

那一年，她上了当地的新闻报纸头条，市长还亲自去病房中看望她。学校的校长吩咐她好好养伤，让每科的老师轮流去病房给她上课。家中一直重男轻女的爸爸妈妈也难得对她露出了笑脸。

她成了人们记忆中的英雄。可是做女英雄的代价便是——二级烧伤，两条手臂上永远地留下疤痕，永不痊愈。

世界果真那么小吗？上帝身在天堂，俯视芸芸众生，却在她和顾清尧之间种下了一颗捉弄的种子，等待某天开花结果的时候，她根本无从招架。

可是那个男孩明明看起来比她小，可是顾清尧明明比她要大3岁呀。

正在心烦意乱之际，李沐尔的手机屏幕亮了起来。自从来到顾清尧家，李沐尔就很自觉地将手机来电调整为振动，她不想破坏这个安静的氛围。

"喂，你干吗呀？吓我一跳。"李沐尔看到来电人是夏熏，便没好气道。

"哪来的那么大火气，我是不是坏你好事了？"夏熏嘿嘿坏笑着，李沐尔看不到她的脸都能想象到她那奸笑的样子。

“什么好事？我跟清尧君之间可是纯洁的男——男女关系。”李沐尔永远藏不住心事，不打自招了，她说到“男女关系”这个关键词的时候不禁顿了顿，然后便想到了刚才那可笑的一幕。

“真的？你敢摸着你的胸发誓？”电话中，夏熏调笑着。

“是的，混蛋，我敢摸着你的胸发誓！”李沐尔恼羞成怒，低吼了这么一句，然后就愤愤地挂了电话。

蒙上被子，从这头滚到那头，反正床够大，就算滚到地上也没关系。滚着滚着就会睡着，睡着了就不用去想那些乱七八糟的烦心事了。再多的烦心事也是第二天的事了。

是的，so，睡觉！

二

第二天早上李沐尔明明醒来了却赖着不肯起床。她就像一只小狗一样，竖着耳朵听外面的动静。

顾清尧起床了，顾清尧开始洗漱了，顾清尧穿好衣服了。最后听见大门“咚”的一声，李沐尔迅速从床上爬起来，溜到门口，将门扒开了一个小缝。

“喵”，一声叫声响起。

李沐尔将门缝开大了一些，低下头看清楚是那只苏格兰折耳猫后，她拍了拍自己的胸口，指着猫咪骂道：“你个小坏蛋，吓死我了！”

猫咪委屈地低下头，用爪子蹭了蹭李沐尔的拖鞋，像在撒娇。

“不是说宠物的性格会越来越像主人吗？为什么你跟你主人的性

格天差地别啊？”

偌大的家里只回响着她一个人的声音，看来顾清尧确实走了。李沐尔心中的一块大石头总算落了地。她之所以这么躲着顾清尧，是因为她一见到他就紧张，尤其发生了昨晚那件事后，她更加不知道怎么面对他了。

她什么心思都没有，跑到洗手间洗漱完毕，就拎着包出门了。

下午在学校，李沐尔从WC一回来就看到桌子上放着一份热气腾腾的鸡排外卖餐。她抓住就想啃，哎呀，是哪位神仙得知她早上和中午都没吃东西，现在来给她送吃的呀。

可是——她感觉到自己周围一圈机关枪似的目光“砰砰砰”地扫过来，脸皮再厚的人也无法在这样的环境下吃得悠然自得。

“咳咳咳——”李沐尔装模作样地咳嗽了两下，然后问在一旁抄笔记的夏熏道：“这是谁送来的？”

“当然是一直默默暗恋你的韩轩扬学弟呀，要不你以为是某人吗？”夏熏抬起头，眼底有说不出的暧昧。

李沐尔的脸又“刷”的一下变了一层颜色。

就在这时，从远处走来一个清秀的身影，果真是他。

韩轩扬手上拿着一瓶酸奶，是李沐尔最喜欢喝的芒果大果粒。别说，这个学弟体贴人的时候真让人招架不住，他比她爸妈都了解她。李沐尔特别想一把拿过来，但是考虑到周围一圈机关枪似的目光，她就表现得特正经了。

“哎呀，多不好意思呀。”李沐尔脸上皮笑肉不笑，手还是忍不住接过了韩轩扬手中的酸奶。

李沐尔看到夏熏那眼睛就跟眼镜蛇的眼睛一样，死死地盯着她，就好像在说：咱能不这么虚伪吗？

韩轩扬却不介意，他脸上的笑永远自然而然，温润如玉，不像某女，整个脸上笑着的线条都是堆出来的虚假。

“嗯，学姐，不用不好意思啦。听说你最近找了一份家教的工作，每晚都是睡在那户人家的，很辛苦吧？”

看着韩轩扬脸上的真切关怀，李沐尔差一点就hold不住了。

是谁，是谁说的？不对，是谁编的？李沐尔最后把目光扫定在夏熏脸上。夏熏却一脸鄙视地回望着她，好像在说：尼玛难道我跟他说，你昨晚并且以后都会睡在顾清尧家吗！

李沐尔嘴唇哆嗦着，一脸怨念，好像在说：混蛋，你不会编一个好点的理由吗？

两个人目光扫过来扫过去，仿佛在用心语交流，忽略了依旧一脸关怀相的韩轩扬还杵在身边。

这是学校新开创的一门创业理念课，同一个专业的，大一大二混在一个阶梯教室里上。那个长相猥琐的中年男人总是喜欢用色眯眯的眼光打量着班里长得好看的女生，而大一大二的学弟学长们也在用色眯眯的眼光打量班里长得好看的女生。

夏熏绝对算美女，李沐尔也勉强算吧。再次套用那句歌词，怎么唱来着，有人疼才显得多么出众。

所以一般像李沐尔这样的姑娘，因为前半生都过得相当平庸，所以后半生总能遇到那么两个不平庸的男人让她的人生也跟着不平庸起来。

如果顾清尧是的话，那韩轩扬也绝对算一个。

“呃，也不是很辛苦，就是睡眠不太充足，吃得也不是特别好。”李沐尔吧唧了一下嘴，然后冲韩轩扬露出一个“你懂的”的表情。

说完就当着韩轩扬的面开吃，李沐尔当时内心最真实的反应是，反正韩轩扬又不是顾清尧，在顾清尧面前，李沐尔立刻化身成不食人间烟火的仙女，虽然一次都没成功过。可在韩轩扬面前，她可以恢复本来面目，爱怎么样就怎么样，即使知道韩轩扬喜欢她。韩轩扬给她的爱就像冬日的暖阳，温暖得刚刚好。

咦，为什么要拿韩轩扬跟顾清尧作比较？难道在她心目中，这两个人已经可以相提并论了吗？不不，这太可怕了。

李沐尔用手拍了拍自己的脸颊，试图要打醒自己这种莫名其妙的思绪。

下课的时候，李沐尔揪住了夏熏的衣服，夏熏没有说话，但是眼神里流露出的暧昧笑意就让李沐尔不寒而栗了。

这个机灵鬼！

“那个，那个，我请你吃饭。”李沐尔突然说。

“你请我？顾清尧给你预付工资啦？”夏熏不怀好意地笑着，随后顿了顿，又抑扬顿挫地问道：“难道是昨晚给你的小费？”

“我呸！”李沐尔喷了夏熏一脸口水。

不过毕竟知根知底的，李沐尔什么事都瞒不过夏熏。她在夏熏面前就是一张白纸，所以这张白纸上哪怕是落一粒灰尘，夏熏都可以看得清清楚楚。

“我不知道该怎么面对他啦，我们去吃饭好不好？”李沐尔的声音渐渐变成了哀求的语气。

“好啊，吃饭一直吃到世界末日地球灭亡吗？”夏熏瞟了她一眼。

“躲过一时是一时啦，走了啦，人家肚子饿了。”李沐尔开始撒娇。

“躲得了初一，躲不过十五，还有，我不止一次跟你说吧，你再用‘了啦’或者‘人家’这样的词说话，你信不信我把你摔太平洋里去？”夏熏指着李沐尔道。

李沐尔作势要咬夏熏，夏熏反应灵敏地立刻缩回了手指。李沐尔嘿嘿嘿笑着，露出一口洁白的牙齿。

“我们去傣妹吃火锅吧，便宜。”李沐尔又笑。

“我请你稍微有点出息，你要是不想回家时一身火锅味，让顾清尧嫌弃你，你就别吃那玩意儿。走吧，我请你吃澳门豆捞去。”夏熏潇洒地说道。

“敢情你一直在骗我，我一直觉得你在哭穷，但其实有钱到爆。”李沐尔的表情夸张得像猩猩。

夏熏脸部肌肉抽了抽，然后很自然地带过。

三

吃饭期间，夏熏一直拐弯抹角地打听李沐尔在顾清尧家的故事。八卦可以使一个人的生命力更加旺盛，可以满足一个人的窥私欲。

李沐尔全部如实“汇报”，包括顾清尧这家伙有洁癖，嫌弃她不爱干净的事儿。当然，那件事她没有说。那是她心底最大的秘密。

很少有人在一边吃豆捞的时候一边喝酒，可是李沐尔偏偏灌了自己几瓶酒。在她喝得走路发飘，但是意识还算清楚的时候，她“腾”地站了起来。

“我今天可算是喝酒壮胆了。”她说。

“壮胆没有，我就怕你酒后干坏事儿。”夏熏头也不抬，将筷子往锅边那么随便一放，然后将包那么随便一挎，话也就随口那么一说。

李沐尔头脑昏昏沉沉的，也不回话，就那么随便往夏熏身上一靠，浑身的酒气。

夏熏像拖尸体一样将她拖上一辆出租车，在车上问了她地址，然后送她到顾清尧住的小区的门口。

到达目的地，夏熏毫不客气地踹她下车。被夏熏踹了一脚的李沐尔因为刚才在车窗边吹了许久的冷风而清醒了许多。

她在门口磨蹭了很久，才拿出钥匙打开门。钥匙扣上的挂件和钥匙发出清脆的碰撞声，李沐尔感觉到那股紧张到窒息的压抑感又来找她麻烦了。

屋内静悄悄的，那只苏格兰折耳猫也不知道躲到哪里去了。倒是一只雪白雪白的大狗狗蹲在茶几处，伸着舌头在喘气。

狗狗突然朝她扑过来，李沐尔吓得尖叫出声，还因为头昏昏沉沉的，脚下一软，便一个趔趄，倒在了地上。

“小白。”从厨房内传出一声低低的叫唤。

那只萨摩耶停下了扑倒的姿势，开始蹲坐在地上用好奇的目光打量着李沐尔，然后还摇了摇它的狗尾巴。

李沐尔保持着四脚朝天的姿势，心里直犯着嘀咕，堂堂一个作家，就不能给自己的宠物取个好点的名字，叫杰瑞，叫安娜，都行呀，偏偏叫小白。叫小白的狗世界上最起码有一百万，何况眼前这只狗哪里小了，明明就是大白！

李沐尔心中各种怨念，却看到顾清尧围着围裙，手里拿着一个饼铛从厨房出来，正对她笑得云淡风轻。

我一定是在做梦吧。李沐尔在心中打了一个大大的惊叹号。不是因为酒喝多了，所以出现幻觉了吧？顾清尧在对自己笑？哦不，这不是重点，重点是，顾清尧手里拿着的是什么？他会做饭？！

“你吃了吗？”顾清尧问道。

他的语气是从未有过的温柔，不单单对她，而是在任何媒介上都没见他用这样的语气跟谁说过话。

李沐尔痴痴地望着他，然后拼命摇了摇头，想把自己摇醒。

“怎么不说话？”顾清尧又道。

“吃了。”该死的，李沐尔听到从自己喉咙口发出的声音如此沙哑，就像——就像一种异样的撒娇。

“我就猜到。”顾清尧微微一笑，唇角牵动的线条跟完美雕塑的烙印有得一拼。

“那再吃一些吧。”顾清尧又道。

“哦哦，好。”李沐尔从地上爬起来，她此时此刻已经完完全全酒醒了。

一顿饭吃得食不知味，李沐尔就像一个机器人一样将顾清尧做的甜点一口一口喂进嘴里，不断咀嚼，再伴随着这样的旋律，在胃里消化。

李沐尔一直在想自己是不是该说些什么，可是又不知道说什么。也许今晚她就不该回来的。

“把你号码留给我，以后我找你才方便。”顾清尧率先打破了沉寂。

“我——我不是留给你了吗？”李沐尔抬头道。

“没记。”顾清尧又笑了笑，说得理所当然。

这是今晚他第三次对她笑了吧？如果被他的粉丝知道，她李沐尔会被当人肉靶子射吧，她一定会被万箭穿心，早死了一万次了。

李沐尔将号码报给他，顾清尧这次是拿出手机来记下的，并且还打了过去。李沐尔看到自己手机上亮着的那一串号码，心脏“扑扑扑”跳着，像住着一只不安分的兔子。

这可是顾清尧的号码哎！

四

就在这时，顾清尧家的门锁传来转动的声音。李沐尔紧张兮兮地望着顾清尧，顾清尧也皱起了好看的眉头。

门被打开，是季清幽。

她依旧穿着职业窄裙，黑色的细高跟，头发高高拢起，一副精明干练的模样。李沐尔在想，拥有这样气场的女超人怎么会甘心来当顾清尧的助理，应该直接去当主管嘛。呃，说不定也是顾清尧的粉丝，为了接近偶像而来？可是，不像啊。

季清幽看到李沐尔居然在家，并且还和顾清尧坐在一起用餐，她脸上的笑容停顿了有那么一秒，然后很自然地带过去，并且笑得愈发得体了。

“原来李小姐也在。”季清幽看着李沐尔，礼貌性地问候道。

“你——知道我？”李沐尔指着自己，很惊奇地问道。

顾清尧好看的眉头皱得更深了。

“我们见过。”季清幽弯了弯唇角，然后又将目光投射到顾清尧身上，她说：“您明天出席颁奖典礼的礼服我给您送来了。”

“好，辛苦你了，就放在玄关处吧。”顾清尧的态度不冷不热，就算是那句“辛苦你了”也不带任何温度。

“主编，外面这么冷，难道不请我进来坐坐吗？”季清幽笑着问了一句。

“你随意。”顾清尧起身，将桌子上的盘子收起来，走进厨房，也包括李沐尔面前的那一盘。

而李沐尔还在将刀叉含在口中，眼睁睁地看着顾清尧将她还没吃完的甜点拿起来并且端走。

“我——我还没吃完呢。”李沐尔咽了咽口水道。

而顾清尧就跟没听见一样。

李沐尔不敢说话，她觉得季清幽和顾清尧都很奇怪，她不了解顾清尧，但是她更不了解眼前的这个女人。

这个女人的眼睛就像藏着一个深渊，你与之对视就会被吸进去，然后掉入万劫不复的深渊。

季清幽看着李沐尔，李沐尔便被看得不寒而栗。她口边的刀叉“啪”一下掉在桌子上，李沐尔挺直了身子，对季清幽笑了笑，然后道：“你知道——我是他找来的助理，我不是——”顿了顿，李沐尔觉得自己没有必要跟眼前这个女人解释这么多，解释多了反而像此地无银三百两。可是这样说的话，好像又挑战了她的权威一样。

于是李沐尔轻咳了嗓子又道：“我是他的生活助理，就是——就是保姆，跟你无法比的。嘿嘿嘿。”

李沐尔从小就懂得一个道理，在遇到危险的人时，身段一样要放得比对方低微才可以逃脱危险的处境。

季清幽依旧站在原处，没有往屋子里多走一步。她盯着李沐尔，直把李沐尔盯得心虚起来。李沐尔的讪笑就变得特别傻，这时，季清幽才开口。

“你知道吗？不论是什么原因，他都不喜欢别人进他家的门。他有一个怪癖，喜欢属于自己的东西，不要沾染别人的气味。”

李沐尔怔在原地。厨房里传来盘子与洗手台相撞的巨大声响，顾清尧好像是故意而为。

季清幽笑了笑，然后用一种慵懒的语调说道：“打扰了，我先走了。”

还不等李沐尔开口说什么，季清幽就消失在楼道内与她的视线中。

他有一个怪癖，喜欢属于自己的东西，不要沾染别人的气味。

季清幽的这句话一直盘踞在她的脑海里，令她的脑细胞全面高速工作，却无法思考别的事情。

“她走了？”顾清尧从厨房走出来，双手通红，一看就是刚在凉水中浸过了。

“嗯。”李沐尔木讷地点点头。

“那个——我可以问你一个问题吗？”李沐尔已经敢慢慢直视顾清尧的眼睛说话，虽然心脏还是不听话地乱跳个不停。

“说。”顾清尧撑着双肘，倚靠在墙上。他随意一个姿势摆出来，都像平面模特在摆造型一样，李沐尔不得不在心中感叹：天生尤物，羡慕不来。

“你是不是很讨厌别人到你家来？那为什么要让我来？”餐桌上空只亮着暖黄色的吧灯，李沐尔一斜眼便看到自己的影子在墙角边摇曳，却不生姿。

“你这是两个问题，而且你既然问了第二个问题就说明你心中已经有了第一个问题的答案。”顾清尧唇角弯了弯，做了一个不知是讽刺别人还是自嘲的表情。

李沐尔听着顾清尧的回答，感觉就像在绕迷宫一样，她的脑袋嗡嗡作响，居然莫名其妙脱口而出：“顾清尧，你是不是挺喜欢我的？又或者说，最起码你不反感我？”

问完之后，世界安静了那么几秒。李沐尔才意识到自己问了些什么，顿时口干舌燥，舌头却像打了结，解释不清了，她觉得自己已经不知廉耻到一定地步了，她觉得自己疯了！

“不是，我是说——”

“我知道你的意思，刚才季清幽的话我也听到了。OK，我满足你的好奇心。不过这个问题我只回答一次。”顾清尧没有嘲笑她，而是换上了一副很认真的表情。

顾清尧走进卧室，李沐尔跟在后面。

他从床头柜最下面一个抽屉内拿出一个纸袋，又从纸袋里倒出一些发黄的旧照片。他捏起其中一张，对李沐尔招了招手：“你过来。”

李沐尔走过去，看到照片上是一个小小的男孩儿站在石头边，他的眉眼间洋溢着的冷漠与顾清尧一模一样。

“这是我小时候。”顾清尧说道。

“哦。”李沐尔除了说“哦”，也不知道该说什么。

“你还记得他吗？你曾冲进火中救了他一命。”顾清尧说到这里，声音就变得格外温柔。

“我——不记得了，不是，我是不记得这个人了，但是我小时候确实救过一个小男孩。导致我自己的胳膊——”李沐尔低头看着自己即使是夏天也包得很严实的胳膊。

李沐尔没有说谎，她确实不记得照片上的男孩了，因为跟自己当年救过的男孩长得一点都不像。

“不记得也正常，都那么多年了。”顾清尧微微叹了一口气。

“你是在那天签售会现场看到我身上的伤疤所以才好奇的吗？”李沐尔鼓起勇气问，这个问题已经困扰了她很久了。

“准确来说，是在我第一次见到你，也就是在机场的时候，你那个朋友在那儿大喊‘你的救命恩人在这儿’的时候，这么多年，我一直在寻找当年救过我的小女孩儿。所以听到你朋友在那儿喊的时候，我就想到了。”顾清尧缓缓说道。

原来是这样！夏熏那么说，只是为了吸引他的注意，却想不到歪打正着了。

“我会将你所失去的都补偿给你的。”顾清尧柔声说道。

李沐尔在这一刻想哭，就好像这么多年以来的委屈都找到了一个宣泄点。没有人知道，她身上这些丑陋的伤疤让她即使在夏天的时候也穿着长袖，在外人眼里，她就像一个不怕热的怪物一样。没有人知道，她不敢谈恋爱，她害怕别的男生看到她的伤疤。她自卑了这么多年，居然被告知当年救的是自己喜欢了几年的偶像。

他温柔地对她说：我会将你所失去的都补偿给你。

原来她所失去的，上天都看在眼里，上天用它的方式弥补了这一场遗憾。

五

第二天，李沐尔满心欢喜地上课，见到谁都笑嘻嘻的，就连那个色眯眯的老头站在讲台上唾沫横飞，她都觉得这样的场景很和谐，直到——

“我去厕所接个电话。”李沐尔将笔记本推到夏熏面前，意思就是让夏熏帮她补记一下笔记。

她溜到厕所将门关上才接通已经振动了很久的手机。

“喂，妈——”李沐尔刚开口，便听到从听筒内传来一声声不间断的哭声，格外悲怆。

“沐尔，你快回来，快回来，跟老师请假，快回来！”李妈妈在电话那头哭天抢地的声音好像要刺穿李沐尔的耳膜。

“妈，怎么了？”李沐尔的心脏陡然像被人拎了起来，她预感到了一场天大的悲剧。因为她的爸妈从来都不期待她回家，而且还曾跟她说过：“回来得那么勤快干什么，车费不要钱啊。”这样的话每听一次，心就寒一次。

“你弟弟——你弟弟他失踪了啊！”李妈妈已经在电话那头哭得上气不接下气了。

“妈，你说什么？妈！”李沐尔慌了，她怀疑是不是她听错了。

“你弟弟最近迷上了上网打游戏，因为游戏，成绩一直在退步，我就说了他几句，他就离家出走了。本来想着，他只是赌气，过几天就自己回来了，可是一直到现在都没回来啊！”李妈妈哭得声音断断续续，口齿不清地给李沐尔讲述这件事的来龙去脉。

“妈，妈，我这就回去，我这就去请假，啊，您跟爸别伤心了，身体要紧。”李沐尔说着，发觉自己的声音在颤抖，鼻子一酸，眼泪也掉下来，浸湿了脸颊。

虽然她爸妈从小就重男轻女，可是那毕竟是她的亲弟弟，她也从小疼惜他，盼他成才，在某种程度上，她对他的爱不比她爸妈少一分。

她匆忙挂了电话，跑回教室。这一节课已经下课了。

她慌慌张张，然后将笔记本和笔等一些文具用品快速收拾，脑子里装的都是家里的事，没有注意到周边人看她的眼神。

李沐尔忽略了，这世上的祸事，永远是一波未平，一波又起的。

“沐尔，你怎么了？”夏熏拉住李沐尔。

“我家里有些急事，我——我要回去，现在就回去，小熏，你帮我写请假条。”李沐尔头都不抬地挣脱开夏熏的手。

“出去接了一趟电话这是怎么了，什么事把你急成这样，你知不知道——”夏熏的话还未说完，话音便扫落在旁人的尖叫声中。

“哎呀！李沐尔，原来让你搬出去住的那位男朋友，就是顾清尧啊！李沐尔，你也太不够意思了，这种事怎么能瞒着我们？！”宿舍的一个女孩儿捶了李沐尔一下，力道够大，差点将李沐尔给捶晕了。

李沐尔停下脚步，望向夏熏，她这才发现，夏熏的表情很难看。

周边人都围了过来，七嘴八舌。

“她男朋友居然是顾清尧，我的天呐。”

“他们都同居了哎。”

“究竟是怎么认识的啊，顾清尧怎么会认识她这种人的啊。”

李沐尔头晕晕的，她的眼睛扫到一个人手上拿着的一份报纸。她立刻夺过来一看，娱乐版的头版头条居然是——著名青春偶像作家顾清尧的真实女友浮出水面，原是A市××大学大二女生。

顾清尧是个作家，可又不是传统意义上的作家，某种程度上，他的影响力不低于娱乐圈的任何一位天王巨星。

上面的照片是她和顾清尧在家里的一举一动，顾清尧跟她说话，两个人的脸靠得很近。顾清尧在写小说，她倒了一杯水走过来，看起来就像是红袖添香。画面太暧昧了，不得不让人想入非非。

可是事实，并不是这样的。

“这——这是怎么回事？”李沐尔揪着报纸，恨不得把报纸给攥碎了。

夏熏一脸为难地解释道：“刚才你出去接电话的时候，就有人拿着报纸像疯了一样的在全班读，然后——然后全班人就都疯了，你知道的，这种事，我根本无法解释，也根本解释不清。”

“怎么办？”夏熏小声地问李沐尔。

从前，都是李沐尔遇到事情就问一向有主见的夏熏怎么办，现在，轮到夏熏来问李沐尔了。连夏熏都没办法了，可见这件事的影响力已经扩大到根本无法收拾的地步了。

这还只是在学校，如果在外面——李沐尔哆嗦着有些怕，她不敢想象。

说到底，李沐尔只是一个普通的小女生，也曾做过白日梦，可是作为一个普通人，她只想安逸平稳地过完一生，不想人生留下污点，尤其不想别人在自己背后指指点点，说些难听之极的话。

“我不知道，别问我。”李沐尔脑子真的是一团乱麻了，她捂着耳朵，强装镇定，然后拿好自己的东西，在一片喧嚣声中不顾一切地跑到外面。

刺耳的上课铃声响起，她还是不顾一切地往外跑。

冲到校门口的时候，正好有一个女生拎着行李箱从出租车上下来，李沐尔冲上去，然后对司机说道：“去车站，去车站。”

“哪个车站？火车站还是汽车站？东站还是西站？”司机问。

“汽车，汽车站，去东站快一些不是吗？”李沐尔一边回答却一边掉泪。

司机见这么个小姑娘在自己面前哭了，便也有些慌了。

“小姑娘，你别哭啊，是不是身体不舒服？我开快一些，你别哭啊。”说着，司机就踩油门，一边看路一边从操纵杆旁边的纸箱内抽出几张面纸塞给李沐尔。

李沐尔攥着那几张纸，然后摸出手机打给顾清尧，她第一个想到的人就是他，也顾不得他在写稿子还是看稿子了，她知道，她只能找他。

电话很快被接通。

顾清尧抢在李沐尔之前开口，他的声音很平稳：“我知道你打给我是什么事，你先别慌。你听着，如果有记者找到你要采访你，你直接拒绝，你什么都不用说保持沉默就对了。”

“可是怎么办？我害怕——”李沐尔的声音都变了音调，她缩在副驾驶的位置上，手紧紧握着手机，像握住了一根救命稻草。

“胆小鬼，听我的没错。这件事我会解决。”顾清尧说道。

他的声音软软的，没有透着那种刀刃般的冰冷气息。胆小鬼，这是他第几次这样叫她了呢？

“我一会儿有个会议要开，你不要理会这种事，将头埋在被子里好好睡一觉，我承诺你，等你一觉睡醒的时候，就什么事都没有了。”顾清尧安慰李沐尔道。

“好，好，我相信你。”李沐尔忙不迭地点头，此时此刻，她不相信他，她还能相信谁呢？

这个认识不到一周的“陌生人”居然可以给她这么大的安定力量，李沐尔紧绷着的神经还是慢慢放松下来。

可是自己的弟弟呢？想到那张还存满稚气的面孔，李沐尔就一阵痛心。

弟弟没出世之前，她也没有过过几天好日子，从小便学着做各种家务，父母给她灌输的思想就是：女孩儿必须要能干。

在她的家乡，那样的小镇上，被灌输这样的思想不足为奇。她的弟弟出世之后，父母的注意力便全部集中到她弟弟身上了。

其实李沐尔也很喜欢这个弟弟，她看着他一点点长大，从一个白白的“肉团子”长成一个清清秀秀的小少年。

那个小小的少年曾经握着拳头发誓：长大了我要保护姐姐。

回忆着回忆着，李沐尔便再也忍不住，挂了电话后便用双手捂住脸，号啕大哭。他要是真出个什么事，她该怎么办？

第四章

嗨，充满未知的未来

一

李沐尔逃命似的奔下车，然后买了最早一班车的车票回家。她的位子靠窗，一路上，她的眼睛始终都在瞟着车窗外的风景。

她看着公路旁栽种的树木以飞快的速度退后，眉头越蹙越紧。闭上眼睛，眼前便浮现一幕画面：弟弟坐在电脑前专注地打着游戏，旁边摊着还未完成的作业。李妈妈端着牛奶走进他房间，看见儿子竟然是这副不思进取的样子，不禁气不打一处来。她把牛奶重重放下，便用嘲讽的语气说了他几句。正处在青春叛逆期的男孩子连苦口婆心的劝告都听不进去，更别说这样的嘲讽，于是两个人便吵起架来。吵着吵着，弟弟说要离家出走，李妈妈嚷着叫他有种就不要再回来，结果他就真的没再回来。

“啪”一声，李沐尔睁开眼睛，重重地吸进去一口气，汽油味与方便面的味道混在一起，李沐尔低下身子，“哗”地吐了。

车内立刻乱成一团。大多数人都嫌恶地捂着鼻子，纷纷拉开窗户躲着她。吐出来胃里会好过一些，身体却彻底虚脱。

冷风拂过李沐尔的面颊，她听到了司机骂骂咧咧的声音，大概是说她污染空气，晕车也不知道买一些晕车药备着，专门祸害别人。

李沐尔又想哭了。

一路颠簸，李沐尔回到家之后径直入了房间。她没有看到爸爸，只见到自己的妈妈坐在床头，手里捧着一张全家福的照片怔怔地出神。

“妈——”她喊道。

李妈妈抬起头看到是李沐尔，一边将全家福放好一边站起来抹着围裙说：“回来了啊，我去把菜热一热，我们吃饭，吃饭哈。”

“妈——”她杵在原地，看到妈妈肿得跟核桃一样的眼睛，想到妈妈在电话里歇斯底里的哭声，她怎么还有心情吃饭？她甚至——甚至无法接受弟弟失踪了的事实。

她这一连声的“妈”，使得李妈妈一转身就抱着她崩溃大哭。她被妈妈抱得那样紧，好像从现在起，她就成了妈妈的支柱一样。

后来，她们坐下来开始吃饭。李妈妈一直在出神，李沐尔有很多问题想问，却不敢问，只是不停用筷子戳米饭，然后生硬地往下咽，一顿饭吃得味同嚼蜡。

就在这时，门开了，是李沐尔的爸爸回来了。他的额头不知怎么就破了，渗着血，可怕极了。脸色格外阴沉，其他部位也是青一块紫一块的。

李沐尔的妈妈见状赶紧去房间拿碘酒，又心疼又难过，却对这个样子的李爸爸没有感觉多奇怪，好像是意料之中。

“爸，你去哪里了，怎么会这样？”李沐尔问。

“你回房间去。”李爸爸低哑着嗓子回道。

“爸爸，你——”

话还未说完，就被李爸爸一声暴吼打断：“叫你回房间去，你听不见啊！”

他吼叫着，头上的青筋都露出来了，结疤的伤口又裂开，再次流血。这样的场景太过触目惊心，李沐尔不敢再问，回了自己的房间。

屋外传来自己爸妈说话的声音，但是都刻意压低着，她听不清。心中有一股寒意自脚底蹿到头顶。她在这个家里始终没有地位，就连自己弟弟的失踪，她都没法参与话题。

四肢冰凉，李沐尔笔直地躺在床上，眼睛看着天花板。

不知过了多久，手机突然响起来，屏幕上的名字让她的心一暖。

“你人在哪里？怎么这么晚了还没回家？”顾清尧刻意压低着声音，却听得出来很焦急。

“我回家了。”李沐尔低叹一声后回答，流泪太久，从喉咙中发出的第一个音节在空气中抖了抖。

“嗯？”顾清尧明显是愣住了。

李沐尔赶紧回道：“我回我自己家了。我弟弟他——失踪了。”

即便是从自己口中吐出“失踪”这两个字，也像一把锋利的匕首划在了玻璃上一般，发出刺耳的声音。

顾清尧没有多问，只是在电话那头沉默了，沉默得李沐尔听着话筒里的寂静，以为是他把电话挂了。

“喂喂，你还在吗？”

“嗯。”

“我不太会安慰人，对不起。”顾清尧说道。

李沐尔微微有些错愕，她想不到顾清尧那样的人居然会说“对不起”，她似乎也能感受到电话那头的他，说这句话时的别扭。

“那你先忙家里的事吧，等你回来的时候，那件事就已经云淡风轻了。”顾清尧说。

“嗯。”李沐尔应道，她待顾清尧挂了电话后才挂。然后依旧望着天花板，从天明望到天色暗下来。

另一边。

顾清尧一手抓着纸稿，一手捏着笔在空中打转。他的目光盯着电脑上的一则新闻出神。

他抓起手机，打了一通电话给季清幽。季清幽接他电话的速度永远不会迟于三秒。

“帮我做一件事。”他吩咐道。

“好。”对于他吩咐下来的事，季清幽永远要做得最快最好，而且不问缘由。

顾清尧声音低得几不可闻，只听他对季清幽说道：“帮我去调查一个人。”

片刻后，季清幽依旧只是一句话“好的，我马上去做”，并无其他。

顾清尧挂了电话之后，望着电脑继续出神。

二

电话铃声将顾清尧的思绪从虚空中拉扯回来。

他看了一下手机，显示的那个人名陌生而熟悉。陌生是因为这个人不常打给他，熟悉是因为这个人，与他的关系很亲密，最起码，法律上是这么定义的。

“喂，Caspar，找我有事？”顾清尧从不称呼他的父亲“爸爸”，总是直呼其名。

Caspar也不意外，似乎早就习惯了。

“你最近跟一个女孩儿同居了？”Caspar开门见山地问。

“好事不出门，坏事传千里呀。就连大洋彼岸的你都听说啦？还是——有人汇报给你的？”顾清尧冷冷地笑道。

Caspar不是没听出他的话里藏话，只是长久以来，他都不会因为这些小事而被激怒。

“我回国了，要不要先将你手上的事情放一放，我们吃个饭？”Caspar的声音四平八稳，听不出任何情绪的波折。

顾清尧本想直接拒绝，可是视线又再一次停留在那则新闻上，脑海里慢慢勾勒出一个计划。他顿了顿，然后答应道：“好。”

两个人约在A市一家商场的顶层观光餐厅吃饭。

顾清尧每次和Caspar在一起时总是很抗拒，即使他强迫自己表面上装得再得体，也会在细节处流露出自己的厌恶。就比如刚才，他因为走神不小心将酱汁泼洒在衣袖上，Caspar已经将纸巾递过来，他却愣了愣，最终还是选择自己越过大半个桌子去拿纸巾。

Caspar眼睛里的光晕暗下去，随后不动声色地吃着自己盘里的东西。

“现在可以说说你和那个女孩之间的事情了吗？”

顾清尧放下刀叉，抬起头盯着Caspar，幽幽地反问：“你还记得当年的事吗？因为你带走了我妈妈，所以害得我爸爸绝望之下想我们一家同归于尽。妈妈逃了出来，你还记得我是怎么出来的吗？”

Caspar被他盯得有些不自然，于是低声咳了咳，说道：“过去的事还拿出来说什么。”

顾清尧没有理会他，依旧是用那种直勾勾的眼神望着，足以让他内疚。

“我是被一个女孩子背出来的。我出来后就没有意识了，在医院醒来后，那个女孩子也不知所踪，没有人告诉我她去了哪里。如今，上帝安排我跟她相遇了，我应当报恩。她只是个普通的大学生，家境困难，我让她当我生活助理，仅此而已。"

"你是说——那个女孩子就是当年救你的那个女孩？"Caspar狐疑地反问，"你有什么证据证明这件事，你该不会被人骗了吧？"

"不要用你这种商人的怀疑眼光来衡量我的事。我确定当然有我的证据，而证据是什么，我想我无需告诉你。"顾清尧不客气地反击，那种反感的态度辩得Caspar哑口无言。

气氛一开始还算维持得比较客气，虽然疏离，但此时此刻空气仿佛开始结冰。就在这个时候，顾清尧的电话响起来。

是季清幽打过来的。顾清尧没有回避，当着Caspar的面就接了起来，"嗯啊"了几句之后便挂了电话，他盯着自己面前的盘子良久，终于鼓起了勇气，跟Caspar说："我想请你帮我一个忙。"

Caspar惊讶地抬起头，随后促狭地笑了笑说："太阳打西边出来了。"

"你帮不帮？"顾清尧听不得他这些怪里怪气的生意场上的腔调。

"清尧，你不要利用我对你的愧疚，一次次蹬鼻子上脸。你要回国，我随你了。你要写书，我出钱包装你，就是你现在这个执行主编——"

"够了！我没让你这么做，你也知道，这些都是你长久以来亏欠我的。不要以为我不知道，你不可能毫无保留地投资一件事，你习惯前期投资后期回报。"顾清尧低吼。

"你和你妈妈一样聪明。不过你倒是可以先说说看是什么事，说不定我会无条件地帮你，毕竟在名义上，你是我唯一的儿子。"Caspar往后仰，舒服地靠在背枕上，抽出一根雪茄来点着。

顾清尧整理了一下自己的情绪，随后将季清幽调查到的关于李家的事一字不漏地说出来。

Caspar将雪茄拧灭，然后笑了笑，这个笑容意味深长。

“你对那个女孩有意思？”

“我说了，我只是为了报恩。”顾清尧很不耐烦，却依旧刻意压抑自己的情绪。

“清尧啊，有些事，当局者迷，旁观者清。外人比内人看得通透，而旧人又比新人看得明白。”Caspar笑着说。

“我只想知道这个忙你帮不帮。”顾清尧再次开门见山。

“你总得让我想一想吧，毕竟，这种大动干戈的事，可不是小事。我们父子俩难得见面，能不能有那么一次，是心平气和地坐下来好好吃顿饭，而不是这么针锋相对？”Caspar颇为无奈地说。

顾清尧望着桌子上的红酒，起身给自己与Caspar都倒上，然后主动举起酒杯道：“我敬您，爸爸。”

Caspar再次感到很意外，不过他也举起了酒杯，与顾清尧的酒杯碰撞之后，若有所思地说：“看来，那个丫头真的对你很重要。”

顾清尧没有说话，他低下头开始小块小块地咀嚼食物，动作优雅而得体。

他和Caspar之间，再一次陷进了沉默的氛围中。

三

顾清尧是拜托Caspar派人帮李沐尔找弟弟的，人多力量大，可最终的结果却是，还不如不找。

李沐尔的弟弟被打捞队从一条肮脏的河里打捞出来，已经走了很久了。李妈妈见到自己面目全非的儿子第一反应便是昏厥了过去。还不如不找，最起码留个念想，总想着他只是失踪，他还在人世。

按照家乡的习俗，未满18岁的孩子去世后，尸体不能送去火化，而是投入当地的一条河，叫往生河。包括许多夭折的婴孩的尸体都是弃入这条河内，当地人迷信地认为他们的尸体会得到净化，从而堕入新的轮回。

大家围在一起吃倒头饭的时候，外面依旧在吹吹打打，那音乐听着喜庆，怪不得大家都在说现在这个年代，喜事和丧事不过一个见红，一个见白，流程都一样。

这样的日子，李爸爸依旧不见踪影，李妈妈要么招待家里的亲戚，要么就兀自坐在床上发呆。

左右的邻居纷至沓来。大家嘴上都说着“好可惜”，有一些人心底却在幸灾乐祸，特别是平日里那些与李妈妈吵架落了下风的。心想着：吵架我吵不过你，这下你家唯一的儿子死了，你李家绝后了，看你还得意起来不。

李沐尔的心就像破了一个大洞的口袋一样，一直有寒风不停地入侵。

她看到那些邻居之后便突然想起了一些事。这些天，因为忙弟弟的事，自己好像与另一个世界脱节了，可是那个世界也是她存在的世界，暂时脱节了终究还是要面对。

“妈——”她走过去轻轻唤道。

“怎么了？”李妈妈对她的态度要比李父温和许多，尤其是弟弟走了之后。

“以前巷子里，着火的那个人家是不是姓顾？时间隔得太久了，我记不起来很多事了。”李沐尔说。

“过去的事还提它做什么。”李妈妈别过头，生硬地回道，看起来很不愿意回忆往事。

“我只是突然想起来问问。”李沐尔说。

李妈妈却在李沐尔准备放弃这个问题的时候，突然说：“不姓顾，当年你个傻丫头冲进火里救了他们家唯一的儿子，也没个人来道谢，全家人一声不吭地搬走了，都搬走很多年了。”

不姓顾？

这三个字一刹那间填满了李沐尔的脑袋。她不能思考，心乱如麻。

“怎么了？”李妈妈察觉到了自己女儿的不对劲，开口问道。

她身上的伤疤一直到现在还存在着，无时无刻不在提醒那场灾难的可怕。她也从未主动提起过那场火灾，似乎是在逃避。可是今日她竟然主动提及了，不得不让人觉得十分古怪。

法师来做法事的时候，李沐尔作为姐姐，却没有出现在大家的面前，而是将自己紧紧关在房间内，和刚回到家的那个下午一样。

有人说她不懂事，有人理解她为伤心过度。却不知，李沐尔只是突然不想面对现实而已，她当年冲进火中的一腔孤勇，随着年岁的增长，已经所剩无几。

忙碌了一天，终于办完了弟弟的丧事。

李沐尔觉得这个家没了弟弟，就变得空空荡荡了。她不是一个适应能力很强的人，所以要习惯一个人的离去，是需要时间来证明的。

后来才知道爸爸今天没在，是一个人跑去喝闷酒了。

这世上，其实男人比女人活得压抑。因为感受到痛了难受了，女人可以放声大哭，表达自己的悲伤。可是男人不可以，从小就被灌输“男儿有泪不轻弹”的他们，只能靠喝酒买醉的方式来抒发内心的苦楚。

弟弟刚失踪的那几日，他满世界地找儿子，因为走路走得太急，跌倒在地上，额头摔破，胳膊也磨破了皮。

李沐尔这几日大门不出二门不迈，躺在床上一躺就是一天。

手机关机几天，她仿佛与那个世界隔绝了一般。打开的时候，手机里冒出的短信提示的数量吓了她一跳。

有同学朋友发来的八卦短信，也有一些根本不知道是谁发来的询问短信。

其中，夏熏的短信让她的心底一暖。

她只发了一条：你还好吗？

你看，即使全世界的人都在关心你和顾清尧究竟是什么关系，也还是会有人只关心你过得好不好。

世界从来只让人失望，而不叫人绝望。

李沐尔回复夏熏道：我没事，我明天返校。笔记帮我抄了吗？

这次夏熏回复得很快：都这个时候了，你还记得你的笔记，不知道的人，还真以为你是个书呆子呢。

李沐尔不知道怎么回复这一条，正在发愣时，夏熏的短信又来了。

她这次带来的是一个好消息。

她说：等你回来的时候，就雨过天晴了。不知道你们家究竟发生了什么事，如果你不对我说，我就不会问。但是我想你一定没有关注最近的新闻。顾清尧接受媒体采访了，并且将这个月的杂志主题换成了“感恩”，主打的文章是他自己写的，内容就是你当年救他的故事。

李沐尔舒了一口气，最后只回了一个“嗯”字，便再次将手机关机。

四

李沐尔次日回学校时，破天荒的，李父和李母一起送她去车站。这是从小到大，她从未享受过的“殊荣”。大概失去一个孩子之后，便会开始珍惜以往不受宠的那一个，也是仅存的那一个了吧。

“爸妈，我走了。”李沐尔硬挤出一个涩涩的笑容，然后被后面的乘客推上了大巴。隔着玻璃窗，她还是不停地在向自己的父母挥手告别。

这种又酸涩又欣慰的感觉，除了她自己，没人能理解。

大巴上有人在卖报纸，她顺手买了一份娱乐版。顾清尧虽跟娱乐圈无关，但却是娱乐版上永远的“常客”。

他解释她跟他关系的这件事，居然登在了一个很显眼的位置。报纸印刷的质量并不好，照片也是黑白的，而且只是一个侧影，压根看不出来这是李沐尔。

可是李沐尔望着满车的人，还是“做贼心虚”地将头埋向窗户边，避免与谁对视。

到了学校，果真与夏熏短信中说的一样，雨过天晴。大家看她的目光中，除了最初的妒忌外，又加了几分钦佩之情，她成了传说中的女英雄。

李沐尔敏感地意识到，可能从这一刻起，她的整个人生轨迹将被改变了。

回到顾清尧的寓所内，顾清尧正坐在沙发上翻一叠欧美的时尚杂志。可是看得出来他并不是看得很仔细，好像只是在打发时间。

听到声响，他和茶几下的猫几乎同时抬起头。

李沐尔望着顾清尧的眼睛，想解释点儿什么，却最终嗫嗫嚅嚅一句完整的话都说不出口。

几天未见，她和他之间的距离，仿佛又回到了最初。她站在他面前，花痴着，幻想着，不知所措。

而这分明又不似从前。

“对你弟弟去世这件事，我感到很抱歉。”顾清尧亲自递给她一杯水。

李沐尔轻声回道：“跟你有什么关系。”

其实是他帮了她，可是结局却是她最不想要的。

说着说着眼圈又不自觉地泛红，为了掩饰这种悲伤的情绪，她低下头，拼命喝水。可是她故作镇定的行为举止，又怎么逃得过顾清尧的眼睛。

“那件事我解决了，你不必感到困扰了。”顾清尧又说。

“嗯，我看到新闻了，谢谢你。”李沐尔强迫自己挤出一个生硬的笑容。

顾清尧没有说话，她感觉到一股无形的压力一直在压迫着她。她不敢与顾清尧对视，眼睛一直看着趴在地上的猫咪，手捏着纸杯，直至将纸杯蹂躏成一团废纸。

这些小动作，又落入顾清尧的眼中。

“明晚你有约吗？”顾清尧终于缓缓开口。

“嗯？”李沐尔仓皇地抬头，正对上顾清尧深如幽潭的眼睛，心变得慌乱不安。

“我是说，如果你明晚没事的话，就跟我去见一个人吧，毕竟是他解决了你家的事。”顾清尧一个字一个字，吐得十分清晰。

“谁？”李沐尔诧异了，她一直以为就是顾清尧帮的忙。

顾清尧笑了笑，声音极低极低：“你去了就知道了。”这就是顾清尧，说话滴水不漏，做任何事都游刃有余的顾清尧。

李沐尔的目光转了一道弯，落在窗户上。她看到自己的影子呆若木鸡，一分神韵都没有。

五

第二天李沐尔在学校过得依旧相当不自在，像一只动物园的猴子一样被大家围观了许久。夏熏这次没有嘲笑她，而是帮她挡住了许多流言蜚语。

阶梯教室前的过道上，夏熏递给李沐尔一瓶酸奶，陪她倚在墙上晒太阳。

李沐尔看着手中的酸奶笑了笑，又是大果粒。原来除了韩轩扬，夏熏也记得她爱喝这个。当她把心中所想都说出来时，夏熏突然敲了一下她的额头，一点都没留情。

“他记住你爱喝的东西，是有目的的。我记住你爱喝的东西，是因为我关心你。有可比性吗？”夏熏瞪着眼睛凶巴巴地问。

李沐尔将酸奶放在地上，然后将头埋进夏熏的怀中。鼻间没入一股淡淡的香水味，李沐尔对香水没多少研究，但却分别得出来，这是与顾清尧身上相近的味道。李沐尔从没问过夏熏关于她的家事。她们之间有种默契，只要对方不问，另一方便有保持沉默的权利。大概这才是朋友能相处得长久的原因。

“你说，如果有一天，你很重视的一个人发现你欺骗了他，你说那个人会原谅你吗？”李沐尔的声音闷闷的。

夏熏没有问李沐尔为什么突然说这句话，她的声音在李沐尔头顶上空响起，语气平得像濒死的病人的心电图一样，呈一条笔直的直线。

“大多数的欺骗都是善意的，大多数的谎言都是身不由己的。我相信他会原谅你的。”

李沐尔从她怀中抬头，看到夏熏目视前方，眼神却空洞无一物。

两个人逃了一下午的课，从正午逃到太阳落山。越往冬天过，黑夜便显得比白昼漫长。天暗下来的时候，也不过才傍晚6点多。

李沐尔告别了夏熏后，便打了一辆出租车去往顾清尧发短信来说的地点。她坐上车后，如果向后看，就会看到夏熏在告别了她之后，也紧接着上了一辆出租车，去往另一个地方。那里，也许是她不知道的另一个世界。

去的地点是一家五星级会馆。侍应见了李沐尔，问清楚身份后，便将她带入会馆，从VIP通道进到一间包厢。

让李沐尔出乎意料的是，顾清尧和一个看起来面生的男人貌似早早就到了，正坐在沙发上喝功夫茶。

李沐尔感到仓皇，她站在门口不停地搅着自己的衣角，心跳快得就要超纪录。

顾清尧走过来，将她带到那个面生的男人面前介绍道：“这是我父亲，Caspar，一名商人，德国华裔。”

李沐尔无比诧异地盯着Caspar望了望，他和顾清尧长得一点都不像。可能发觉到自己这样并不礼貌后，李沐尔又收回了目光，然后朝Caspar恭恭敬敬地打了一个招呼。

“你就是李沐尔？”Caspar笑着问。

他的目光与顾清尧一样，带着一种审视，像要洞悉人的一切一样。可顾清尧的是防备，Caspar的却是入侵。

李沐尔忍住那种几乎要夺门而出的不适应，机械般地点了点头。

Caspar笑了笑，然后从身旁的包中抽出一叠支票，撕下其中一页递给李沐尔道："你在上面填个数字。"

不光是李沐尔，连顾清尧都诧异了。

Caspar的手悬在半空中，好笑似的望了二人一眼。

"这钱是我给你作为救过我儿子的报酬，我就这么一个儿子，如果没有你，现在会是什么样我还真不敢想象。"

顿了顿，Caspar将支票又向前伸了伸道："你填一个数字，你觉得是多少就填多少，少的我会补给你，多出来的就当是应得的。"

李沐尔接过支票，却迟迟没有落下第二步骤的动作。

顾清尧看着Caspar，眼底掠过一抹复杂的神色。

他大概能猜到Caspar这个做法其实是一石二鸟的好计谋。这么做，一可以卖给顾清尧个人情，二可以考验一下李沐尔是否贪心。

Caspar一贯的思想就是：能用钱解决的事就不算事。

顾清尧很反感Caspar的做法，很怕李沐尔轻易相信了他，掉入陷阱，却又从内心里想知道李沐尔会怎么选择。

这种矛盾的思想让他立在原地，静静地期待接下来即将发生的一幕。

李沐尔犹豫了片刻，将那张支票轻轻地放到桌子上。

"叔叔，当初我救顾清尧，那是应该的，总不能见死不救，而且我相信任何人在那种危急的情况下都不会做到置身事外，所以我不能要这钱。"

李沐尔表情十分严肃，一鼓作气说完这些话后，她又低着头，手足无措。因为不知这些话落在Caspar这样地位的人耳里，会不会显得不识抬举。

顾清尧依旧沉默不语，眼底却闪过一抹欣慰。

Caspar笑了笑，并没有收起支票，而是直起了身，居高临下地对李沐尔说："这张支票你收起来，什么时候想通了，什么时候再来找我。"

说完不给李沐尔回复的机会便径自走向门外。顾清尧也跟着走出去，拉好门，然后站在Caspar面前冷言出声："为什么要用这样的方式来对她？"

"只是看看小姑娘的品质，顺便检测一下你的眼光准不准。之前你答应了我，杂志走上正轨后就回德国继续学习，将来好成为我的接班人，你说的这话还算数吧？"Caspar抱着臂膀，微笑着看着顾清尧说道。

顾清尧深吸一口气，眸底闪过一丝黯色。

"沐尔没接受你的好意，你之前答应我除了帮她找弟弟外，也要安抚她，你没做到，那我也不必信守承诺了。"顾清尧镇定地说完这句话，转身便走回包厢内，留下一脸错愕的Caspar站在原地久久回不过神。

就算没有血缘关系，与狐狸打交道久了，也懂得狡兔三窟。

顾清尧看见李沐尔还站在那里，他对她投以赞许的笑容，然后将那支票收好，对她说："走吧。"

"去哪里？回家吗？"李沐尔问。

"出去吃饭，你还没吃晚饭吧？"顾清尧刻意拉缓了话音，听起来亲切一些。

李沐尔并不适应顾清尧对她的这种温柔，愣了半晌，才吐出一句话："出去吃不怕被拍到吗？"

顾清尧似乎也不习惯自己的这种温和态度，他一向习惯了用冷漠的招牌来隔绝自己，上面写了四个字：生人勿近。

于是，他清了清嗓子，恢复了一贯的冷淡。

“不出去吃不也是照样被拍到了？”

他说这句话的时候，眸底有一丝精光一闪而过。

李沐尔没有领会他在说这句话的时候，脑海里浮现出的是谁的身影，只是顺从地跟在他后面。

两个人就这么一前一后地走着，除了鞋底摩擦地毯的声音外，一片沉寂。

快走到会所门外时，李沐尔才嗫嚅着小声问道：“你父亲的中文名字叫什么？”

“怎么会突然想到问这个？”顾清尧转过身，敏感地反问。

“没什么，就是觉得，觉得你们俩长得不太像。”李沐尔赶紧回道。

“他不是我亲生父亲。”顾清尧淡淡回道。

“原来传闻都是真实的。那你爸爸不姓顾咯？”李沐尔急于想知道一个问题的答案。

“他当然不姓顾，我跟我亲生父亲姓，妈妈——”说到这里，他顿了顿，随后声音渐次低下去：“妈妈改嫁后，我也没有跟他姓，我永远姓顾。”

李沐尔望着他眉梢间的桀骜之气，似乎能想象出，那样一个单薄的少年，是扛着怎样的委屈一个人坚挺过那段孤独岁月的。

六

李沐尔和顾清尧回去。到了楼下后，顾清尧让李沐尔先上楼去开门，自己则去找停车位停车。

李沐尔的每一步都走得漫不经心，体会过了极致的悲伤与壮大的误会之后，她整个人都虚脱了，脑子里再也容不下任何事。

走到楼梯口，遇见一个不速之客。

是季清幽。

她立在黑暗里，抱臂屈膝靠在扶手上，这个动作似乎已经维持了很久。

很明显被吓了一跳的李沐尔拍了拍自己的胸口，然后倒退一步，望着季清幽问："你在等清尧？"

"我在等你。"季清幽的回答出乎李沐尔的意料，随后季清幽又讽刺地一笑，低叹道，"你如今跟他关系越来越亲密了，开始称呼他的小名了。"

"并不是这样，其实——"李沐尔每次面对她，面对她的那些话时，胸腔中就会浮起郁结，那种莫名其妙的紧张和压抑感就呼啸而来。

"好了，你不必和我解释什么，帮我把这个交给顾清尧，我先走了。"季清幽塞给她一个纸袋道。

可是走了几步，她突然回过头，又走回来，附在李沐尔耳边低吐出一句："永远不要昧着自己的良心做事。记着，不是你的，它就永远都不是你的。"

"你什么意思？"李沐尔的声音有些颤抖的意味。

"你到底是不是当年救顾清尧的小女孩儿？"季清幽此刻的声音凶狠得似锐利的刀锋。

李沐尔脑中顿时炸开了锅，千万句语言堵在喉咙间，变成了吞不下吐不出的鱼刺，卡得人生疼。

半天，她才喃喃答道："我是，是吧。"

语气中的怀疑，连自欺欺人都相当困难，更别说让他人轻信。

季清幽步步逼近，李沐尔节节败退。就在这时，从远处的黑暗中走出一个人，那个人的声音打破了这两个人之间异样的对峙。是顾清尧。

“你来了。”他的这句话听不出任何情绪的起伏。

季清幽轻轻点点头，算作回应。

“你赶紧上楼去，我跟季助理有些话要说。”顾清尧转过脸来，对待李沐尔的态度柔和了许多。

季清幽也望着她，眼里的那种嘲讽让李沐尔几乎是仓皇而逃的。

顿时，漆黑的楼道里就只剩下了顾清尧和季清幽二人。李沐尔跑上楼去，慌慌张张摸索着口袋，却怎么也找不到钥匙。

她低着头，宁愿一直盯着自己的脚面，也不敢再往楼下看，怕看到季清幽那双毒蛇一般犀利的眼睛。

就在进退两难时，她听到了下面有隐隐约约的争吵声传来。吵架的二人声音都压得很低，可是听得出，二人的怒意都已到达了一个沸点。

李沐尔悄悄下了一层楼，躲在角落里，她能够朦朦胧胧看到顾清尧与季清幽的头顶。而他们二人争吵的声音，却清清楚楚地传进李沐尔耳中了。

第五章 不堪回首的往事

一

“李沐尔住在这里的事情，是你给媒体发的通稿吧？”顾清尧质问道。

季清幽被顾清尧这不友好的语气激怒了。平日里，他高高在上，冷漠寡言，可总归是礼数周全的，而现在，居然问都不问，就用这么肯定的语气将这件事算到她头上。那么，她所有的恭敬，所有的端庄，在这一刻也一并毁掉好了，不用客气。

“她本来就不该出现在这里。一切都乱了分寸，我只是在尝试将一切错的东西拨回它原本的方向罢了。”季清幽的声音也十分生硬。

顾清尧更近一步，语气厌恶道：“你知不知道我真的很讨厌别人自以为是地闯入我的生活里，又自以为是地妄图改变我的生活。”顿了顿，他继续道，“所以别让我讨厌你。”

最后这句话语气轻了许多，力度却如匕首，刺得季清幽倒退一步。

可她还是强硬地仰着头，眼里有让人不可直视的光芒，透过黑暗，不认输，硬逞强。

“如果我说，不是我呢？”

“不是你还有谁？那天晚上只有你来过。”顾清尧淡淡地说了一句，并不想与眼前这个女人有过多纠缠。

季清幽愣了愣，突然回忆起那个晚上来。那是她第一次在顾清尧家见到李沐尔。她对李沐尔的到来先是感到惊讶，后是防备，再到后来的厌恶。

季清幽冷笑一声，语气里满是怒意。

“你的思维限制在这里，可见你才是那个自以为是的人。”

顾清尧被激怒，向前一步，一把攥住季清幽的下颚，逼她直视自己的眼睛。

“你再给我说一遍。”

季清幽咬紧了下唇，不说一句话。她用力扭了扭头，刘海儿都甩到了眼前，才挣脱开顾清尧的手。

李沐尔看到这一幕，微微俯下了身子，捂着嘴大口大口地喘气。她很害怕，她从未见过顾清尧的这一面。一直以为，就算他生气，也只是会表现得更加淡漠而已，而不是像现在这样，似乎都要动起手来。

黑暗中，李沐尔回忆起顾清尧对自己不真实的温柔，那么认真，那么特别。皆是因为他认定了她是他的救命恩人吧，这样偶像剧的戏码出现在生活中时，也显得那么不真实。

从一开始就不确定，到刚才季清幽对自己说的那句话，几乎快要全盘否定了。李沐尔哪里还有什么自信坚持地以为呢？

她揪紧自己的衣领，害怕有一天自己也会被如此粗鲁地对待。如果真有那一天，她会多么难过与难堪。

二

听到顾清尧脚步上楼的声音，李沐尔哆嗦着手，终于找到了钥匙。她赶紧打开门，逃命似的窜回自己的房间，没脱衣服，就把自己裹进被子中，瑟瑟发抖。

不一会儿，就听到顾清尧的脚步声由远及近，最后停在自己的房门前。

“咚咚咚——”

李沐尔没有应声，而是用被子将自己裹得更紧，头也几乎埋进了被子中。

黑暗一片，月光照射不到李沐尔的脸上。要不然是可以看到李沐尔此时此刻连眼睫毛都是在发颤的。

“睡了吗？”门外又响起顾清尧的声音。

在呼吸微窒了那么几秒后，李沐尔用一种像是在睡梦中被打扰醒了的声音应道：“怎么了？”

顾清尧答：“那你继续睡吧。”

说完，他的脚步声便远去，接着是他自己房门的开启声与闭合声。

李沐尔这才松了口气。

一整夜的睡眠意识都很浅。噩梦一个接一个，李沐尔总是梦到顾清尧走到她面前，阴沉着一张脸，朝她怒吼道：“别让我讨厌你。”

第二天，李沐尔到学校后，就感觉浑身软绵绵的，似是没睡好，又似是发烧了。应该是昨夜里不停地做噩梦，激起了一身冷汗，没换衣服就这样过了一夜引起的感冒。今天是学校社团在一个学期结束之前举办的工作总结联合会，但愿不要出洋相才好。

果不其然，联合会结束之后，各个社团的人便开始趁机为下学期的活动打广告。李沐尔自然是各个社团争抢的对象，立刻变成了最热门的人选。原因很简单，李沐尔因为与顾清尧的绯闻，在学校的名气大增。只要她能参加一个社团，那么一定会吸引许多人来报名这个社团，大家对“偶像作家身边的女孩”都是抱有兴趣的。

李沐尔被拉拉扯扯好一阵儿，眼前一片恍惚的时候，才在夏熏的“掩护”下逃了出来。而她一出门就撞到了韩轩扬身上。

夏熏反应很快，她拍了拍李沐尔的肩膀，眨了眨眼睛说：“我去奶茶店等你们。”

韩轩扬笑着看她离去，然后变魔术一样地从书本里拿出两张电影票，问李沐尔：“去看电影不？”

李沐尔看着韩轩扬和煦如春风一般的笑脸，心里感觉有些不自在。

她将韩轩扬拉到角落里，吞吐了半天才问：“你没看这几天的新闻吗？”

韩轩扬耸了耸肩膀，无所谓地笑道：“我从不关心国家大事。”

李沐尔低着头，看自己脚上的一双球鞋已经由象牙白磨成了米白色。她的声音细如蚊呐。

“哪里是什么国家大事，就是一些传闻。”

韩轩扬也没有露出多惊诧的神色，而是淡淡笑了笑道：“你是指你小时候无意中救了那个偶像作家顾清尧的命，现在他为了报恩，让你住在他家当他生活助理的事吗？”

一个长句子概括了这些时日以来，发生在李沐尔身上的所有传奇故事。

李沐尔特别想解释点儿什么，可是口干舌燥，什么话都说不出来。她绞着自己的衣服，又听韩轩扬说：“所以，这跟我请你去看电影有什么关系？”

李沐尔彻底被噎住，脸上呈现出尴尬的神色，再也说不出一句话。

韩轩扬依旧温润地笑着，那样的笑意一成不变。

三

走至奶茶店的门口，李沐尔看到一个男孩正与夏熏纠缠着。韩轩扬顺着她的目光也看到了这一幕，正准备上前劝阻，却被李沐尔挡住。

那个男孩儿李沐尔认识，是这些天一直追着夏熏不放的一个理工男。如果李沐尔没有记错的话，记忆中的那位理工男脾气一直挺好的，就算夏熏对他不理不睬，他依旧闲时送花，雨天送伞，人前人后献殷勤。再怎么样也不至于这会儿对夏熏破口大骂吧。

男孩儿的骂声很难听，也传到了韩轩扬与李沐尔的耳中。韩轩扬微微蹙起眉头，问李沐尔："这是你朋友，你真的不准备上去帮忙？"

李沐尔想了一会儿，还是想不出究竟是哪里不对劲，于是一扯韩轩扬的胳膊道："走。"

两个人从暗处走到夏熏身边，却见夏熏已然红了眼眶。那个理工男见有人来了，便仓皇地跑开。临走时还丢了一句："夏熏，你不接受我没关系。但是你不可以骗我去做这些事，我最讨厌被人欺骗。"

欺骗，又是这两个字。李沐尔感觉脑海中有什么东西"嗡"地撞击了她的脑神经一下，好似有千万只蝉在她耳旁鸣叫，激得她差些站不稳。

"怎么回事呀？"李沐尔问。

“嘿，什么怎么回事，追不到我所以鱼死网破呗。想不到他这么不堪一击。”夏熏故作轻松状，双手在身体的两侧晃来晃去。脸抬起来的时候，已经挂上了一个明媚而灿烂的笑容。

只有李沐尔知道，夏熏愈紧张的时候，所表现出的动作就会愈夸张。夏熏从容的时候，所表现出的应该是不动声色与宠辱不惊，而不是此时此刻丰富得有些做作的动作与表情。

“真的吗？”李沐尔听到自己无意识地问出这句话。

“当然是真的，你这家伙，怎么突然变得这么多疑，这不像你啊。”夏熏咯咯笑着，很想缓和气氛，却发现李沐尔与韩轩扬都没有笑，看她的眼神里多了一丝迷惘。

夏熏转过身，第一次感觉到，她和李沐尔之间的隔阂一直没消失过，并且，她离李沐尔所在的世界，也是越来越远了。远到有一天，李沐尔用皎白的光亮投射到她身边时，才会发现她的世界就是充满着背叛与扭曲的。

四

李沐尔与韩轩扬看的是一部文艺片，这是两个人共同的喜好。不知道韩轩扬眼睛盯着大银幕的时候，心中所想的是什么。李沐尔只知道自己全程都是心不在焉的。

夏熏今天给她的感觉太怪异了，李沐尔的直觉告诉她，夏熏所隐瞒她的这段秘密一定不同寻常。而这样怪异的感觉还带给她另一个直觉，是关于她自己的。

出了门，韩轩扬很有礼貌地将她送上出租车，也很细心地抄下出租车的车牌号与司机的工作号，并且当着司机的面告诉李沐尔，有事情直接打电话给他。

李沐尔被韩轩扬的细心所感动，却来不及细细品味，就在出租车前侧的反光镜内看到自己惨白的脸色。

出租车停在小区门口，李沐尔付过钱之后就匆匆下车，却被另一辆车拦住了去路。

车上下来的女人，李沐尔再熟悉不过。这几日，她的音容身姿一直在她的脑海里挥之不去。

“你在电影院门口就看到我了吧？”季清幽用一种相当直接的方式开始了开场白。

李沐尔心中的抵触很强烈，可是已经躲闪不及，只能硬着头皮道了一句“嗯”。

“跟我去一个地方。”季清幽说。

“去哪里？现在吗？”李沐尔感觉到有些诧异。

季清幽不解释，也不给她反应思考的机会，而是直接将她推上了车。

车子行驶起来，近光灯扫在路面上，昏黄的光线打了个弯，将路边的水洼都照得很清晰。李沐尔也立刻感觉到有一种压抑的气氛将她的紧张照得无处遁形。

一路沉默，车子在黑暗中疾驶，停下的地点是一处荒凉的墓地。墓地皆荒凉，可是这里的墓地分明就是经久失修、无人看管的模样。

“下车吧。”季清幽提醒李沐尔道。

李沐尔回过神来，这才发现自己刚才一直是伫着不动的。

阴森森的风从远处刮过来，似乎也在为长眠于此的逝者感到悲凉。

季清幽推开生锈的铁门走了进去，李沐尔不想在这种前不着村后不着店的地方落单，赶紧跟了上去。

走了一段路，季清幽猛然停下，然后眼睛直勾勾地盯上了面前的一处墓碑，眼神开始变得柔软起来。

银白的月光斜斜地照在冰凉的墓碑上，让人心底升起凄凉与平静的时光交错之感。

墓碑虽然古旧，却被打扫得很干净，所以可以很清晰地读出上面的字。

“这是——”李沐尔抖着身子，指着墓碑问。

季清幽不客气地挥掉李沐尔的手臂，轻轻回道：“这个女孩是我小时候的玩伴。有一年夏天，顾清尧在家熟睡，他的父亲却丧心病狂地往地上浇上汽油，然后点着了火，想一家人同归于尽。顾清尧的妈妈逃了出来，女孩也将顾清尧从火中救了出来，顾清尧的父亲却死在那场大火中了。而后来，顾清尧与女孩一起被送入医院，顾清尧还处在昏迷状态中，女孩就于次日凌晨因抢救无效死亡了。”

李沐尔心中其实已经猜出了七八分，只是在季清幽给了她一个确定的答复时，她的心脏还是仿佛被锤子重重击打了一般，震惊不已。

季清幽没有看她，继续说：“顾清尧的妈妈在他年少的时候出轨，爱上了一位德国华裔Caspar。他的爸爸不能接受这个事实，这件事也在顾清尧心里留下了阴影。那场火灾后，顾妈妈因为愧疚，身体也一日不如一日了，最后也去了天国。那位德国华裔成了顾清尧的继父，而他的继父后来又娶了一个妻子，叫Kenda，也就是顾清尧现在的经纪人。”

李沐尔惊讶于季清幽对顾清尧的事如此清楚，她没有答话，却见季清幽唇角浮起一抹苦笑，自顾自地说：“其实很难说得清楚，Caspar对顾清尧是好是坏。可能利用与怜惜的成分各一半，这个世上本来就很少有完全说得清楚的事。倒是顾清尧，小时候发生的那些巨大变故，造就了他的性格冷漠敏感又多疑，很少与谁亲近，其实真正了解他的人会知道，这只是他的保护壳罢了。”

李沐尔还在继续倾听着，季清幽已经转过身来，换上了一副居高临下的姿态。

“我跟你说这么多，是希望你有些自知之明，自己离开顾清尧吧。”

李沐尔这次没有逃避，而是迎上了她的眼神。

“我不知道你为什么对他的事那么清楚，你们之间的纠葛我也不想搞懂。只是你完全可以将这件事抖出来的，好逼我离开，反正这种事你也不是第一次做。但是你没有，你是不想他难过吧？由此可见，你喜欢他。”李沐尔几乎是用确定的语气讲出这句话的。

只是没料到，季清幽毫不掩饰。

“是又怎么样，你有资格过问吗？”

李沐尔正想解释些什么，手机突兀地响起。说突兀是因为，在这样寂静的夜里，在这样的地方，李沐尔觉得打扰了地下的亡灵是一种罪恶。

她看到打电话过来的人是顾清尧，不知为什么，她不敢接，尤其是在季清幽面前，她犀利的目光可以灼伤李沐尔。

响了一会儿之后，李沐尔觉得铃声实在刺耳，就将顾清尧的电话挂了。

全世界立刻一片死寂。

“走吧。”风夹着季清幽轻飘飘的一句话传来。

李沐尔跟在季清幽后面，缩紧了脖子，拉好了衣服，快要走出这片颓败的墓地时，季清幽忽然转过来，对李沐尔说：“你住在顾清尧家这件事，不是我透露给媒体的。随你信不信，我的自尊不允许我做这种事。”

李沐尔有些惊讶她会解释这件事，可当李沐尔望向她时，她只留给李沐尔一个背影。一个骄傲倔强，满心温柔，却要藏起来的背影。

五

李沐尔回去时，顾清尧正坐在客厅里对着电脑眉头深锁。

那只苏格兰折耳猫“嗖”一下蹿到了李沐尔脚下，用爪子挠挠李沐尔的腿，对她撒娇。这只猫似乎已经对她分外熟悉了，甚至将她看做是它的半个主人。瞧它耳朵折得更厉害的样子就知道，那条可恶的萨摩耶又欺负它了。

“你还知道回来。”顾清尧的声音响起来，给整个客厅都冻结上了一层冰。

李沐尔放下那只正在和她亲热的猫，走到顾清尧面前，整个人紧绷成一把蓄势待发的弓箭。

“你去哪里了？”顾清尧抬头，眼底藏着愠怒。

“季清幽找我去喝晚茶了。”李沐尔脱口而出，随后又很快地圆谎，“她对我说，我住在你家这件事，不是她对媒体透露的，她希望我相信她。不信你可以问她的，现在问。”

李沐尔语速很快，说完平稳地吸进一口气，再呼出，完成了一个完整的深呼吸。

最好的说谎方式，就是半真半假，既有可信度，也掩盖了自己不想让顾清尧知道的真相。

顾清尧看了她好一会儿，眼底的愠怒之意慢慢消失殆尽，最后浮出温和的迹象，就像初春的河面上冰块融化，一片春意盎然的景象。

他从电脑旁边的笔记本内抽出一张东西递给李沐尔。李沐尔拿到那张东西的那一刻，整个人都兴奋起来，这些天一连串的打击带给她的阴郁似乎一扫而光。

耳边响起顾清尧淡淡的嗓音："这场声优见面会，入场人数有限，你好好把握机会。"

"你怎么知道我喜欢他？"李沐尔惊喜莫名。

"看你经常转发他的微博，猜的吧。正巧有人给我送票，我是不可能会去的，所以做个顺水人情，送给你吧。"顾清尧不自然地用手去挡住嘴巴，清咳了两声。

李沐尔捧着那张票，眼底渐渐泛出氤氲的气息。内心里涌动着的感情，正想化成语言从口中蹦出，却听得顾清尧继续柔声道："对了，我还帮你联系好了一家医院，医生说你身上的伤疤可以通过治疗除去的，现在医疗技术发达了，一个女孩子家，不要因为这个而影响了自己的幸福。"

李沐尔捧着票的手沉了沉，垂了下去。眼眶一酸，终于有感动的泪溢了出来。

她颤声道："你别对我这么好。"

你别对我这么好，因为我怕有一天你知道真相的时候，会恨我。你对我愈好，我就愈加心虚，别把我对你曾有过的幻想全部凌迟处死好不好？

"丫头，你怎么了？其实没什么，举手之劳，我也想为那件事做些补偿。"顾清尧发觉出李沐尔的不对劲，开口询问道。

"我，我只是太感动了。"李沐尔用手擦了一把此刻正在被眼泪肆意侵略的脸，然后又擦到了衣服上。

"哎丫头——"顾清尧起身，从桌子上的纸盒内抽出两张纸巾走至李沐尔面前。本是顺其自然的举动，李沐尔却往后退了一步。顾清尧举在半空中的手有些尴尬，他不以为意地笑了笑，然后将纸巾递到李沐尔手上。

李沐尔抓住纸巾，内心的汹涌情绪快要决堤。她"唰"地一下冲进自己的房内。

背后隐约传来顾清尧一声低叹："还真是个傻丫头哎。"

这一声低叹听得李沐尔很揪心。他唤她"傻丫头"，是不是就说明了他已经将她看做身边亲近的人了？听季清幽说，他的防备心很重，能让他放在心上的人不多吧？可是如果知道是她骗了他，他会怎么样？

李沐尔不敢去想。她有些依赖上顾清尧对她的好了，拥有即是失去的开始，可是她不想刚拥有便失去，但隐瞒又能瞒得了多久呢？天下无不透风的墙。

六

又是彻夜未眠。第二天精神恍惚的李沐尔去见自己最喜欢的日本的CV，都没有一般粉丝见偶像的热情高涨。

恍恍惚惚间，她觉得所有人的脸在她眼里都模糊成碎片，那些碎片再重新组合，便形成了两个硕大的字：说谎。

见面会没结束，李沐尔便溜了。鬼使神差的，她买了一束白色的菊花，打了一辆车，按照自己记忆中的方向，让司机送她去那块墓地。只来过一次，还是晚上，李沐尔并不是一个方向感很强的人，可是不知道为什么，竟然对去这块墓地的路线如此熟悉。

冥冥之中似乎来过很多次。

白天的墓地看起来没有那么阴森了，因为昨晚下过一阵雨，所以泥泞的土地并不是十分好走。处处凹凸不平，处处杂草丛生。

走到那个女孩的墓碑前，李沐尔将手中的花放下。墓碑上没有照片，只有一个光秃秃的名字。李沐尔轻轻读着那个女孩的名字，想着那个女孩死的时候是多么年轻，多么痛苦，又多么不甘。多年后，自己还被人顶替了本该属于她的感恩。

李沐尔心里愧疚又难过。她抚摩着那座墓碑，一遍又一遍地说着：“对不起，真的对不起，我不是故意的。只是能得到他的感恩，感觉真的很好，我舍不得失去。”

说着说着，眼泪又掉下来。手抚摸着，却越来越感觉不对劲。李沐尔抬起手望了望，收住了泪，眼底露出不可思议的神色。

再低头望向自己过来的路。除了自己的脚印外，居然还有另外一排脚印，比自己的大，应该是男人的。

要说这片荒凉地除了自己还有人来，那可真是一件奇事。要说那排脚印通往的地方居然和自己是一处，那就更加奇怪了。

会是这个女孩的父亲或者兄长之类的人吗？如果她的亲人还健在，应该不会允许女孩长眠于这么荒僻的郊野吧。可是如果不是，那会是谁？

还有刚才自己的手摸过墓碑，碑面一尘不染，可是并不是被大雨冲刷过的干净，而是——被人精心擦拭过的整洁。

想到这里，李沐尔顿觉毛骨悚然。

身后的杂草丛中发出“簌簌”的响声。

“谁？”李沐尔敏感地回头问道，下意识地将手握紧。

回答她的只有风声。

大概是自己这些天以来心事积累得太多，所以产生错觉了吧。是该好好休息了，正当李沐尔的神经稍稍松懈下来时，她看到自草丛中钻出一道人影。

“站住！”李沐尔一面大喊，一面追了上去。

可是她哪里追赶得上一个男人的速度，她看清楚了，那确实是一个身材高大的男人。她敏感地觉察出这个人应该是冲着她来的。

可是当她追他到一半时，他却凭空消失了。不错，是凭空。周围满是空旷的一片，根本藏不住人。

李沐尔喘着气，瞪大眼睛，倚在墙上，背后的青苔随着她的身体一起慢慢滑落下来。李沐尔觉得自己离崩溃不远了。

七

李沐尔走了半个小时的路才打到了车，车上，她接到班长的电话，让她去学校拿复习资料。李沐尔这才发觉到，原来一个学期就快要过去了。

与以前天差地别的生活，让记忆变得充实却又不真实。所以日复一日的生活，到最后能总结出来的，就是那几件最快乐或者最痛苦的事。

弯回了学校，再回了顾清尧的家。打开门的那一刹那，她看到一个女人坐在沙发上，顾清尧常坐的位置。

女人的目光自上而下地打量着她，李沐尔突然想起来这就是传说中顾清尧的经纪人，他的继母，Kenda。看起来远比她想象中的年轻。

Kenda一下子便猜测出了李沐尔的身份。虽然不是一看便能记住的惊艳面孔，但能住在顾清尧家的女孩，除了上了新闻，闹得沸沸扬扬的这一位，绝对没有其他人了。

“回来了？”听到顾清尧的声音，李沐尔一愣。

进屋后，李沐尔才看到顾清尧原来是倚在窗边的。星光的余晖洒在他身上，他整个人就像是嵌进玻璃中的一道光影，好看得不似真的存在于世间。

“你先进去。我晚点再和你聊。”顾清尧道。

“好。”李沐尔听话地正欲往屋里去，却被Kenda叫住。

“哎哎哎，别走。”她招招手，然后堆起笑容对顾清尧说：“你爸爸都见过了，我就不能见见？再怎么样，以后进了我们家的门，还是要见我的。”

她“咯咯”笑着，李沐尔在她的笑声中尴尬得手足无措。顾清尧扭头望向窗外，静默了片刻，他回过头，对李沐尔说：“那你就坐吧。”

他没有对Kenda的玩笑话作出任何反应，这反而让李沐尔有些不安。

“我们继续刚才被她打断的话题吧。”顾清尧面无表情地说。

原来他们之间的话题是被她打断的，怪不得她刚进来的时候觉得气氛很奇怪呢。李沐尔赔笑着，坐直了身体。

“这就是你爸爸说的那位连金钱都不稀罕的女孩儿？现在的女孩儿一个个都物质得很，她这样的倒少见。”Kenda对顾清尧的话置若罔闻，似乎对李沐尔更感兴趣一些。

顾清尧的脸色不好看了，他原本就很排斥Kenda，而这个女人还一而再，再而三地刺探他的底线。

“怎么了？干吗不说话？清尧安静，你也这么安静的话，那以后你们俩结婚了，这屋子不跟坟墓一样？”Kenda不知是故意的，还是无意的，说话没个忌讳。

“坟墓”这两个字让李沐尔的心迅速揪成一团。李沐尔此时此刻的脸色不比泥土的颜色好看到哪里去。

顾清尧忍无可忍了，低喝了一声：“Kenda，够了！”

Kenda与李沐尔皆是一愣。Kenda似乎很习惯顾清尧的表现，所以唇角扯了扯，便不再说话，整个人陷进了沙发里。

而李沐尔没有想到，顾清尧对待他这个名义上的继母，也是一分情面都不给，冷血得让人无法想象，居然直呼其名。

三个人之间，不对等的对峙。

僵持了一会儿，Kenda从包中丢出一个白色的信封到茶几上，然后起身走到门口。走之前回眸一笑，这个笑容不是给顾清尧的，而是给李沐尔的。

“是叫沐尔吧？很好记的名字。我们还会再见的。”

说完，一个优雅的背影便消失在门前。

行为举止利落优雅的女人，李沐尔这些天以来见过两个。季清幽与她。可是她们之间，有着明显的不同。季清幽冷艳，而Kenda似乎容易亲近得多，可是她说话的语气，也带着一种不容别人抗拒的味道。

这个名利场里处处都是阴谋，李沐尔觉得自从自己莫名其妙趟入这浑水后，就没有过过一天安生日子。她越来越觉得自己就不该踏进这个不属于她的世界。

可是如果时光再来一次，面前的诱惑还是顾清尧的话，她能拒绝得了吗？望着此刻心事重重的顾清尧的脸庞，李沐尔心底莫名一软。

八

李沐尔盯着那个信封不动，耳旁传来顾清尧疲惫不堪的声音：“想知道是什么就打开看看，跟我这么久了不用那么拘谨。”

李沐尔惊讶地望着他，他朝她微微一笑。李沐尔觉得，她应该是得到顾清尧笑容最多的读者了吧，而这些福利本来就不该是她的。

李沐尔的心虚落在顾清尧眼里变成了小心翼翼。

他道：“怎么不问问我，Kenda来干什么的？你如果问的话，我一定会回答的。”

李沐尔得到了顾清尧的批准，拿过信封，边拆边僵硬地发问：“那她是来干吗的？”

“杂志的销量一期不如一期，业内早就炸开了锅，说我心思没放在做杂志上，可是我已经尽力了，大概只是不适合吧。Caspar见这边的投资根本捞不到钱，想让我趁早收本，将杂志转给适合的人做，让我回德国去。我原本的专业就是金融管理，他想哄我回去当他的左右手。”顾清尧的语气很无奈。

李沐尔半懂不懂地点了点头，也不知道该说些什么话来劝慰顾清尧。这不是她能理解的圈子，她从来就当不了顾清尧身边的解语花，还不如季清幽。

想起她，就想到那夜她毫无避讳地坦陈自己喜欢顾清尧的事情。李沐尔佩服她的勇气之余，心底居然泛起了些些醋味。李沐尔努力让自己不要乱想，只当是身为一个读者，都不想自己的偶像身边有优秀女人出现的惯常想法。

白色的信封内装的是去德国的机票。

“那你准备怎么做？”李沐尔问出了口，问出之后又觉得自己嘴太笨，说不出好听的话，只能将选择题又抛回给了顾清尧。

“我不知道。”顾清尧自嘲地笑了笑，他低下头，脸部的轮廓垂在阴影里，叫人看不真切。于是，接下来他说的话，也叫人感觉虚化了，他变得不像他。

“你说我是不是挺差劲的，什么都做不好。如果没有别人扶着我走路，我大概早就摔死了。可是我还幻想着自己能够奔跑。”

“不，不是的——”李沐尔焦急地脱口而出，想说一些安慰的话，可是发现她的表达能力不强，根本无法用苍白的语言来表达自己喷薄欲出的情绪。

“其实我也不知道自己究竟能做什么，人生就好像是被安排好的一颗棋子，他们把我丢到哪里，我就到哪里。我没有什么朋友，甚至没有一个亲人可以听我说内心话，所以长久以来，文字成了我最好的朋友。”

“你，其实你真的很棒。你并不差劲，你很优秀。差劲的是我，连一句像样的话都说不出。谢谢你为我做的一切，在我眼中，你像一个超人一样无所不能。”因为过于迫切的表达，李沐尔的话说到最后，已经带上一丝奉承的意味。

她也清楚地意识到了，于是张了张嘴，将剩下的话吞咽回肚子中。

她的动作落入顾清尧眼中，顾清尧笑起来，眼睛眯成一条线，他的胸腔微微起伏着，是发自内心的开心。

“谢谢。”笑够了之后，顾清尧轻松地吐出这两个字。

李沐尔脸烧成红气球，一转身跑进了自己的房间。她有时候还是觉得自己挺幸运的，因为她可以看到顾清尧面具下的真实一面。

客厅内又只剩下顾清尧一人时，他叹了一口气，然后喉结骤然朝下一划，没有任何预兆的。就像他，也在此刻做出了一个决定。

他将茶几上的机票揉成一团，以抛物线的弧度投向纸篓中。

接着，他站起来，目光停留在刚才李沐尔进来时站的地毯上。那处玄关处的地毯是专用来换鞋子的，此刻脏得不成样子。

顾清尧微微蹙起眉头，走过去蹲下。他看到李沐尔那双鞋子的鞋底时，眉头皱得更深了。她今天是去看日本CV见面会了，那鞋底的泥泞是沾的哪里的？整座城市的清洁度在全国都可以算得上名列前茅，就算下雨，也很少有地方会泥成这样子。

这个丫头今天是去哪里了呢？

顾清尧望着李沐尔房门的方向，脸上的笑意全部消失，一层阴霾之色像乌云覆盖天空一样，很快覆盖了他的脸。

第六章

喜欢两个人

一

李沐尔坐在床上临时抱佛脚，看复习资料一直看到夜里12点。拿手机看时间的时候，眼睛也顺便瞟到了日期。

都12月26号了，离1月4号还剩下为数不多的10天了。李沐尔差一点就把这个重要的日子忘记了。这天可是顾清尧的生日！

李沐尔猫着身子蹿到电脑前，打开电脑登上QQ，找到他们社团的群。

“喂喂喂，都在吗？帮我一个忙好不好？”

李沐尔“噼里啪啦”地以飞快的速度敲打键盘。

“追男人不帮，杀人越货的勾当不做。”

很快就有人回了，是他们社团的编剧，也是一个人气网络写手的角色。

李沐尔笑了笑，然后继续“噼里啪啦”地敲下一连串的话，将她的想法在群内说出来。群内立刻炸开了锅，隐身的人全部蹿上线，纷纷报以十二分的热情。

原来李沐尔想着，顾清尧不缺名不缺钱，不管她送什么，对于他来说，都不会留下太深刻的印象。那还不如发挥她的特长，制作一个不公开的广播剧刻在CD上给他当贺礼。

“你有什么想法吗？可以事先跟我说说，我找题材的时候也好对号入座。”

群内的导演打出这样一句话。

“我的想法就是，这个剧本我来写。”

李沐尔回道。

“什么？！”

不单单是编剧诧异了，社团内的所有人都诧异了。李沐尔的声音甜美在这个小圈子内是出了名的，一些人甚至送她“萌神”的绰号。但是谁也没有听说过她会写什么文章。

“你在开玩笑吧？你来写？”

编剧换上了红色的字体，在此刻刷屏的群内显得相当醒目。

“相信我一次。这个剧本又不公开，只是送给顾清尧个人的生日礼物，不会给社团丢脸的。你们就当帮我一个忙，我以后一定回报。”

李沐尔忙着说服社团内的人，打字的力度不禁加强了些。胳膊肘在桌子上移了移，一不小心就将水杯拱翻了，水洒在了地毯上，李沐尔惊呼出声。

顾清尧很明显是听到了这声音，然后才到李沐尔的房门前来敲门。

“你怎么了？”

“没，没什么！”李沐尔的声音中有掩饰不住的慌张。

顾清尧将门推开，看到李沐尔赤着脚蹲在地上。李沐尔见到顾清尧居然进来了，猛然起身，脚踩在湿的地方，拿纸巾的手藏在背后。电脑上，因为她长时间不回，社团的人干脆在QQ上发起抖动窗口来。

顾清尧眼底藏着深幽的光，他向前一步，李沐尔便朝后退一步。

顾清尧越来越觉得李沐尔有事情瞒着他，可是又不好当面质问。

他们之间的关系尴尬又特别。可是不知道为什么，他越来越自私地想要了解她藏在心底的事。

“我看我在这儿，你就紧张，我还是出去好了。”顾清尧嘴角突然扯开一个笑容，然后径直离开。

李沐尔心中的大石头这才落了地。她将地毯上的水吸干，然后又将空调打开，风速调到最强。她站在热风下，心中起了另一种不安的情绪。

只是不想让他知道自己不小心将水洒在了地毯上，可是他会不会由此敏感地想到其他？李沐尔开始后悔自己刚才慌慌张张的掩饰了，还不如从一开始就坦白。

对，她要坦白。

跟社团的人说了晚安之后，李沐尔关掉电脑坐在床上，抓起一支笔撑着下巴，开始构思脚本。

要写怎么样的一个故事，才能让他听完整个广播剧理解她的良苦用心从而原谅她呢？想给他生日的惊喜，又想他能知道整个事件的细枝末节。

李沐尔咬着笔头，眉头紧蹙，她害怕自己拙劣的文笔写不好这个故事。可是这个故事又必须由她来写。

在本子上涂涂写写，一直写到后半夜，把自己折腾到筋疲力尽的李沐尔终于睡过去。

二

冬天早已经完全将白昼的时间与黑夜对调，就像韩轩扬也很应景地早将送李沐尔的酸奶及时改成了奶茶。

夏熏之前一直对她说：“这香飘飘奶茶一年销量可以绕地球一圈，

你喝的奶茶差不多也可以绕我们学校一圈了。”

李沐尔那时只咬着吸管不说话，抬头望天。

有的时候李沐尔感觉不到韩轩扬的存在，但是他就一直在她身边，像海水里的救生圈，为她抵挡一层一层迎面而来的海浪。

这天午后，韩轩扬到李沐尔上课的教室来找她。正好是三节连上的理论课，下课的时候，学生们的肚子早就唱起了空城计。可是无奈食堂里已经只剩下没人吃的饭菜了，学生们都纷纷往校外跑。

韩轩扬高举着手中的外卖，笑得和煦。

几乎所有的女生都嫉妒李沐尔的好运气，就像韩剧中的女主一样，没有出众的家世与长相，却莫名其妙被深情的男二爱上，还与男一有了别样的纠葛。

李沐尔一边喝着热牛奶，一边大口大口地吃蛋挞。

李沐尔很喜欢吃蛋挞，总是一盒一盒地买。不光是这样划算，而且能够吃得饱，她也不会觉得甜腻。

韩轩扬看着她吃得很香的样子，眼睛微微眯起来。他突然开口说：“以前读高中的时候，家人很反对我恋爱，总说要以学业为重。现在进了大学的门了，倒希望我早日带个女朋友回家了。”

“所有的家长都是这个想法，反对早恋，却到了大学时，各种打听自己儿女在感情方面的事。”李沐尔口中嚼着蛋挞，含糊不清地说道。

“我没谈过恋爱。”韩轩扬望着李沐尔，自瞳孔中散发出一束光。

“真的哦？”李沐尔咽下最后一口食物，然后猛喝了一口牛奶。

“心中一直有一个人，她以前一直不知道我的存在。”韩轩扬笑得很温柔，他伸出手，轻轻地帮李沐尔擦拭掉留在唇角的牛奶与食物的残渣。

这个动作很暧昧。李沐尔望着他盛满关怀的眼睛，阳光从背后打过来，恍恍惚惚的。

韩轩扬缓缓靠近李沐尔的脸，整个校园仿佛都开始冬眠，静得没了一丝声息。韩轩扬的动作像镜头一样缓缓推进，李沐尔却在最关键的时刻扭过了脸，下意识的，脑海中第一个出现的人影居然是顾清尧。

韩轩扬从背后被人猛地一推，整个人没有防备地扑到了李沐尔身上，嘴唇贴到了李沐尔的脸颊上，李沐尔感觉被韩轩扬吻到的半边脸颊瞬间长出火焰。

两个人都尴尬地爬起来，看到夏熏正憋着笑站在那里，挡住了一缕光线。

“我说小子，这样怎么亲得到妹子啊。要快准狠啊，必要时用你男人的臂膀将她推到墙角里强吻啊，一看就是偶像剧看太少的孩子。”

韩轩扬尴尬地低头清咳。李沐尔划了划手道：“就不能说些正经的。”

正在三个人互相打趣间，夏熏的手机响起来，划破了这个美好的氛围。夏熏看了一眼手机屏幕，就放回了口袋。

李沐尔突然站起来说：“怎么不接？你可以选择找个角落去接呀，你以前都这么做的。”

夏熏望着李沐尔的脸，觉察到她的话语里多了一些不客气。她们两个人之间，已经不似从前的亲密无间，这点她知道。或者说，他们这些人，都已经不似从前的单纯，岁月将他们的模样改了又改，最终谁也不认得谁。

夏熏深吸了一口气，还未将手机接起，铃声已经断了。正在奇怪间，不远处开过来一辆宝马。

从宝马车上下来的女人徐娘半老，虽然保养得很好，但还是可以一眼看出她的年纪已经有40多了。

女人气势汹汹地走到夏熏面前，一个巴掌扇得所有人都措手不及。

夏熏自然也不是一个任人欺负的主儿，当下就回了过去。两个人厮打在一起，女人间的斗争格外可怕，韩轩扬与李沐尔想劝架都不知从何下手。

而李沐尔也从她们口中骂骂咧咧的对话中猜出了七七八八。

四周已经围过来很多学生，连学生会的人都来了。一个干部把保安叫来说："就是这个女人，我跟她说车不让进学校，她偏进，还说谁都拦不住她。"

保安上前将女人架住，女人将因打架都散下来的头发捋回耳后。她看到四周围过来的这么多人，突然安静了下来。

随后，她指着夏熏对众人说："既然大家都来了，我就想问问你们，怎么说，这大学也是A市一所挺有名气的大学，怎么就培养出了这样的女孩子，专门勾引别人老公？我还以为只有三流艺校的一些女生干得出来这些事呢，想不到现在的大学生个个如此啊。"

这话一说，明显是惹了众怒。大家齐心协力，将这个女人炮轰出了学校。

四周再次安静下来。

三

"这些都是真的吗？原来你竟然是别人的——二奶。"李沐尔很难以启齿将这个词与自己最好的朋友联系起来，她也羞于将这两个字说出口。

真的，是这个世界上的任何人都没有关系，李沐尔最怕是她。可是将这前后的种种因果联系起来一看，除了这一种完美的解释外，也别无其他。

“哎，你冷静一些。”韩轩扬上前去拉她的袖子。

李沐尔用力一甩，将韩轩扬的拉扯甩开。

夏熏将这一幕看在眼里，更加尴尬。她强硬地挤出笑，将手伸出来，仿佛是在挽回与李沐尔的感情。

“我不是。”她的声音轻飘飘的，语气笃定，唇角甚至还带着笑容。四周又围过来一些看热闹的人，他们或看到了刚才那一幕或听到了传闻。

夏熏垂在半空中的手，先是手指缩了一下，接着整个手臂都像失去了生命力的玩偶，一下子便落到身体一侧来。

她低着头，任周围传来不怀好意的揣测与声声指责。

韩轩扬有些看不下去了。他走上前一步，在李沐尔耳边道：“全世界的人都可以指责她，就唯独你不可以。”

夏熏抬头，依旧是带着笑容，硬撑着说：“其实我早就料到会有这一天了，只是没想到这一天来得那么突然，而且我们之间，早就不像最开始了。你看，我说我不是，她都不信我。”

夏熏的笑容在冬日的阳光下，显得尤为苍白。

还有什么比自己最要好的朋友不信自己更为悲伤的事呢？

“我跟你不一样，甚至根本就是两个世界的人。”

这是夏熏转身离开时，凝视着李沐尔说的最后一句话。李沐尔望着她的背影一步步消失在视线范围内。周围的学生们自动给她让开一条路，离得她远远的，似乎她是什么瘟神一般。李沐尔看得心里很难受，想开口留住她，又想对周围的学生吼一声“你们凭什么那么对她？”。可是自己没有勇气，自己的举动又何尝不是冷眼旁观？

所有的话堵在喉咙里，一句也说不出来，李沐尔蹲下身，发出呜咽的声音。

围观的人群散尽，韩轩扬轻轻拍着李沐尔的背安慰她。

校门外的奶茶店内。

李沐尔猛吸了一口奶茶，然后揉了揉再次发红的眼眶。

“好好的朋友变成这样。”

“她有事情瞒着我，我没想到竟然是这事，我早该猜到的。有时候总是找不到她人，打她手机也总是关机，从没听她说过她家的事，她总说她穷，可是身上总有用不完的钱。你让我怎么相信她的话？”李沐尔断断续续地说着。

“我只想说，在没听清一个人的话时，先别忙着否定她。就算她真的做错了什么，也是每个人的选择不同。最起码你刚才那样，她一定很伤心。”韩轩扬边帮李沐尔拿面纸边说。

“我，我——”李沐尔笨拙地不知该说什么。有时候无声也似一把锋利的匕首，刺得旁人血肉模糊，可那并不是她的本意。

两个人之间沉默了那么一会儿，韩轩扬鼓起勇气，换了一个话题。

“我想跟你说一件事，这是我今天找你原本的目的。”

李沐尔抬起头，静静地等待着他接下来的话。

“我们系有和美国一所大学合办的一个项目，系里推荐我去当交换生。要去两年，大四那年回来。”

“那不是很好吗？”李沐尔咬着吸管，垂下眼眸，躲避韩轩扬的目光。

韩轩扬深吸了一口气，继续道：“可我想拒绝。”

李沐尔急得抬头，与韩轩扬热烈的目光对峙，她说：“这么好的机会，你怎么舍得放弃？我如果是你，我就去。”

“你那么想我离开？我这一走，就是两年不回来了。”韩轩扬眼底饱藏的希望，因为李沐尔的沉默，渐渐变成失望，最后是绝望。

韩轩扬的唇角扬起一个自嘲的笑容，他低声道："两年的时间可以改变很多事情。以前觉得只要能守在你身边，就算你的心是石头做的，也一样能融化。可是现在看来，今时不同往日了。你的心早有所属了吧？"

李沐尔咬着自己的下嘴唇，直至咬出一个印记出来。

"不回答就是默认了。我能冒昧问一下，是他吗？"韩轩扬更近一步，幽深的瞳孔逼视李沐尔。

"怎么可能？"李沐尔脱口而出，然后才惊觉自己暴露了。这句几乎想都没想便冲出口的话，便是真心话。那个他是顾清尧。这里有两层意思：一是她觉得自己跟顾清尧的人生不可能有什么交集，他高高在上，自己只是一粒小尘埃，即使与他有过短暂的交集，那也是老天爷开的一场玩笑。二是她觉得自己不可能爱上顾清尧，以一个女人爱上一个男人的例子来说，她觉得自己不配。

"你还不确定自己的心意，这种事本来就是当局者迷，旁观者清。"韩轩扬起身道。

"对不起。"李沐尔低声说。

"你有哪里对不起呢？是我对不起你，今天发生了那么多事，我还和你说这些，让你心里添堵。时间也不早了，我送你回教室吧，学姐。"韩轩扬对李沐尔笑，他的睫毛低垂着，遮住眼眸，唇角弯着的弧度恰到好处，与那句"学姐"相得益彰。

李沐尔本不想伤害任何人，可是她却还是笨拙地伤害了所有人，在这一刻。

四

晚上回去的时候登QQ，李沐尔知道了自己于前几天写完的广播剧已经制作完毕。李沐尔自己没有参与，她无法在顾清尧的家里用设备完成录音。

但是这丝毫不影响他们社团所制造出的水准，扮演自己的那名声优，声音像极了自己，真不知道策划和导演是从哪里挖的角。

取下耳机，李沐尔蜷缩在椅子上，这才感觉心里舒适了一些。

她从包里拿出早就买好的一张空白CD，将这个广播剧拷下来。完成这些之后，她反反复复地听了许多遍，确认无误后，才将CD放入盒内，然后小心翼翼地包成礼物的形状，藏在枕头底下。

这是她的一个梦。希望梦醒后，是晴空万里。

顾清尧生日这一天，李沐尔看到网络上到处都是恭贺他生日快乐的帖子与祝福。她特意翘了一下午的课回去，家里冷冷清清，与外界喧闹的气氛形成鲜明的对比。

李沐尔买了很多菜，还有一包挂面。李沐尔发现这居然是自己第一次在顾清尧家做饭，以至于一些调料和做饭要用的器皿她找了很久才找到。

将饭菜做好时，正好是顾清尧回家的时候。他打开门的一瞬间，看到李沐尔围着围裙站在桌子旁，眼底流露出不解的意味。再看到桌子上的一桌饭菜，随口问道："你不会专门为了我的生日做了这么多菜吧？"

李沐尔心里紧张，嘴上却顺口接话道："那你明明知道今天是自己的生日，还不早些回来？"

"我也不知道是自己的生日，但是一进公司，那些编辑就上来送礼物了，堆了一桌子，打开微博和聊天工具，也都是生日祝福，我想不知道都不行。”顾清尧将外套挂好，微微笑道。

“瞧你，多幸福，那么多人记得你的生日。”

“是啊，可惜我每年的生日还是一个人过。”顾清尧苦笑。

“你爸爸呢？”才问完，李沐尔又想抽自己嘴巴了。

顾清尧往桌子上丢了一张轻飘飘的东西，李沐尔凑近一看才看清是支票。大概这就是有钱人家小孩过生日的方式吧，别人想求都求不来的，可是顾清尧看起来却不快乐，大概他不稀罕这些，想拥有的只是普通人家聚在一起的幸福吧。

“来，你也坐下，一起吃吧。让我尝尝你的手艺。”顾清尧笑着说。

“哎，等一下，我去帮你盛面，寿星一定要吃面的。”李沐尔说着就走进了厨房内，盛面的时候她听到客厅里顾清尧的手机响了。

听他说话的语气，就知道是Caspar。不知道Caspar在电话那头说了什么，李沐尔只听到顾清尧自嘲地笑了笑说：“所以我今天生日你就让你太太送了一张支票来羞辱我吗？”

顿了顿，顾清尧才又说：“原来我还低估了你，你比我想象的还要高一筹。”

说完，就挂了电话。

李沐尔端着面条从厨房走出来，看到顾清尧怔怔地坐在那里，脸上的悲伤情绪淡得不易让人察觉，可李沐尔还是感受到了。

“怎么了？”

“没怎么，生日哪能不喝酒？丫头，你有福了，82年的拉菲，朋友从法国带回来的。”说着，顾清尧自酒柜里拿出一瓶红酒。

“你，不是不太能喝酒吗？”李沐尔记得顾清尧的资料里都写着，说他不怎么碰酒，除非在必要的场合。

顾清尧却没有理会她，他拿出两只红酒杯，给自己与李沐尔各倒了一些红酒，然后举起其中一杯，朝李沐尔道："Cheers."

红袖在灯光下摇曳，李沐尔抿了一口，喝不惯国外的酒，就放了下来。可顾清尧却自顾自地一杯接一杯。

李沐尔看着顾清尧一杯杯地喝，然后面色变成酡红色，最后趴倒在桌子上。

李沐尔去扶他，他却栽进了李沐尔怀中，口中呢喃着："我还以为他是专程让Kenda送支票来羞辱我的，结果他根本就不记得今天是我的生日，是我自作多情了，还以为多年来的相处，就算没有血缘关系，也会有一些真感情呢。"

原来是这样。李沐尔脑海中浮现出那个女人的身影，她以Caspar的名义送支票有什么目的呢？她为什么要这么做？为了维护Caspar与顾清尧之间的关系吗？

"你别这样，来，吃一些东西，不然你光喝酒，胃会难受的。"李沐尔将他扶好，夹了一筷子菜送到顾清尧嘴边，却被顾清尧一手推开。

"那吃些面条吧。"李沐尔无奈地说，发现面条早冷了，她起身，想帮顾清尧拿去厨房热一热。

喝醉了的顾清尧却像一个小孩子一样，缠着李沐尔，不让她走开。

"我是不是真的那么不讨人喜欢？是不是，是不是？"从没见过他这样，不管不顾，只执着于一个答案。

李沐尔放下碗，抱顾清尧入怀。顾清尧将脸埋进李沐尔的怀中，由最开始的轻轻抽泣到最后的大声哭喊。

李沐尔从未见过这样的顾清尧，这一刻的他仿佛卸下了所有的防备，不再用冷漠武装成坚强。李沐尔的手臂不够长，不能将他完全圈在自己怀中，但是她很用力地抱着顾清尧，用一种缓慢的语调说着，就像在叙述一个久远而流传的故事。

“你有那么多人爱着，为什么还会觉得难过呢？无非就是你在乎的人不爱你罢了。可是现实那么残酷，人生中不如意的事情十有八九的。你拥有了别人奋斗一辈子都拥有不了的，就必须承担别人也许一辈子都碰不见的黑暗。”

“其实你知不知道，我是从你的文字开始喜欢上你的，虽然那时候不认识你，但是总有一种很奇怪的感觉，我似乎能看穿你冷漠的外表下是一颗柔软的心。后来见到你，阴差阳错，又来到你身边，从一开始只要看见你就紧张得说话都结巴，到现在，我已经将你当作身边一个很亲近、不可或缺的人了。你很好，真的很好，值得所有人去爱。”

借着顾清尧喝醉的空隙，李沐尔这才将自己心底的话尽数吐出。

“我已经将你当作自己生命里很重要很重要的一个人了，所以如果有一天你发现我欺骗了你，可不可以原谅我？因为——”

李沐尔的话还未说完，顾清尧便“哇”的一声，将刚才喝下去的酒吐了一些出来，污秽全部蹭到了李沐尔身上。

吐掉一些酒的顾清尧意志稍稍清楚了一些，因为身体难受，而蜷缩成一团。李沐尔将外套脱掉，然后扶着顾清尧去他的房间。

这是李沐尔第一次迈入顾清尧的房间。虽然早有心理准备，但是顾清尧的房间还是简洁得让李沐尔觉得不可思议。

李沐尔将他扶到床上休息，自己则把他吐脏的衣服换下来拿去洗。然后又倒了一杯热水进来，柔声说：“起来喝些热水会好一些。”

顾清尧接过李沐尔手中的热水，“咕咚咚”全部喝了下去。

“我还想要喝——”顾清尧张着干裂的嘴唇，声音嘶哑道。

“明明知道自己不能喝酒，为什么还喝？一个人的痛苦不应该通过折磨自己来发泄，这是你小说中的一句话，你写得出来，为什么自己做不到？”李沐尔心痛地望着他。

顾清尧努力睁大眼睛，身体颤了颤，似乎要说什么，却还是未说出口。

李沐尔在转身的一刹那，却被顾清尧从背后抱住腰。李沐尔因为惊吓，手中的杯子掉落到地上，碎成了一地玻璃碴。

“你别走。”顾清尧轻轻地请求道。

这样的他任谁都无法拒绝。

李沐尔僵直了身体，缓缓转过来，挤出一个笑容，强装轻松道：“我是去给你倒水呀，你这是干吗呢？杯子都碎了。”

顾清尧不说话，只是将李沐尔抱得更紧了，口中发出一声声难受的呻吟。

李沐尔看到顾清尧此刻的模样，伸出手在他额头上一试。果然，顾清尧额头上滚烫滚烫的，已经将他整个人烧得虚脱。

“你发烧了。”李沐尔说。

顾清尧闷哼了两声，整个人朝前俯去，趴在了李沐尔身上。

李沐尔被这突如其来的事吓得一愣，回过神来的时候发现自己身下是床铺，身上压着的是顾清尧。

顾清尧的脸离她很近，脑海里不禁又闪现出那次在客厅的闹剧，然后便是韩轩扬的脸。李沐尔羞得无地自容，她将脸撇向一边，而顾清尧明显不是韩轩扬，他一下子便将李沐尔的脸扭了过来，俯唇贴了上去。

这并不是一个甜蜜而愉悦的吻。

顾清尧压得李沐尔几乎喘不过气，他的嘴唇因为发高烧已经全部起了皮，李沐尔就是被这样干涩的嘴唇摩擦得有些痛。

她难受地张唇，而顾清尧灵巧的舌头便趁机滑入内。李沐尔感受到顾清尧的牙齿在打着轻颤，她用自己最后的一丝理智加以判断，自己的舌头也舔上顾清尧的牙根，发现他的齿肉肿胀得不成形。

李沐尔用尽自己最大的力气，将身上的男人推开。

“我们得去医院。”李沐尔望着顾清尧坚定地说了这么一句。

顾清尧趴伏在床上，一动不动。

“我们得去医院，你生病了。”李沐尔重复了一遍，她走过来，蹲下去，认真地望着顾清尧低垂的睫毛，温柔地重复了一遍。

窗帘被风吹动，满天的星辉洒了一地。

五

李沐尔拿好钱包和外套，然后扶着顾清尧打车去最近的一家医院。

深夜的医院人很少，除了一些值班的医生护士外，就是一些急救病人的家属在走廊上不安地晃荡着。

李沐尔将顾清尧送进去打消炎针，自己则在走廊的椅子上坐着。

灯光将李沐尔的影子拉得很长很长。

一个因车祸而被紧急送来医院抢救的人于零点整去世。李沐尔看到他的家人哭天抢地，扶着墙根都站不稳。

李沐尔被这样的悲伤气氛所感染，又禁不住想起了自己早逝的亲弟弟。他被送入医院的时候，她还在学校，她连他的最后一面都未见到。

一路走来，她哭笑不得。

人群外，有一个相机对着李沐尔“咔嚓咔嚓”，关掉了声音却没有关闪光灯。李沐尔朝那个方向望去，眼睛被闪光灯闪了一下，眼前的景象模糊成一片。

李沐尔再睁开眼时，已经看不到那个对着自己的相机。只是恍惚察觉到一个人影闪过楼梯口。

她匆忙奔过去，脑海中，那个模糊的人影与那天在墓地口碰上的陌生男人的背影重叠起来。

对，就是他！

他跟踪自己做什么？李沐尔心中一堆疑问。

追到楼梯口，跟上次的情况一样，根本不见其踪影，倒像是李沐尔自己生出的幻觉。可是李沐尔知道，这不是幻觉，而是确实存在这么一个人，跟踪她数次，不知道在偷拍些什么。

李沐尔心底渐渐生出了恐慌，因为她能清晰地感觉得到，这个人并非善类。

李沐尔再慢慢踱回去，看到护士搀扶着顾清尧一步步走了出来。护士的面上带着红晕，搀扶顾清尧的动作格外小心翼翼。而顾清尧却是面无表情，见到李沐尔走来，他不动声色地抽离护士的胳膊，然后客气而疏离地说了一句："辛苦了。"

接着，他的脚步快起来，走到李沐尔跟前，满脸歉意道："你也辛苦了。"

同样的一句话，却是两种不同的态度。

李沐尔的目光穿过顾清尧的肩膀，看到小护士一脸嫉妒的神色，转过身便走回了自己值班的地方。

李沐尔无奈地笑了笑，这种事不止一次发生。

她收回目光，与顾清尧对视。顾清尧是真的清醒了，因为他醉酒后浑沌的眼眸，此刻变得澄澈光明。

李沐尔朝他笑了笑道："我们回去吧。"

这句话说得亲切而自然。

顾清尧笑着应允，然后和她一起走出医院。

两个人打车回家，出租车的后座上，顾清尧对自己的过失有些难以启齿，吞吐了半天，他才说："原本是我自己的情绪没控制好，害得你也跟着受苦了。"

他的声音低沉得极具诱惑力，李沐尔看着他的脸，就猝不及防地想到了那个吻。

她脸一发烫，下意识地用手去挡自己的嘴唇。李沐尔的这个动作让顾清尧的眼神里渐生一丝玩味。

出租车司机从后视镜里看出二人不寻常的姿态，调笑道："你们两个人在谈恋爱吧。"

李沐尔还来不及说"不是"，司机就自顾自地接着说道："哎哟，有什么不好意思的，年轻人嘛，男的俊，女的可爱，大大方方地谈恋爱，多好。"

顾清尧不给李沐尔反驳的机会，接着答话："是啊，我也想大大方方地谈一次恋爱呢。"

这句话一语双关。

出租车司机哪里认识后座正在说话的那个青年男子是一个被几乎所有年轻女孩子爱慕的公众人物，李沐尔听着顾清尧的这句话却一下子沉默了，嘴唇努了努，最终什么都没说。

出租车停靠路边，李沐尔和顾清尧下车，一路沉默着并肩走到楼下。

"丫头。"亲切而温柔的唤声自背后响起，正准备走楼梯的李沐尔回过头，还未开口就被拉进了一个温热的怀抱中。

黑暗中，李沐尔感受得到他的身体单薄，却有一股力量自体内喷薄欲出。

“嗯？”李沐尔紧张兮兮地回头。

“那司机都说我们在一起，不如我们就在一起吧。”顾清尧幽幽的声音自李沐尔头顶上空传来，如一道温柔的响雷。

李沐尔还未来得及反应，唇就被一软物覆上。

李沐尔瞪大了眼睛，黑暗里，顾清尧浓密的睫毛依稀可见。他居然，居然再一次吻了她！顾清尧此刻是清醒的，他的嘴唇也没有了上一次的干裂，变得柔软香甜。

顾清尧在李沐尔唇上流连，然后松开，倾侧着身子在李沐尔耳边笑骂了一句：“笨蛋，别咬紧牙关啊。”

李沐尔脑袋瓜空白一片，只是听话地微张开嘴唇。

湿润的唇便又覆了上来，带着淡淡的红酒味。

六

从深夜到白天，李沐尔用被子把自己卷成毛毛虫，脑海里将那段甜蜜的吻戏不断重放，然后画面定格在那里。

我们，这就算在一起了吧？

从来没敢妄想过远在天边的顾清尧有一日会近在咫尺，还对着她说那样暧昧的话。可是越甜蜜便越害怕，李沐尔整夜做的梦里，总是重复着顾清尧浓密的睫毛和那块墓地。渐渐地，这两个画面合二为一，每当李沐尔感到愉悦时，便深受一击。

李沐尔次日白天上课的时候也没有见到夏熏，这些天一直没有见到她。李沐尔曾别扭地用别人的手机拨打过她的电话，一直处于关机状态。

李沐尔看着身边空荡荡的座位出神。其实李沐尔很关心她，只是自己内心的那道道德标杆横在那儿，这让李沐尔浑身别扭。也许，也许只要夏熏给个合适的理由，李沐尔会选择第一个相信她。韩轩扬说得对，就算全世界的人都指责夏熏是个小三，她都没有资格去说夏熏一句不好。夏熏曾帮了她太多太多，她那天那般嫌弃的模样与那些落井下石虚与委蛇的人有什么两样？

“我可以坐在这里吗？”一个软糯的声音响起，将李沐尔的思绪拉扯回来。

李沐尔定了定神，看到面前站着的是一个长相很甜美的女孩子，冬日阳光柔和的光线将她的皮肤映衬得更加白皙，葱藕似的胳膊指着李沐尔旁边的位置笑着问。

“当然。”李沐尔迅速往旁边挪了挪，友好地答。

“谢谢。”女孩子很有礼貌地落座，然后便开始认真听讲。

没有了夏熏在身边帮忙，李沐尔抄起笔记来特别吃力。身边的女孩子见李沐尔如此，主动将自己的笔记本推过来。

字迹如人一样漂亮，李沐尔惊叹之余，抬起头来近距离地看女孩儿。

不知为何，女孩儿的脸让李沐尔有一种似曾相识的感觉，可是李沐尔又确定自己没有见过她。

女孩儿似乎能猜出李沐尔所想，她抬起头主动自我介绍：“我叫宋柚，柚子的柚，很仰慕丛教授的课，过来旁听的。”

一句话将李沐尔所有的疑惑全部解答。

李沐尔想着，学校这么多人，每天擦肩而过的数不胜数，或许曾与这位美女擦肩而过，自己就不经意间记住了她的容貌吧。所以此时此刻相遇，才感觉陌生又熟悉。

第七章

最痛的别离

一

李沐尔在和顾清尧一起吃晚餐的时候接到韩轩扬的电话。

李沐尔莫名心虚起来，就跑到自己房间内去接。顾清尧看着她匆忙跑开的背影，眼底染上了一层深色，表面波澜不惊，实则暗藏汹涌。

“你怎么这个时候打电话？”李沐尔将分贝压到最低地问。

另一边的韩轩扬听出她微有些责备的语气，有些好笑地反问：“怎么，现在给你打个电话都要看时间的吗？还是，我破坏了你什么好事？”

“才没有！”李沐尔敏感地反击，后又察觉出自己的声音过大，赶紧捂着嘴。

“我决定去美国当交换生了。”韩轩扬说。

“祝福你，前程似锦。”李沐尔语气坚定地回。

“前程似锦，呵呵。”韩轩扬喃喃地自念了一遍，有些无声地笑了，随后又道：“在走之前，我要告诉你一件事，一件积压在我心里面很久的事。”

“什么事啊？”

“后天周日，你到学校门口的奶茶店等我，不见不散。”韩轩扬说完这句话后就挂了电话。

李沐尔看着被挂断的电话，觉得莫名其妙。什么时候韩轩扬也变得这么神神秘秘的。一转身，碰到桌角的一个硬物。

是那张CD！顾清尧的生日已过，因为他的宿醉不醒，所有的计划都泡了汤。而事到如今，李沐尔看到那张CD除了心烦意乱外，根本没有勇气将那张CD再当面给顾清尧一次。

出了房门，李沐尔看到顾清尧一个人在喝汤，抬头的瞬间给了她一个温和的笑。

“朋友？”顾清尧看似不经意地问。

“嗯，算是吧。”屋内格外安静，李沐尔听得出自己说话的语气有多做作。

第二天，李沐尔听到顾清尧关门的声音后，才溜出来，又偷偷潜入顾清尧的房内，手里紧紧攥着那张刻着广播剧的CD。

李沐尔在顾清尧房内转了一圈后，最终选择将CD放在他桌子上的小书架前，那CD很自然地与桌上其他物品融合在一起，不显突兀。

李沐尔在心底默想：他看得见便看，看不到便是天意。

这样，不算她不诚实，违背了良心，而是老天爷要将顾清尧送到她面前补偿她前世的疾苦，不忍心这么快剥夺。

李沐尔知道顾清尧于她而言，是一个不太真实的存在，他们之间差距太大，就算她再怎么努力，他们之间恐怕也没有什么好的结局。

只是，他给她的关心却太过真实，真实得让李沐尔明明知道这是一个糖衣陷阱，还是如飞蛾扑火一般往里面跳。

她这样自欺欺人的做法就是一场理智跟真心的较量。

另一边。

顾清尧坐在办公室内，握着鼠标的右手无意义地点开一个又一个网页。可他眼睛在看，脑海里却在思索着另一件事。

过了一会儿，他将季清幽叫进了办公室。

“你帮我去找一个私家侦探来。”顾清尧直截了当地命令道。

这次，季清幽问都不问，便出门执行顾清尧的命令。她踌躇了一会儿，开口问道：“是跟李沐尔有关吗？”

“我有向你解释的必要吗？”顾清尧微抬起头，眼底的寒刃直刺向季清幽的心脏。

季清幽的身子晃了晃，唇角扯出一抹苦笑道：“我知道了。”

顾清尧没有再搭理她，季清幽则缓步退出了办公室。她扶着额头立在窗边吹风，不知道为什么，离自己原本的计划越来越近时，她倒有些不忍心下手了。

不知道是不是顾清尧自己感受到了什么，性格一向多疑谨慎的他是不容许自己被欺骗被辜负的。

季清幽虽然不喜欢李沐尔，但是却希望李沐尔能够自己主动离开顾清尧，坦诚自己的错误，而不是顾清尧动用私家侦探来查出真相。从内心深处来说，季清幽是想给李沐尔一个机会。

季清幽在这个时候拥有着最敏锐的直觉，但是她却还是自欺欺人地想着，也许跟那件事无关。如若真的是那件事，那又一场暴风雨就要来临了。

黄昏的时候，李沐尔又一次去了墓地。

这里安静依旧，朴素依旧，成了李沐尔唯一愿意说真话的地方，正是因为这里荒无人烟，她说的话只有草木石泥听得见。

“我把CD放在他房内了，也不知道他什么时候能看见。你会理解我的吧？我实在没有勇气当面给他，我是个胆小鬼，懦弱得很。”

“也或者是那种被捧在手心的感觉太美好，我竟然舍不得了。”

“我是一个很自私很自私的人吧？明明是你用了你的生命救了顾清尧，阴差阳错间，却让我承了他的感恩。可是我真的不敢向他说出真话，我每一天都过着担惊受怕的日子，我生怕今天看到的他是笑脸，明日就变成愤怒的一张脸了。”

李沐尔抚摩着那块墓碑，指腹因为过度的摩擦而渗出了一些血丝。

她对着墓碑自言自语，完全没有注意到身后草丛中有一个摄像头在对着她，录下了她说的所有话以及所有举止。

办公室内，顾清尧阴沉着一张脸看完整个录像带。

“啪”，他看完后就将录像带折成两段，然后丢进垃圾桶内。动作太突然，让面前站着的私家侦探吓了一跳。

“嗯？”顾清尧摊开手掌，伸在侦探面前。

“什么？”侦探不明所以。

“把你的手机、摄像机，凡是有照相摄像功能的数码产品全部拿出来。”顾清尧不悦地皱起眉头说道。

侦探立刻明白了顾清尧的意思，他这是不信任自己。

“顾主编，我们虽然是私家侦探，但是也有最起码的职业道德，不可能——”

侦探的话还未说完即被顾清尧打断。

“拿出来。”

侦探无奈，只得将身上携带的手机和照相机掏出来，交到顾清尧手里。

顾清尧看都没看，便将手上的两样东西朝地上掷去，那些数码产品被摔得稀巴烂，顾清尧将它们一并丢到垃圾桶内。随后，他又翻出自己的钱包，从钱包内掏出一张卡，交给了侦探。

“密码是六个一，这张卡里的钱包含了你的酬劳、辛苦费、封口费，以及你这两样数码产品的赔偿。你可以走了。”

侦探接过卡，心里嘟囔着：这个人还真的跟媒体报道的一样，一丝人情味都没有。不过嘟囔的同时，他也是开心的，手里捏着的这张轻飘飘的卡，里面的数目一定很可观。

侦探走后，顾清尧独自走到窗边，掀开窗帘，朝外远眺。

远方的乌云黑压压地袭来一片，冬天很少见到这样阵仗的乌云。顾清尧握紧了五指，指甲将手心的肉掐出深深的印记来。

二

冬天的雨大多淅淅沥沥，很少呈现出这样的滂沱之势。

李沐尔回到家时，衣服全部湿了。她在玄关处换鞋子的时候，顺手开了客厅的灯，却看到沙发上，顾清尧一动不动地坐在那里。

李沐尔被吓了一大跳，她捂着自己的胸口，看到顾清尧的目光就那么直勾勾地扫过来，立刻手足无措起来。

“你，你今天怎么回来得这么早？”她开始没话找话说。

放好了鞋子，她走到沙发处，见顾清尧没有回话，依旧是用那种眼神凝视着她，她低下眼，兀自镇定道：“我打车回来的，衣服还是湿了，我先进去换一套衣服。”

李沐尔前脚刚离开沙发处的地毯，就被顾清尧的一只手扯得重心不稳。

顾清尧的力气很大，李沐尔还未反应过来，就跌了下去。可是迎接她的不是一个温软的怀抱，而是冷硬的茶几桌角。

李沐尔的后背被桌角戳到，吃痛地叫出声。顾清尧再一用力，她就被拉到了顾清尧面前。

李沐尔狼狈地瘫软在地毯上，顾清尧坐在沙发上，一张脸阴沉得比外面的雨更加可怕。李沐尔哆哆嗦嗦地想要逃脱，顾清尧却用手托住她的后脑勺，逼她直视自己。

“你知不知道我平生最讨厌什么？！”他话音里的咬牙切齿，带着一股子决绝的意味。

李沐尔害怕地直往后缩。

“我最讨厌被别人欺骗，可是你却骗了我。我那么信任你，那么帮你，为你解决你家的事，还帮你找医生，你竟然骗了我。你根本就不是当年救我的女孩子！”顾清尧低吼出声。

李沐尔迎着他眼底的血丝，乞怜地说道：“你听我说，我求求你听我说好不好？”

事情无预兆地发生，李沐尔惊慌得不知道怎么办才好。

“我将你当作我最信任的人，甚至，甚至有生以来第一次，感觉自己也可以像个正常人一样去爱一个人。你最近的举动有些异常，我让私家侦探去跟踪你，原本以为你只是背着我恋爱或者干其他事，却没想到私家侦探拍到的东西，着实让我对你刮目相看呐，李沐尔。”顾清尧心痛地歇斯底里道。

不是“沐尔”，不是“丫头”，而是一句失望至极的“李沐尔”，这三个字好像要将他们两个人之间的界限划分清楚。

李沐尔哭了，眼泪跟断了线的珍珠一样，不断地往外迸溅。

“你听我说，我不是故意的，真的不是故意的。最开始其实我心里也有疑问，但是你说我是，我就没敢说自己不是，再加上这件事的真相我是后来才知道的，我真的不是从一开始就有心欺骗你的。”

“那为什么知道后不来跟我说？”顾清尧的脸贴近她的脸，眼睛眯成了一条缝，危险的气息在一步步靠近李沐尔。

李沐尔被这股气息逼得快要崩溃，干脆破罐子破摔。

“为什么？这还要我说吗？因为我也是有生以来第一次感觉自己可以那样去爱一个人，比爱自己还要爱。我原本只是你的一个读者，我从没想过我的生活会与你有什么交集，是你将我拉进这场漩涡的。我发觉自己爱上你了，很享受你对我与对别人不一样的温柔。所以我不敢说呐，我害怕现在这一刻的到来，可是我再害怕，它还是来了。”

顾清尧一步步将李沐尔逼至玄关处。李沐尔湿漉漉的衣服还在滴着水，落在地板上，发出“滴答滴答”的声音。

顾清尧突然拉开门，一股刺骨的冷风吹进来。

“你给我走。”顾清尧指着门外说道。

李沐尔的自尊心在这一刻也开始决堤，她一句为自己辩解的话都没有再说，转身就走出门外。

她的身影渐渐消失在顾清尧的视线里，出现她轮廓的地方又变回原本的黑漆漆。只剩下那股强有力的冷风拼命地往屋子里吹，吹进顾清尧空荡荡的、仿佛缺了一块的心里。

冷风，大雨，黑夜，这些名词带给李沐尔的不是恐惧，而是深入骨髓的痛。

三

冷风将玄关处的衣架子吹倒，那刺耳的声音将顾清尧惊醒。

他刚才做了什么？！

顾清尧如大梦初醒般，披上一件衣服，撑起一把伞，就下楼去。可是当他到了楼下之后，却连李沐尔的影子都没见到。

那雨下得要将整座城市覆灭一样，在地上砸出一个个水洼。

李沐尔在大雨里奔跑了许久，终于，她跑不动了，雨水将她的视线冲刷得很模糊，也将她心底的痛楚冲刷得越来越远，只剩下麻木。

李沐尔跑到街角的一家已经打烊的甜品店，躲在屋檐下，从身上掏出手机。出来时很匆忙，身上除了手机外，什么都没有。

幸好，手机虽然沾了水，却没有坏掉，信号还在，电话依旧可以打得出去。

翻遍了通讯录，李沐尔不知道自己可以找谁，在这样的雨天里，好像找谁都是不妥当的。最终，她反复按键的手停在了一个人的名字上，是夏熏。

犹豫了片刻，李沐尔还是颤抖着手，将电话拨了出去。

原本以为打不通的电话，却在短暂的“嘟”声之后被迅速接起，在听到夏熏熟悉的声音后，李沐尔立马委屈地大哭，泪水与雨水交融在一起，再分不清。

20分钟过后，一辆出租车停在李沐尔面前，车内走下一个人，撑着一把天蓝色的雨伞，将李沐尔扶进出租车内。

李沐尔还什么都没说，夏熏便将一杯热饮递到她手上说：“二十四小时便利店买的，先暖暖身子吧。看你这么晚了，而且是在这样的天气打给我，一定是有要紧事，我猜到了，所以我就来了。”

“小熏。”李沐尔趴在夏熏的怀中抽泣起来。

李沐尔将夏熏的衣服也印湿，她呜咽着，说不出一句完整的话。

“先不要说了，我都知道，你很难过，乖，再坚持一下，很快就到了。”夏熏关切地轻轻拍打李沐尔抽动的肩膀。

出租车驶入一处巷子，停在一个院子外。

夏熏付完钱，然后和李沐尔一起入了院子。南方这种四合院落很少见，夏熏住其中一间。

洗完澡，夏熏让李沐尔换上自己的衣服，接着两个人一起躺在床上，缩在被窝里。

空调的叶扇一闭一合，散发出的热气漂浮在半空，自她们的毛孔注入她们的身体内，很快，两个人的身体便温暖起来。

“事情败露了，顾清尧居然派人跟踪我，我去了墓地，说的那些话全部被录下来，他一字不漏地听到了，知道了真相，我不是当年救他的女孩，我不配受他这么多的恩惠。我还骗了他。”李沐尔越说越难过。

“所以他就赶你出来了？”夏熏皱起眉头问。

李沐尔咬着下嘴唇，点点头。

“性情如此薄凉，就算你骗了他，那也是身不由己，怎么就不能念及你一些好呢？”夏熏在被子下紧紧握住李沐尔的手，想要给她一些安慰。

李沐尔自胸腔内涌溢出满满的难过，她不能自抑地再次流下眼泪。

片刻后，李沐尔吸了吸嗓子，哑声问：“你呢？我好久没见你了。”

夏熏撇了撇唇角，又耸了耸肩膀道：“这件事闹大了，学校顶不住压力，我被勒令退学了。其实哪个大学没有这些事儿，我只是比较倒霉，事情被放大，做了反面教材罢了。”

李沐尔看着她白净的侧脸，假装无所谓，却分明是强装坚强。

“到底是怎么一回事呢？”

夏熏认真地望了李沐尔一会儿，才缓缓开口道：“我从来没有跟任何人说过我家里的事，包括你。所以我今天跟你说了，你是第一个知道的，或许也是最后一个。”

“嗯。”李沐尔专注地点点头。

“我很小的时候，爸爸就因为车祸离开了我们，我妈含辛茹苦地将我带大。我小时候读书很用功，总想着将来长大能报答她，让她过好日子。直到后来——”

说到“后来”这个词的时候，夏熏几乎是一字一顿，眼底流露出无限的伤感。李沐尔微微支起了身体，胸口起了一片凉意。她似乎预料到了什么。

“介意我抽根烟吗？”夏熏突然说。

李沐尔有些吃惊地望着她，夏熏却笑笑：“在你面前从来不抽，怕你不喜欢。”

这句话触到了李沐尔内心最柔软的弦，她起身问：“烟在哪里？”

“在你床边柜子的最里层。”

李沐尔将烟盒拿出来递给夏熏，是爱喜，寻常的女士烟。

夏熏抽出一根烟点燃，眼前的一切开始变模糊。李沐尔仿佛置身于朦胧烟雨中，开始听说书人讲故事的起承转合。

“直到后来，她爱上了一个姓宋的男人。这本来没什么大不了，小时候她怕我受委屈所以一直不肯嫁人，现在我长大了，能够独立了，她找个伴儿我是真心支持。可是她爱上的那个男人是有家室的人啊，我从小最佩服的妈妈怎么能当破坏别人家庭的第三者呢？我跟她冷战，她还是不肯放弃，最后那个男人也来找我了，他说他是真心爱我妈妈，并且愿意接纳我做他的女儿，他一定视若己出。他给我钱，给我好的教育，好像真的是一个慈父，他还会经常接我出去，我跟他，还有妈妈，像真正的一家三口一样其乐融融地生活玩耍。但是他并不肯离婚，他老婆隐约知道他出轨的事，却不知道对象是谁，后来的事你都知道了。”

故事讲到末尾，夏熏的烟也抽完了。

“原来是个误会，对不起，我真的错怪你了。”

“没事儿，我自己都不在乎了。”夏熏轻笑道。

李沐尔努了努唇，最终一字未说，将头埋到了夏熏的怀中，闭上眼睛，静静听着夏熏平静的心跳与窗外连绵的大雨混合起来的声音。

四

第二天是韩轩扬约李沐尔见面的日子，李沐尔没有去，她不想被那种伤离别的情绪感染，她的情绪已经落至谷底了。

离放寒假的日子越来越近，有些家比较远的学生翘了课提前买票回家。李沐尔一个人走在学校里的时候，感觉格外荒凉。

聚精会神地想着这几天发生的林林总总，所以在后背被人拍了一下的时候，李沐尔着实吓了一大跳。

是韩轩扬！

“我在奶茶店里等了你很久，你没有来，却无意间看到你的身影往学校里来，我也就跟过来了。”韩轩扬语气温和地解释，目光却直挺地戳向李沐尔，让她无处可逃。

“我，这个——”李沐尔讪笑着，却怎么也找不出一句合理的话来作为回答。

“不介意的话，跟我随意到处走走？”韩轩扬朝四周望了一眼，笑着问道。

“嗯。”李沐尔点头应道。

两个人分走在道路两侧，各怀心事，各自沉默。

“年后我就不会来上课了，去美国。然后有件事我必须在离开前告诉你。”韩轩扬突然停下脚步，鼓足了勇气，面向李沐尔。

“什么？”李沐尔站在风口，将衣领拉至下巴处，声音从衣领间发出来，牙齿打着战。

“你小时候在火中救过的男孩，还记得吗？是我呢。”韩轩扬说着，空中浮起一团白色的雾气，叫人看不真切。

“什么？！”同样的话，李沐尔却是惊呼出声的，身后树枝上最后一片枯叶落了下来。

生命就像一个出色的魔术师，它在骗你，而你却还在为它高明的骗术欢呼叫好。

顾清尧比李沐尔年纪大，可是当年小小的身影分明就是比李沐尔小上一些的模样。当时顾清尧那么肯定地认定她就是他的救命恩人的时候，李沐尔一度怀疑了很久。而韩轩扬倒是比李沐尔小，他的模样——

李沐尔的眼底又现出当年那场炙热的大火，火中男孩小小的脸庞与面前的韩轩扬的样子重叠起来，记忆翻天覆地地袭来，李沐尔往后倒退了几步，险些招架不住。

韩轩扬没有给李沐尔整理记忆的时间，继续说道：“从那个时候你把我背在肩上开始，我就记住了你的模样。这么多年，我对你的感情由感激变成爱，而爱也由幼稚变得成熟，唯一不变的却是守护。一直跟在你身后，即使你从没注意过我。长大后，为了跟你读同一所大学，我主动放弃了我的第一志愿，来到这所学校，以为一直守护你，用这种方式报恩，你能看到呢。现在看来，都是我的一厢情愿，你也不需要了。”

韩轩扬的笑容苍白得像一张纸的褶皱。李沐尔的心忽地一疼，她朝前走了两步，急切地说着：“我不是没有感受到，而是根本不知道事情的真相竟然是这样的。”

“那你现在知道了，你会选择接受我吗？”韩轩扬轻轻地问道。

“我，我——”李沐尔支支吾吾，绞着自己的衣摆不敢看韩轩扬。

“你不用纠结了，我是事先预知了答案，所以才来问的。我上次就跟你说过，当局者迷旁观者清，你自己一直到现在都不敢正视的感情，我早就看得一清二楚了。祝你幸福。”韩轩扬这句话说得云淡风轻，好像这么多年的感情真的是说放下就能放下一样。

“明明比我小，干吗要装得比我成熟懂事？电视里，只要有人说‘祝你幸福’就注定这个人要消失了。我们之间非得这样吗？”李沐尔眼眶内又溢满泪水。

韩轩扬强装起笑容的表情带着一丝隐忍。

“我不成熟，所以才会用这么决绝的方式向你道别。两年看不到你，远在彼岸的你，那样我就会少了很多思念吧。希望两年的时间可以让我放下这一切，让我回来的时候可以看着你幸福而不嫉妒。如果他对你不好，我会再做出什么决绝的事也说不好。”

李沐尔忍着的泪水在这一刻全部决堤，所有的情绪也全部被瓦解。

“我走咯，回家了，下学期就不会来了。”韩轩扬走到李沐尔的前头，脚步加快，努力让自己不回头。

给你最后的爱，就是手放开。不给你带来困扰，祝你幸福。

五

春节是今年冬天最寒冷的时候。

李沐尔回到家，整条巷子里都是张灯结彩，一派喜庆的。正因为外面的喜庆景象如此之盛，才衬得他们家格外冷落苍凉。

李沐尔独自一个人在家的时候，就会胡思乱想。来自四面八方嘈杂的声音像潮水一般淹没了她，顾清尧的指责，韩轩扬的离开，所有的事件都汇成千万根银针穿过她的背脊直达她的心脏。

在这期间，有一个人经常打电话给她，不是夏熏，不是其他同学，而是那个相貌姣好的旁听生，宋柚。

李沐尔是个慢热的人，她接到宋柚的电话时总是不知道该说些什么，那种隔阂说不清道不明。

“你一个人在家不无聊？”

“还好，习惯了。”

“那要不要和我一起出去玩？不如我们找个地方旅游吧？”

“呃，不好吧，我要留在家里过年的。”

李沐尔为难地说完这句话后，便听到宋柚在电话那头传来的一声低叹。

“哎，你的传统观念还蛮强的哎。”

李沐尔不知道回什么，只得尴尬地笑笑。

另一边，顾清尧的春节也过得相当寂寥，因为是他自己一个人过。

从超市买了一些速冻饺子，他下给自己吃就当过节了。德国没有春节，在国内，他也没有什么亲朋好友，其他人愈接近他，他愈反感，他本能地厌恶那些虚与委蛇的面孔。

一边吃饺子一边写稿子，格外落寞。

写着写着，顾清尧突然想起有一份资料压在房间的桌上。他去房间的桌子上寻找的时候，没有找到资料，倒是意外收获了另一件东西，是一张包装得像礼物一样的CD。

顾清尧是认得CD上的字迹的，李沐尔的字迹很特别，所以很容易记。不知道为什么，顾清尧在拆CD包装的时候，心猛然一抽搐，想起了他宿醉不醒的那个夜里。

那天是他的生日，她说要送他一件礼物的，可是后来由于他喝醉并且酒精过敏，被送去医院，这件事就不了了之了，谁也没有再提。

这应该就是她要送他的礼物吧，怎么会落在这里呢？顾清尧想着，手上拆包装的动作便更快了。

他将CD放入电脑内，很快，屏幕上便出现了一段音频。

这是一段广播剧，剧本并不熟悉，像是自编自演的一段戏。

顾清尧戴上耳机，安静地听完整个剧，整个人颓废地瘫软在椅子上。李沐尔表达故事的手法并不高明，这是她自己写的，顾清尧立马便能听出来在表达什么。

原来，原来她早就表达了歉意，诉说了自己的身不由己与言不由衷，他却这么晚才发现。其实仔细想来，要不是他将李沐尔视为最亲近的人，他又怎么会在得知她欺骗了他之后如此气愤，气愤得在雨夜赶她出家门？她现在在哪里，是回家过年了，还是独自躲在哪个角落黯然神伤？

这场悲剧都是由他一手造成的，是他认定李沐尔就是小时候救了自己命的恩人，是他将李沐尔带进这个光怪陆离的圈子，是他给她那么多的难堪。她之所以不抱怨不离弃，全部只是因为一个理由——她爱他吧。

想到这里，顾清尧的心莫名一痛。脑海里渐渐分崩离析出两个他，一个在指责谩骂，另一个在痛苦挣扎。

手机就在一旁，顾清尧抓起它，才翻到李沐尔的号码，顾清尧的勇气便像瞬间憋下去的气球一般，手一松，手机便掉在了桌子上，发出“哐当”一声响。

顾清尧的视线定格在手机屏幕上，李沐尔的号码被他存为——丫头。

从什么时候开始的，点点滴滴，一颦一笑，满世界充满着她的身影。

六

门铃响起，顾清尧去开门，出现在他家门口的人居然是季清幽。

顾清尧诧异道："你不是有我家的钥匙吗？"

"因为今天不是以助理的身份来的，而是以一个关心你的朋友的身份来的，所以当然要赢得主人的同意才好进门。"季清幽笑了笑。

顾清尧随即也笑笑。

两个人都不是善于微笑的人，一个严肃，一个冷漠。所以强装笑意时，一个僵硬，一个尴尬。两个人也总是在做自己最不擅长的事情，却偏偏不能放自己安生，都要去做。

"我买了一些爆竹过来，明天是初五，据说是财神节。很多户人家都熬夜抢着放爆竹接财神爷呢。"季清幽扬了扬手上的袋子。

顾清尧靠在墙上，讽刺地笑了笑："买这些做什么？我如今穷得只剩下一具臭皮囊。"

季清幽愣了愣，不知道该说些什么。她进屋换了鞋子，然后将门关好。也许将门关紧一些，天气就不会那么寒冷了，人心也能温暖起来。

一个人寂寞，不如两个人一起寂寞。两个人一起寂寞，全世界便充满寂寞。

顾清尧依旧在写稿子，将键盘敲得"噼里啪啦"响。而季清幽从他的书架上随意抽出一本书，坐在他旁边看。

"书拿反了。"顾清尧的声音突然响起，将季清幽的思绪拉扯回来。

"啊？"季清幽坐直身子，低头一看，自己还真的拿着一本放反了的书"看"了半天。

“有什么话就直说吧，你晚上来我家不是为了放爆竹和看书的吧？”顾清尧幽深的眼瞳闪现出一丝促狭的光。

见被顾清尧看穿，季清幽索性不再隐瞒。她直奔主题：“我是想跟你说一件事，关于李沐尔的事。”

顾清尧回过头，没有再看她，手却停在键盘上，没有敲下一个字。季清幽知道他在听。

“其实真的不怪她，如果不是我去告诉她真相，她应该一直到现在都是被蒙在鼓里的。这一切都是我的错，也许当时就不该因为一时冲动告诉她这些，造成了你们两个人的痛苦。我该把这个秘密埋在肚子里一辈子的，这样才是对谁都好。”季清幽懊恼地说。

顾清尧直勾勾地盯着她问：“你不是不喜欢她吗？”

“我是不喜欢她，可是也并没有想伤害她，只是想她自己知难而退，不要给你带来困扰。谁知现在，竟连你也被伤成这样。”季清幽情绪有些微的激动。

“谁让你那么自以为是的？”顾清尧冷冷地回道。

“有时候我觉得，我跟你才是一个世界的人，她不是，她该退回到她本来的世界里。这一切，只是一个美丽的错误，我要纠正它！”季清幽情绪已经有些失控了，她突然又哭又笑，心底被压抑的感情喷薄而出。

顾清尧盯着她半晌，随后淡淡地吐出三个字：“神经病。”

“是啊，我就是神经病，不然怎么会喜欢上你！我就是不甘心，不甘心你爱上一个那么平凡的女孩儿，却无视你身边一直这么努力的我！”季清幽在心底吼着这句话，眼泪早已先于话语，表达最痛的感受。

又是彼此沉默了一刻钟，季清幽走到顾清尧的身边，抹干了眼泪问：“我们去放爆竹吧？”

“你自己去放吧，我不信这些东西。”顾清尧望着窗外星空，头也不回地应道。

“我知道你在想什么，你不敢打，我给你打，你后悔了，想她了，为什么不叫她回来？”季清幽掏出手机就准备拨出去。

阳台上，那只萨摩耶被惊醒，它没有叫唤，只是睁着迷茫的眼睛看着面前的二人，眼底有失落。连它也在想念她吗？

那只苏格兰折耳猫，自从李沐尔走后再也没有好好吃过一次饭，整天有气无力地趴在玄关处。

顾清尧有的时候是强迫自己不去看这些，因为看到，他自己就会难受。

顾清尧没有阻止季清幽的举动，只是一直漠然地注视着她。她在他面前，一直都是一板一眼，战战兢兢，将每一件事都完成得无可挑剔。可是今天的她，不知道是内心藏了多少事，受到了什么样的压力才被逼至崩溃的边缘。

电话接通，季清幽开了扬声器。

听到李沐尔声音的一刹那，顾清尧突然紧张起来，他不自觉地屏住呼吸。

“在哪里呢？”

“在家，你有事吗？”李沐尔对季清幽一直有种抗拒的态度。

“哦，没事，就是想问问你什么时候回来。”季清幽刻意压制住自己因哭腔而带来的颤抖声，努力平静地发话。

“回来？回去哪里？你还不知道吧，他知道了一切，已经将我赶走了，在今年冬天下得最大的一场雨里，拜他所赐，我没有感冒。”李沐尔回道。

顾清尧在一边听着她的话，心里像被撒了一把玻璃碴，走到哪里都痛。

“其实，他也是一时冲动，谁都有冲动的时候，再说你要他在一瞬间接受那样的事实也不可能——”

“季清幽，一切都如你所愿了，你又在玩什么把戏？”李沐尔有些不耐烦地打断季清幽的话。

季清幽张了张嘴，突然之间不知道该说些什么。永远没有人相信她的好意，所有人都将她当作野兽，靠近他们，只为剥夺。

就在季清幽沉默的间隙，一直很安静的萨摩耶突然狂吠起来。

季清幽慌乱之中连忙挂断了电话，抬头的时候，却发现顾清尧用意味深长的目光看着她。

顾清尧问：“你究竟想怎么样？”

“我想怎么样？”季清幽自嘲地笑着。

“我想她不受伤害，我想你幸福，就这么简单，可是你们谁也不信我会这么好心。”季清幽笑得惨败，像一朵开到荼蘼的花。

第八章

慌乱的拥抱 只要一秒就好

一

寒假过后，回到这座城市的第一天，李沐尔再次走进这个熟悉的小区，她绕到阳台的那面，清晰地看到萨摩耶和小喵很温馨地依偎在一起，她拼命告诉自己的理由就是，她想它们了，所以就来看看，看完就走。

李沐尔踮着脚，朝那两只宠物做鬼脸。

那夜季清幽突然打电话给她，话语中断的那一刻，小白的吠声她不会听不出来。虽说天下的狗的叫声都一样，但是与小白相处久了，总能分辨出专属于它的一丝特别。

季清幽在他家，那么晚了居然在他家！

李沐尔突然想起她与季清幽之间曾有的对话内容。

“你喜欢他。”

“是又怎么样，你有资格过问吗？”

现在她走了，那么季清幽就可以乘虚而入了吧。李沐尔内心突然涌进一丝酸楚。

其实也算不上，除了那两个醉酒后的吻，他什么承诺都没有给过她。一直都是她一厢情愿呢，一想到那夜的大雨，她的眼眶就和被那场大雨淋过的地面一样潮湿了。

“丫头。”背后突然响起一声低沉的唤声。

李沐尔像被雷电击中一样，她不敢置信地回过头，面前站着的就是她一直想避开却又无比思念的人呐。

李沐尔下意识地低头就想走，却被顾清尧一手拉入怀中，然后紧紧地箍住她，使她不能动弹。

“放开我！”李沐尔咬牙切齿地挣扎道。

顾清尧果然放开了她，目光却一直停留在她的脸上，神色温柔。

“既然来了，怎么不上去？我记得我没有收回给你的房卡。”顾清尧微笑着说。

听了这句话，李沐尔心中没由来腾升起一股委屈与气愤。这个男人，怎么能这么厚颜无耻？明明是他赶她出门，却又在质问她为何不自己回来，他当她是什么？！

顾清尧望着她眼中腾升起的怒意，突然咧开唇角笑了：“以前只要我跟你说一句话，你就开心得不行，甚至不敢抬头看我。如今，你倒是学会跟我怄气了，果真是我越将你放在心尖儿上，你就越淘气。”

李沐尔本想顶嘴，可是一抬头，却见到顾清尧瘦得颧骨越发的高，眼里布满血丝，满脸尽显疲态，却还是努力地冲她笑着。

心底又是一酸，她重新埋下头，低低地反问：“你怎么知道我来？”

“我又不是算命先生，不知道，今天杂志要出片，我从昨晚加班到现在，正要回来睡一会儿，就遇到你了。算不算缘分？”

“哪里来的缘分，明明就是孽缘。”李沐尔咬着下嘴唇，说这句话的时候心口被塞满空荡荡的风。

“不要再赌气了，我向你道歉。这些天以来，我的气早就消了，我清醒了，也想通了。那件事根本不怪你，是我太笃定。其实，你那天冲进雨中后，我曾试过去找你，可是怎么也找不到。事情过去越久，我越是不敢打电话给你。我用工作来麻痹自己，可是越麻痹，你的模样就在脑海里越清晰。直至初四的晚上，季清幽来我家说是放财神节的爆竹，她打给你，我就一旁听着，听到你的声音，我又后悔又心急，后悔的是曾经那样对你，心急的是，你怎么还不肯回来。”

李沐尔望着顾清尧充满诚意的眼睛，内心积起的雪正在一点点融化，最后化成一江春水。

“其实我是怕失去你才会选择知道却不说。”

“其实你写剧本的水平还真的不怎么样，故事编得很粗糙。”

两个人皆相视一笑。

二

屋内。

“以后我们都对对方坦诚相待吧。”顾清尧说。

“好。”李沐尔答应得很迅速。

“以后眼里心里只能是我，不可以背着我跟谁偷偷交往。”顾清尧先开口说。

“没有男孩子要追我。”李沐尔深吸一口气，摊了摊手。

“我知道。”顾清尧应对得很轻松。

“你——”李沐尔气不过，却一时想不到什么话来反驳，脑海里瞬间闪过韩轩扬的脸，心又忽地一酸。

因为失去了你的守候，所以每次想起来的时候都无比难受。

“如果万一有哪个男孩子口味跟我一样特别，你就告诉他，你有男朋友了，但是不可以说是我。”顾清尧说得理所当然，一副活脱脱的欠扁的表情。

“还不是自私得怕影响你的人气。”李沐尔不屑地扭头。

“不是，是为你好。”顾清尧换上了一副认真的神情，一字一顿地解释道。

“最后，你要听话。”顾清尧凑近了李沐尔的脸，眼神变得高深莫测。

这次李沐尔倒是没有躲闪，迎上了他的目光，笑靥如花道：“什么话都要听？你要我做什么我就做什么？你当我是丫鬟，而你是旧社会的少爷？”

顾清尧想了想，慎重地点了点头。

“那你得给我加工资。”李沐尔笑道。

“你还真是个——财迷。”顾清尧倒吸一口气，喉结上下滚翻了阵，他突然哑声道：“我现在特别想做一件事，怎么办？”

“什么事？”李沐尔反问出口，才突然意识到自己处境堪忧。

“想做一件，我想了很久，忍了很久，现在无需再忍的事。”顾清尧笑得贼贼的，一步一步靠近李沐尔。

李沐尔脸蛋发烧，后退到角落里，直至无路可退。

脑海中又浮现出初来他家时，她也曾被他逼得无路可退，最后挤出一句令自己无地自容的话来：“可以不要在客厅吗？”

“那去厨房怎么样？”顾清尧魅惑的声音在耳畔响起。

“你，你，你别那么重口味，不能选一个正常一些的地方吗？”李沐尔咽了咽口水，喉咙发紧。

“做饭不在厨房应该在哪里？哪里才是正常一些的地方？”顾清尧故作奇怪地问道。

李沐尔“刷”地睁开眼睛，顾清尧正抱胸，一脸看戏的表情般看着她。李沐尔知道自己又被耍了！一个同样的坑，居然跌了两回！

“真是的，上次我生日，你亲手给我做了饭，我却喝醉了，之后我一直觉得可惜。今天这么好的日子，你回来了，我想吃一次你做的饭，你怎么这副表情？”顾清尧故意凑近了去看她的脸，李沐尔捂着脸，一溜烟地跑进厨房：“我给你去做，你等着！”

顾清尧看着李沐尔轻巧的背影，脸上的笑容渐渐收敛起来，口中发出一声无声的叹息。

李沐尔用冰箱中仅剩的食材做了几道简单的菜。两个人入座，可能是饿了，也可能是李沐尔的厨艺真的精湛，很快，盘子就见了底。

放在中间的盘子内，剩下了最后一块排骨。两个人对视一眼，然后都以最快的速度去夹，可是由于顾清尧离得相对较远，所以没能抢到。

李沐尔将那块排骨咬在口中，得意地冲顾清尧张牙舞爪。

“要吃吗？”李沐尔故意逗他。

顾清尧淡定地喝了一口汤，并不理会李沐尔的挑衅。李沐尔咬着排骨走到他面前，将那块排骨蹭到顾清尧的唇边。

顾清尧咬住了排骨，却没有咽下，而是吐掉，随即咬上了李沐尔的嘴唇。李沐尔吃痛地唤了一声，便也回咬他，两个人像小孩子一样好斗。

不远处一直观战而未入睡的小喵和小白无奈地摇了摇头。

三

李沐尔一夜未睡，她靠在顾清尧的胸膛上，第一次躺在他的床上，感觉十分不安稳。

第一缕晨曦洒进窗户内，李沐尔见身边的顾清尧依旧睡得香甜，便蹑手蹑脚地起来，将窗帘拉紧，光线透不进来，他便可以睡得更久一些。而她自己则悄悄跑下楼，她要证明一下自己昨夜看到的窗外的树梢那么不同寻常，是错觉还是真实的场景。

温度依旧很低，李沐尔呼出一口气，白色的一团雾气凝成水珠，托着初春的气息一直上升到空中。

李沐尔走到顾清尧家前的那棵树下。那是一棵年代有些久远的树了，如果它是一个男人，也一定是一个伸长自己的胳膊，展露自己肌肉的壮年男子。

从下往上看去，李沐尔看到了一根黑色的细细的线条状的东西。再凑近一些，李沐尔试探着用手去触摸，却只是一秒，她就像踩到地雷一样慌乱地跳开了。很明显，那是一根电线，刚才就是这根电线触到李沐尔了。

居然还通着电，说明这根电线正在被使用或者刚使用完被剪断后不久。

李沐尔脑海里突然闪现出一个镜头，心下慌乱，生出不祥的预感。

身后传出窸窸窣窣的响声，李沐尔对这个声音格外敏感，她猛然回头，果真后面站着一个男人，身材高大，面孔却陌生得很。可是李沐尔认得，这就是那个跟踪她去墓地，跟踪她去医院的男人，就算没有和他正面打过交道，这个男人的身影以及散发出的危险气息，化成灰李沐尔都能认出。

“这下被我逮住了吧？看你还能往哪里逃，这是什么？！”李沐尔抓住电线塑胶的皮，用力一扯，置于树梢间藏于树枝后的相机就被扯下来，摔了个粉碎。

男人趁着李沐尔惊诧的空隙，拔腿就跑。而这次李沐尔反应的时间很快，她用自己最快的速度追上去。

清晨的路边，没有人，没有任何障碍物，最后，李沐尔轻松地就拽住了男人的袖子。说时迟那时快，男人一转身用力将李沐尔推倒在地上，然后慌张地迅速离去。

李沐尔头撞到路边的播放器上，脑袋“嗡嗡”一响，像是无数只蜜蜂在她的大脑里蜇咬脑神经，最后将麻醉剂注入。李沐尔昏厥前的最后一秒钟，她记住了那个男人的脸。

李沐尔醒来的时候，发现自己被治疗仪以及输液管绑架，不得动弹。

很明显，这是在医院，能在小区的路边发现她，并且立刻把她送到医院来的，应该是顾清尧。可是窗边立着的人，却是季清幽。

李沐尔轻咳了两声，季清幽便立刻转过身来看着她。

“醒了？”

李沐尔点点头，然后挣扎着想要起来，可是只要动一点点，李沐尔就感觉到难受。

季清幽看出李沐尔的企图，几步并作一步地走过来，眉头一蹙，按住她道：“你别乱动。”

“你，你是受人之托吗？”李沐尔知道季清幽不喜欢她，所以她可不信季清幽会主动来照顾她。

“嗯。”季清幽没有隐瞒。

李沐尔眼底的光芒瞬间黯淡下去，她从口中吐出一个干瘪的音节：

“哦。”

季清幽给她倒了一杯水，然后面无表情地说：“他不来，是为了保护你。”

季清幽的瞳孔内闪着复杂的神色，一半是无奈，一半是心酸。

“他醒来后看不到你人，就下楼去一路找你，却看到你躺在路边上，扶你起来的时候才发觉你脑后一摊黏稠的血，知道你出了事他就慌了，没有任何预备的，抱你上车，再抱着你去医院，这样轰轰烈烈，自然引来了一批记者前往。他从后门先走，走之前打给我，让我来医院照料你。”

“原来是这样。”李沐尔若有所思地坐在那里，嘴上喃喃道。

“你休息吧。忘了告诉你，你后脑勺撞到硬物上，造成了严重的脑震荡，需要在医院休养一段时间，其他的一切都交给我，你只需要安心养身体就好。”季清幽唇角弯起一个微笑，声音柔软了许多。

李沐尔看着她，耳中仿佛有温柔的潮水在拍打，一波又一波。

“清幽，说不定有一天我们之间可以成为朋友的关系。”李沐尔望着季清幽突然开口道。

季清幽凝视着她，只是笑笑，并没有回应任何话，转身便消失在李沐尔的视线范围内。

病房恢复了一如既往的幽静，李沐尔闭上眼睛开始休息。不知是睡过去多久，只知道醒来的时候，窗边坐着一个人，朦胧的光线将那个人的轮廓一寸一寸描摹。李沐尔低低地喊出他的名字：“清尧，是你吗？”

顾清尧转过身，将灯打开，然后坐到李沐尔的床边，先是摸了摸她的额头，后又仔细地查看了一下点滴的速度。

李沐尔看到他认真的神态，又想起季清幽说的那句“他不来，是为了保护你”，心下翻涌出一阵暖意。

“怎么回事？你要吓死我啊丫头。”顾清尧开口问。

“其实有件事我一直没跟你说。”李沐尔回道。

“嗯？”

李沐尔将脸靠近顾清尧的肩膀，眼睛直勾勾地盯着门窗，然后将声音压得极低，吐出的声音成了气音，一字一顿道：“有个男人一直在跟踪我。”

顾清尧的表情一派肃穆，他追问：“什么男人？”

李沐尔抚着额头，细细地回忆道：“一个身材高大、其貌不扬的男人，他的五官没什么特征，不过我记得他的脖颈处有一块疤。他跟踪过我好几次，可是我都没有抓住他。那天晚上，那天晚上——”

李沐尔顿了顿，觉得有些难以启齿，可是当看到顾清尧非常正经地望着她，并没有一丝调笑意味时，她才转而继续道：“那天晚上我们一起时，我让你关上窗子，可是你说没有人会看。但我总觉得有什么东西在监视我们，我相信我的第一直觉。早上我醒得比较早，就想下去看看究竟，果然被我发现了你窗户外的树梢间架着一个相机，而那个男人也被我捉住了，他却将我推倒自己逃跑了，后来我就没意识了，再后来的事你都知道了。”

顾清尧听完李沐尔的话，面如死灰。李沐尔察觉出了不对劲，她从没见过顾清尧的脸色这么难看。见过他的冷漠，见过他的愤怒，却没见过他现在这般的神色，像是一种即将身陷囹圄的害怕。

“清尧，怎么了？”李沐尔轻轻摇晃着顾清尧的手问。

“没事，天快亮了，我要走了。”顾清尧起身，对李沐尔抛出一个微笑，随后匆匆忙忙地离开，走到门口时，又折回来，俯身在李沐尔额头上印上一个吻。

“你乖乖地养病，季清幽这几天不会去公司，专门来陪你，有什么事你可以跟她说。此外，我这几天不会来，要处理一些事，事情处理完了，我来接你出院。”顾清尧说完这句话，就此真的离开了病房。

李沐尔望着他快速逃离的方向，心底仿佛有暗涌在到处撞击，钻出一些空穴，涌进凉飕飕的风。

四

住院的这几天，确实有一些媒体记者在门外守候，可是一切如常，并没有什么可疑的状况发生。顾清尧的生活助理生病住院，顾清尧派遣了自己的工作助理来照顾，自己却迟迟不出现，想必也没有多将这个女孩儿放在心尖儿上。一直想挖八卦的记者纷纷失望至极，渐渐地不再出现。

平静得如一潭死水一般的日子中，有两个人经常来看李沐尔，一个是夏熏，另一个是宋柚。据说那位宋先生得知了自己的夫人去学校闹而使得夏熏名誉扫地的事，觉得对她很愧疚，便给她一大笔钱，让她开一家小咖啡馆度日，李沐尔真心为夏熏感到开心，因为这已经是不幸中的万幸。而宋柚，李沐尔一直对她保持客气而疏离的态度，不知道为什么，李沐尔对她就是亲近不起来。

这一日，夏熏居然是和宋柚同时到病房的。

夏熏对宋柚客气地笑了笑，算是打了招呼。

“我给你介绍一下，这是别系的学生，经常来旁听从教授的课，就坐你以前坐的位置。”李沐尔说。

“哦——”夏熏将语调拖得老长，不怀好意地笑着：“原来是你的新欢呐。”

“柚子，她是我最好的朋友，以前就坐你的位置，那可是她的专属座位。”李沐尔言语里带着调侃的意味。

“那现在呢？我怎么没见过她？”宋柚眨着两只眼睛，泛着天真无辜的光。

这一句反问刺中了夏熏，李沐尔有些尴尬，竟一时不知道怎么回答才好。

夏熏打破了这阵尴尬，应道：“我退学了。”

“为什么退学了？”宋柚表现出极大的兴趣追问道。

李沐尔心底起了一些反感的情绪，又不方便表现在脸上，她只是奇怪，宋柚看上去温婉可人，不像是一个咄咄逼人的人。

“就是不想上了呗，每个人选择都不同，何必都要上大学。”夏熏看似洒脱的一句话轻巧地避开了话题，宋柚也果然不再揪着这个话题不放。

气氛有些奇怪，最后两个人在李沐尔的病房内不欢而散。

时间一晃，到了李沐尔出院的日子。

这天，说好来接她的顾清尧没有来，奇怪的是，先前说来的夏熏与宋柚也没有来。只有季清幽忙前忙后地帮她办理出院手续，为她整理东西。

“想不到最后来接我出院的，居然只有你一个。”李沐尔苦涩地笑道。

“我只是受人之托忠人之事。”季清幽别扭地低头不去看她，其实心底也突如其来一阵心酸。

两个人走到医院外。

“我送你回家吧，你在家先休养几天，我帮你在学校请的假一直到下周。”季清幽关上车门，一边系好安全带一边对李沐尔说。

“能不能先送我去一个地方？”李沐尔请求道。

“哪儿？”

“夏熏，我朋友的家。我告诉你怎么走。”李沐尔说。

“好。”季清幽不问原因，只是点头应道。

李沐尔总觉得夏熏说好了不来是最奇怪的一件事，自己自从认识她开始，她承诺过的每一件事都会做到，这次的情况有些奇怪。

李沐尔担心她一个人住会出事。

五

车子停在巷子口，李沐尔按照记忆中的路，摸到了四合院的门口。

门是开着的，李沐尔直接推开门走了进去，院中静悄悄的，只有几只受到惊吓的麻雀扑扇着翅膀叽叽喳喳。

“夏熏，夏熏，你在不在？！”李沐尔心里有些发毛，她一面喊一面走，分贝一声高过一声。

走到夏熏屋子的门口，突然听到一声瓷器碎地的声响，李沐尔被吓了一跳。

她预料的没错，夏熏确实是因为出了事而没有来，只是她出的这茬子事，实在在李沐尔的意料范围之外。

屋内有两个人，除了夏熏，还有宋柚。

光线照进屋内的一瞬间，两个人都朝门口望去，只见李沐尔一脸错愕地站在门槛上。

而夏熏的头发披散着，身上的衣服也仿佛是被人撕扯过，像零碎的布条一样裹在身上。宋柚甜美的面貌此刻看上去有些狰狞，似乎怒气未消。

“怎么了？”李沐尔喃喃地问。

夏熏低着头，一声不吭。

宋柚冷冷地嗤笑道：“其实呢，我之所以到你们系旁听，并不是真的喜欢那个什么丛教授的课，我只是为了接近你，再找机会接近这个狐狸精。”

李沐尔脸上愕然的表情渐渐消失，她猜到了什么，其实她早就该知道的。

“你跟她关系这么好，你会不知道她的丑事？我叫宋柚，我爸爸叫宋成闽，原本我的家庭是很幸福的。直到前几年，我爸爸周末不陪我逛公园不陪妈妈逛商场了，后来演变至夜不归宿。我妈妈知道爸爸有了外遇，可是爸爸做事小心，一直查不到是谁。直到前段时间偶然看到爸爸带夏熏买衣服，他们笑得可真开心啊，有没有想过我和妈妈过得多凄苦？！”宋柚歇斯底里道。

李沐尔站在门槛上，身体几乎要摇摇欲坠。

脑海里出现雨夜的场景，她躺在夏熏的被子里听她讲她的故事。夏熏早就说过，那个男人姓宋。从那个时候开始，李沐尔就应该有所察觉才对呀，宋柚，宋成闽。

宋柚冲过去，又扇了夏熏一耳光，夏熏没有还手。李沐尔冲过去，挡在了夏熏面前，宋柚又扬起的手举在半空中，迟迟没有落下。

最后她朝后退了两步，唇角泛起的冷笑可以结冰。

“果真是物以类聚。”

李沐尔没有说话，她转过来紧紧抱着夏熏，就像那个雨夜，夏熏紧紧抱住她一样。李沐尔知道这件事是夏熏的错，可是哪怕全世界都指责夏熏，唯独她不可以。她们是朋友，本来就是相互扶持，一步一个脚印，共同成长的。

宋柚见她们二人抱在一起，便不再拿她们撒气，而是将发泄怒气的目标放到了家具与屋内的陈设上。

能砸的就砸，能摔的就摔。此刻的宋柚就跟一个泼妇一样，跟以前的形象简直判若两人。

最后，宋柚站在她们二人面前，冷冷地说道："夏熏，我警告你，你自己从世界上消失最好，让我爸爸再也找不到你，我们一家三口就可以回到从前，我相信只要时间长就可以。如果你不肯，那我向你发誓，今天你所承受的，绝对只是开始，而不是结束。"

说完，宋柚就消失在门口。

夏熏缓缓垂下身子，蜷缩在了墙角，长长的头发披散着，将她的脸挡住。李沐尔也陪着她一起蹲下来，帮她把垂着的头发捋到耳后，这才看到夏熏的脸上有抓伤，她的表情格外难过。

"宋柚真狠。"李沐尔抚摩着那抓痕，有些不忍。

"没事。"夏熏轻轻回道。

"都怪我，如果我小心一些，就不会让她利用我找到你了。我当时怎么就没察觉出来呢？"李沐尔自责道。

"没事。"夏熏继续应道。

"以后准备怎么办？"李沐尔几乎是拖着哭腔地问。

"都说了没事。"夏熏转过头，说道。

"你总是说没事没事，你已经说了三个没事了，可是你真的能没事吗？！上次你在学校受了那么大的羞辱，我没有站在你这边，我已经懊悔很久了。这次，我一定要陪着你的。"李沐尔哭出来道。

"你看你，你陪着我有什么用呢？我一直都比你乐观，忘记了？你的事都是我帮你出谋划策的，你呀你，只会哭，我都没哭呢。"夏熏努力弯起嘴角，眼泪却怎么也抑制不住地跳出眼眶。

“你刚才为什么不告诉她真相？”李沐尔问。

“让她以为是我就好，我承受的痛苦不想让我妈妈再承受一遍，这样误会下去就算了。”夏熏慢慢说道。

李沐尔赶紧擦干了眼泪，扶起夏熏说：“走吧，这里已经不能住人了，去我那里。”

“去你那里？你是说顾清尧家？沐尔，你是个比我有福气的人，千万别为了我失了这份福气。”夏熏突然意味深长地说道。

“什么意思？”李沐尔愣住。

“没事，你自己回去吧，不要担心我。”夏熏道。

“那怎么行？我怎么可能不担心你呢。你跟我走，就算不去顾清尧那儿，我也有办法安顿你的。”李沐尔斩钉截铁地说道。

夏熏突然笑了，答了一句“好”，半晌后，又自言自语道：“如今倒是换你帮助我了。”

两个人走到四合院门外，季清幽的车一直停在那里。

季清幽看到她们二人，眼神里有微微的错愕，但随后又恢复了淡然，她是什么都不会多问一句的。

“清幽。”上了车后，李沐尔突然唤道。

“嗯？”

“我可不可以把我这个朋友拜托给你？”李沐尔尝试性地问。

“好。”季清幽答得很干脆，仍旧一句话也没问。

夏熏在车子的后座上紧紧握住李沐尔的手，李沐尔却将她的手反握，给她信心，无声地告诉她，这个办法是可行的。

“清幽姐，谢谢你。”李沐尔真诚地感谢道。

“呵，你还是叫我清幽吧，这个‘姐’字我可担当不起。”后视镜内，映出季清幽淡淡的一笑。

其实李沐尔与季清幽之间的关系，早已发生了微妙的转变。季清幽开始发觉，李沐尔并没有她一开始想象的那么贪慕虚荣，反而，她是一个很善良很柔软的女孩子。另一面，李沐尔也开始觉得季清幽并没有表面上的那样冷艳，所有的仗义与正直全都藏在内心了，季清幽的好，是要相处久了才知道的。

六

这些天，顾清尧很少回家。偶尔回到家，不是倒头就睡，就是拿一些东西或者洗个澡换身衣服就离开，他对李沐尔说得最多的一句话就是：我不在的这段日子，好好照顾自己，有事就给季清幽打电话。李沐尔每次都是笑着点头，那笑容带着些苦涩，但是李沐尔知道他一定是有重要的事情要处理，所以也不曾去打扰他。直至有一日，季清幽突然打电话过来，说她从公司回去后，就发现夏熏没了，连同她的行李也一起消失得干干净净。

李沐尔挂掉电话准备打给夏熏，夏熏却先一步打过来。

李沐尔定了定神才将电话接起来，脱口而出的就是连声的责问："你去哪里了？怎么一声不吭就走了？你知不知道我有多担心你啊？！"

夏熏静静地听着她的责问，待李沐尔安静下来后，才缓缓地开口回复，声音温和而平稳："我就是为了不让你担心才选择这样的方式离开。"

"你在胡说些什么？！"李沐尔气急败坏。

"我之后又见过宋成闽，我告诉他我以后不会再见他了，一是他不可能代替我的亲生父亲，二是这样对宋柚母女不公平。至于他们大人之间的事，就交给他们大人去烦恼，我只能管这么多。”夏熏冷静地说道。

“傻子，那你呢？你那么会为别人着想，那你怎么办呢？！”李沐尔的话音末尾又隐着哭腔。

“你不用太忧心我。宋成闽给了我一笔钱，我想用这笔钱出国游历，从小就向往北欧，这下终于可以实现梦想了。过段时间之后我会找个地方安定下来。你不用来找我，等我安定下来之后我会主动联系你的。”夏熏的语气没有任何起伏，仿佛这是她一早就决定下来的事情，任谁都无法劝阻与更改。

李沐尔深吸了一口气，随后在电话中苦笑道：“你一直都很有主意，所以这一次，我依旧不劝你什么，我以前什么都听你的，这次也一样。只是你记得，你不是孤孤单单一个人的，你还有我，我永远是你的朋友。”

“我当然知道。”夏熏笑了，声音疲惫不堪，却又带着一种独特的笃定。

又过了一周，李沐尔已经回到学校上课，她习惯了没有人陪伴，没有人可以说心事的日子，一个人吃饭读书，下课购物，都是再正常不过的事。

一日，她正在超市买东西，手机突然响起，是一条彩信。

李沐尔打开它，彩信的内容是一张照片，夏熏和一个陌生的金发碧眼的白人帅哥笑得很甜，背景是布拉格广场，白鸽落在夕阳的余晖里，美得叫人不敢多看。

李沐尔唇角微微弯了弯，她放下手中抱着的东西，回短信问：这么快就勾搭到帅哥了，你的心情很好嘛。那么你喜欢他吗？

夏熏也很快地回复过来：喜欢，怎么不喜欢？我是在机场遇到他的，他来向我问路，我也指不准，使得他错过了班机。后来他干脆留了下来，与我一回生二回熟，我们发展得很快。他是个来布拉格游玩的英国大学生，身上有一股很自然的英伦风。最重要的是，他很尊重我，他说只想和我一起创造属于我们的未来。

李沐尔看着夏熏回过来的这一大段话，真心为她感到开心。

她又回道：瞧你言语间的这小甜蜜，短时间内恐怕不会来找我了吧？

夏熏说：等一切安定下来就去找你。

李沐尔没有再回，她言语里所说的"安定"恐怕别有含义，不过这也算是老天爷对夏熏的另一种补偿。就算生活在不健全的家庭与环境里，依旧可以拥有被爱的权利。

那么她呢？坐在椅子上，望着稀稀疏疏的人群，李沐尔突然觉得有一刹那的恍惚，她不知道自己的明天在哪里，那些通往明天的道路，都让李沐尔看不清。

第九章

水深 火热 无光明

一

才安静了没几天，又一场新闻铺天盖地砸下来，那阵势，就像是密集而连绵的大雨抽向玻璃窗户一般，不给你丝毫喘息的空间。

为什么用“场”，而不是“件”，因为这里指的并不仅仅是一条新闻，而是接二连三的像电视连续剧一样的好几条新闻。

内容是：著名偶像作家顾清尧的生活助理李沐尔，原是顾清尧亲生父亲在世时与别的女人生下的私生女，长大后为了找顾清尧报复，策划了一场惊天动地的阴谋。先是接近，然后以此事向顾清尧的继父要封口费，接着还打算一步步毁了他。

新闻的内容经不起多大的推敲，可正是因为有了那些照片，才使得这些新闻变得格外真实。

那些照片，李沐尔看着那些照片，手在发颤。

李沐尔脑海里闪过一幕幕阴暗的画面。在墓地被偷拍，在会所被偷拍，还有在顾清尧的家中也被监视等等，一切的一切，不过就是为了串联成这一出戏吧。

可是那个男人为什么要这么做呢？这么做对他有什么好处呢？李沐

尔想起那个陌生男人的脸，顿时被骇得全身一震。

李沐尔逐渐悟出，这并不是一个普通的娱乐记者伺机炒作出的八卦新闻，而是一场心怀不轨的预谋，那个男人所要达到的目的李沐尔并不知晓。

李沐尔第一个打电话给顾清尧，响了几声之后，电话被转到语音信箱。李沐尔心灰意冷地坐在沙发上，太阳穴处就像被蜂蜇似的，又痛又恍惚。

屋内静得出奇，甚至可以听得见风吹动窗帘的轻微声响。

“叮”，有门卡开启房门的声音响起，李沐尔敏感地回过头去看玄关处，进来的人不是顾清尧，而是季清幽。

“看到新闻了吗？”季清幽看到她，开口第一句话便问道。

“嗯。”李沐尔起身，慌张地应道。

季清幽的头发有些凌乱，面容也有些憔悴，看来是看到新闻后第一时间赶过来的。李沐尔心中有些感动。

“有些事，我之前没有告诉你，现在是必须要跟你说了。你选择相恋的不是一个普通人，所以你享受了别人享受不了的东西，就要承受——”

“这些我都知道。”李沐尔说。

季清幽的话被打断，她张了张嘴，然后猛吸了一口气继续道：“好。我长话短说。顾清尧的性格你是知道的，他在出道初期有一则新闻不知你注意到没，曾经有一个记者跟踪他，曝光了他的家庭，顾清尧十分愤怒，他当场与那个记者扭打起来。因为忌惮于Caspar的势力，这件事被压了下去，多数人也并不知道其中的具体情况。”

“顾清尧那时候年轻，下手没轻没重的，那个记者被打断几根肋骨，后来被送入医院治疗。他曾经对顾清尧说过，他不会就此罢休的，他一定会报复。当时顾清尧没把这些话放在心上，但是现在这些话都应验了。”季清幽一口气说完，接着幽幽地盯着李沐尔惊愕的表情许久道：“我来顾清尧身边之前就知道这些事了，可是顾清尧没有把这件事放在心上，所以，我也不太可能跟你主动说起。”

“不过你放心，事情虽然很棘手，但是也没有到无法收拾的地步。你相信我。”季清幽坐直了身子，与李沐尔近距离对视，手还覆上了李沐尔紧缩着的微微发颤的手，以示安慰。

李沐尔望着季清幽的双眸，心突然安静下来，不再那么惶惶不安。有些讽刺的是，每次最惊惶无措、最难过的时候，居然是这个被她曾经当作情敌的女人给她心安。

每次看到季清幽眼神里的笃定与自信时，李沐尔就仿佛觉得，也许事情真的不是想象中那么严重呢。

“这几天我会陪着你，你可以看看书，看看电影，但是最好不要出门，这是为了保护你的人身安全。也不要逛论坛之类的，这是为了保护你那颗玻璃心。”季清幽正经地吩咐道。

“嗯，好像听起来蛮可怕的。”李沐尔半低下眼眸，小声地说道。

“嗯，因为互联网的发达，这件事闹得蛮大的，现在到处都是对你的讨伐，我怕你看了之后会崩溃。所有的事都可以得到解决，唯独你自己先放弃那才是最无药可救的。”季清幽的语气很柔和。

“清幽，你受伤的时候会怎么样呢？”李沐尔突然很好奇这个问题。

“不会怎么样，难过不给外人发现才是成熟。”季清幽笑着回道。

“能像你一样坚强真好，很多时候，我都感觉自己很没用，又没用又懦弱。”李沐尔脸上溢满了失落。

“表面太过坚强的人，其实内心并不是这样，只是给人这种印象，所以所有人都觉得这个人承受再多也没关系。而表面脆弱的人，或者内心深处隐藏着很强大的潜力，只是把自己的柔弱表现给别人看，所以得到了很多的宠爱，被捧在掌心当作公主一样对待。”季清幽眸色暗淡了两分，如此回答，声音喑哑。

李沐尔察觉到季清幽的失神，她转了一个问题问：“又是他让你来陪我的吗？”

“嗯，不过这次，就算他不说，我也会来。”

“为什么？”李沐尔不理解。

为什么？因为顾清尧最爱的女人是李沐尔，最信任的女人却是自己。他与自己之间，已经由当初的针锋相对慢慢变融洽，这样的改变是自己的初衷。即使得不到他的人，因为爱屋及乌能得到他的信任也是好的吧。何况眼前的这个女孩儿就像一只迷失在森林中的兔子，确实让人忍不住想去呵护。

“因为就像你说的，说不定我们之间可以成为朋友。”季清幽眼神暗沉，温软地笑着答。

二

顾清尧轻轻吹拂开茶面上的茶叶，然后细细品了一小口。接着，他放下茶盏，望着面前坐着的男人，眼神越来越凌厉。

“我们之间的恩怨，冲着我来就好，为什么矛头是对着她的？”顾清尧努力使自己的语气平静得听不出一丝波澜。

对面坐着的男人做了与顾清尧一样的动作，喝茶，然后放下茶盏，一切都不慌不忙，从容不迫的样子。

“我说过几年前的那件事，我不会善罢甘休的。我跟着你很久了，你冷漠得几乎没有弱点，现在有了。有意思的是，你这种人居然也会真心诚意地爱上一个女人。那么再好不过，打击你的女人，可比打击你好玩多了。”男人的指腹抚摩着茶盏，笑得很邪恶。

顾清尧被他话语中最后一个词“好玩”给彻底激怒了，他“噌”地站起来，手指的关节攥得“咯咯”作响。

“怎么，又想打我了吗？你来啊，你来啊，朝这里打！”记者笑得越加放肆，手指着自己脖子上的那道伤疤，语言挑衅意味颇浓。

顾清尧手背上的青筋暴露，却硬生生地坐下了，像是一个笨重的没有生命力的树桩一样，倒在椅子上的声音格外讽刺。

顾清尧闷闷地喝着茶，随后用力将茶盏一甩，茶水泼出去数米远，茶盏也裂成碎片。

“好！”记者突然大笑着拍起手来。

茶楼内的服务员以为是二人有什么吩咐，从厨房内走出，行至二人身边。

“给我回去。”顾清尧冷冰冰地说。

顾清尧约记者见面的地点是在一处冷僻的茶楼内，本来就没什么客人。这一天，顾清尧更是包下了整座茶楼一天不营业，也让茶楼内的服务员全部在厨房不许出来。

顾清尧戳着自己的胸口，低吼道：“你的目的已经达到了，你知道我这儿有多痛吗？！”

记者冷笑着反问道：“原来你也会痛？我一直以为你冷血无情呢。要踏上这条路也不是我选的，你却硬生生将我的肋骨打断了三根，我住院住了好久，以为一辈子都好不起来了，以为自己就此成了一个废人了，老婆跟我离婚了，我也失业了。不过好在老天开眼啊，后来我还是奇迹一般地好起来，一次偶然得到的机会也让我重操旧业，你说这不是老天在冥冥之中为我指引复仇之路吗？”

“老天是让你痛改前非！”顾清尧咬牙切齿道。

“可能吧。”记者无所谓地抖了抖肩膀，然后他站起来，前倾身子，几乎是贴着顾清尧的脸面一字一顿地说：“可是我就是狗改不了吃屎。”

“你！”顾清尧的心底瞬间又蹿起一股无名火。

他一只拳头砸在木质桌子上，桌子上的茶器被震得“叮叮”直响。

过了一会儿，顾清尧就像一只泄了气的皮球一般，瘫软在椅子上，轻声问道：“那你想怎么样才肯收手？”

“不怎么样。”记者唇角带着玩虐的笑意。

“你要多少钱？”顾清尧又问。

“哈哈哈哈哈哈哈。”记者笑完了，才站起来走到顾清尧面前，伸出手拍了拍顾清尧的脸说：“我不要钱。”

“那你要什么？”

“我要你求我。”

顾清尧沉默，记者依旧仰着头挑衅地问：“怎么，不愿意？”

“好，我求你。”顾清尧生硬地吐出这屈辱的三个字。

“顾清尧也会求人，真是料想不到。”话势转了转，那记者又换上了一副恶毒的表情道：“可是求人就是这副态度吗？你是不是应该跪下来求，为了你心爱的女人，这样做也是值得的吧。顾清尧，你知不知道，我最他妈讨厌你这副高高在上的样子，你到底有什么了不起？！”

顾清尧重新站起来，表情轻蔑。

“我就算是跪了，也不过只是解了你堵在胸口的一点儿气罢了。”

见被拆穿，记者干脆一不做二不休地坦言道：“对！你当年害得我那么惨，怎能是一个跪就可以一笔勾销的？”

“呵，果然是条狗。”顾清尧讽刺地扬起唇角，挂起了平日里俯视众生的清高表情。

“你说什么？！”记者反被激怒。

“狗改不了吃屎，这句话不太雅，不过形容你刚好，也是你自己说的。”顾清尧轻嗤出声，然后转身离去。

反倒是那记者在原地气得浑身发抖。

三

顾清尧将自己关在办公室一整天，QQ、MSN不上，手机也一直关机，他就处于与世隔绝的状态。

季清幽捧着一堆资料敲门进来，顾清尧抬头看她，笑道：“忙坏了吧？”

能得到他这样一句问候也算好，季清幽无奈地说：“你把所有事儿都推到我这儿来了，我每天要工作，要应付那些媒体与记者的连番轰炸，还要帮你照顾你的那位‘林妹妹’。”

顾清尧听到季清幽的调侃，认真地问道：“她怎么样？”

“你想知道她怎么样，自己回去看不就知道了，干吗这几天都睡在办公室？”季清幽酸酸地应道。

“你明知道，她摊上这个麻烦都是因为我，在没有解决这件事之前，我是不会见她的。”顾清尧轻轻回道，随后又加了一句：“也没有脸见她。”

“你知道现在外面的传言有多恐怖吗？这件事都成了几乎所有新

闻网站最热门的讨论话题了。”季清幽换了一个话题。

“没看，但是大概猜得到。”顾清尧笑了笑。

“你昨天不是去找那个记者的吗？谈得怎么样？”季清幽问。

“你说呢？”顾清尧不动声色地把问题依然抛给了季清幽。

“不怎么样，要不然你也不会把自己关在办公室内一天不吃不喝。同事们都很担心你。”季清幽关切地说。

“你一直都很聪明。他们关不关心我不重要，大概只是怕我倒了，没人给他们发工资罢了，怎么会有人真的关心我？”顾清尧自嘲地笑笑，随后在与季清幽对视的双眸内发出一种奇异的光芒，他突然问：“既然你这么聪明，那你猜不猜得到我在想什么？”

“一定是这件事有了解决的办法，可能，需要我的帮忙。”季清幽将资料放在桌子上，笑着回应顾清尧。

“呵。”顾清尧笑了，他说：“我现在倒是挺感激Caspar当初送你来我身边了，换一个助理，不见得比你好。”

“那，到底我该怎么做呢？”季清幽听见自己的声音有微微的颤抖，可是她掩饰得很好，努力不让顾清尧觉得有任何异常。

顾清尧站起身，绕着季清幽一圈一圈又一圈，随后，他突然停下来，附在季清幽耳边低低说了一句：“你嫁给我。”

季清幽惊诧地瞪大了眼睛，思维瞬间停止了正常的运转。而顾清尧就像一个神枪手，自信无误地射准目标一般，季清幽想逃，却只能惊慌地在原地转身，一动不动地盯着顾清尧。

“这是一个危机公关的手法。”顾清尧毫不避讳季清幽的惊诧的目光解释道。

季清幽这才清醒过来，紧接着就是嘲笑自己的傻。不是一直奉行着理智为上的行为准则吗？怎么一听到顾清尧吐出那四个字的时候，就仿佛被施了魔法的木偶一般，真的惊喜得不知道如何反应才好了。

顾清尧接着说：“事情已经闹开了，说要收回已经不可能了。唯一的办法就是制造一起比这个更具话题性的新闻，引开大家对那件事的关注。我身边可信任的人不多，所以我想到了你。你愿意帮我这个忙吗？”

顿了顿，还未等季清幽回答，顾清尧又道：“你愿意帮的话，我会很感激你的。”

季清幽内心像被汹涌又咸涩的海水袭涌，她只是木讷地问：“是真的嫁给你吗？”

顾清尧认真地回复道：“我会选一个公众场合，真的向你求婚，故意引别人来拍，或者等别人的爆料。接着，至于要不要去民政局领结婚证，或者摆不摆喜酒，要看那件事的热度消退得如何，如果反响不是特别好的话，那我们就要继续演戏演到底了。”

“你都计划好了，何必要来征求我的意见？你知道的，我对你的命令只有服从的份儿，你可以把它当作公务一样，像以前一样，命令我去做。”季清幽拼命让自己不要在顾清尧面前红了眼眶，可是不知道为什么，心底的那股酸涩不停地上涌，她已经快要控制不住。

“本来就是请求你帮忙，又怎么好命令你？”顾清尧说。

“好，我答应你。”季清幽吸了吸鼻子，努力笑着说道。

“清幽，谢谢你，真的很感谢。以前对你的误会与偏见，我愿意向你道歉。”顾清尧很开心地说道，一脸的真诚。

季清幽看见他一脸的阴霾全部消失，她知道，前方的路程定是晴朗一片。只可惜，这片晴朗是必须用她的牺牲来成全的。

季清幽望着顾清尧的笑意，心底一遍又一遍地叹息：傻瓜，哪里用得着你说多少句感谢的话，从第一次见你开始，我就想在你面前表现得完美，以博得你的欣赏，所以你说什么，我就去做什么。这次也一样，正因为是你说的，所以哪怕是再难堪的任务，我也会硬着头皮去做的。

其实每个女孩都希望拥有一场圣洁而美好的婚礼。而季清幽人生中最重要的一刻，却是为了完成一件非常讽刺的任务。

四

顶级餐厅靠窗的位置，灯光摇曳，萨克斯的乐声低低奏响，褪去浮华与喧闹的黑夜，更容易让人沦陷。

季清幽摇晃着杯子里的红酒，酒不醉人人自醉。

顾清尧坐在她的对面，一直深情地望着季清幽微笑，他今日穿着一身帅气的黑色西装，更衬得气质不凡。他一直都在用余光打量着周围的动静。

渐渐地，大家都认出他来了。有几个服务生凑到一起，捂着嘴小声地议论着，言语间都是对季清幽的妒忌。而其他的客人，有的拿出手机偷偷拍照。

顾清尧站起来，微微躬下身子，在季清幽耳边轻轻说："时机到了，成败在此一举。"

季清幽嘴唇微微动了动，应了声"好"。今夜的季清幽也是经过盛装打扮的，涂了唇彩的嘴唇在灯光的映射下显得尤为晶莹剔透，顾清尧不禁看得微微怔了怔神。

很快回过神来后，顾清尧轻咳了一声，然后缓缓走出自己的位置，在季清幽面前单膝下跪。

他的这一举动令餐厅的女服务生全部尖叫起来，所有人都将目光投向顾清尧这边。

季清幽从座位上站了起来，额头上已经渗出少许冷汗。她很紧张，面部肌肉紧绷成似乎要离弓的弦，千钧一发之际，她害怕自己说错一个字，只能在面上维持着微笑。

再看顾清尧，不慌不乱，如果不是知道他的身份，所有人定会以为他是训练有素的演员。而现在，大家只当他是一个深情款款的男人。

顾清尧手上捧着一只小盒子，从里面拿出一枚戒指，然后仰起头，对季清幽说："嫁给我吧。"

季清幽与他对视，盯着他眼底的柔情似水，不知是做戏做得太真，还是灯光渲染出的效果，总之，季清幽差一些就信以为真。

见季清幽没有反应，顾清尧声音沉了沉，似在提醒季清幽什么，他又说："把你一生交给我，我会爱你，保护你，从此让你远离伤害。"

顾清尧拿着戒指的手举在半空中，让所有人都看着心急。

"答应他，答应他，快答应他呀！"有服务生攥着衣服，焦急地喊道。

她们的心里其实是羡慕非凡的，却又有成人之美，不想这样一个深情的好男人长跪不起。

季清幽狠了狠心，干脆地伸出手去，任顾清尧在她左手的无名指上戴上戒指。都到这个时候了，除了硬着头皮陪他演这一出好戏，还能怎么样呢？

整个厅内传来雷鸣般的掌声。

两个人默契地都装出如梦初醒的样子。顾清尧牵起季清幽的手就往门外走。一群人自然是不肯轻易放过，纷纷跟在身后，闻讯前来的记者也拿出相机拼命地拍照。

闪光灯激得季清幽眼前是煞白一片的。可是奇怪的是，她并不害怕，因为顾清尧的手还在紧紧握着她的手一路前行。仿佛她不需要看清前方的路，只需要跟着他的脚步走就对了。

上了车，顾清尧将车速开到了120码，很快便将那群记者与不明真相的围观群众甩得远远的了。

顾清尧这才松了一口气，将车速放慢下来。车窗打开，车内与车外的空气对流，季清幽吹着风清醒了许多。

“把戒指还给你吧，买它花了不少钱吧。”季清幽从无名指上取下戒指，递给顾清尧道。

顾清尧只是瞟了一眼，淡漠地说：“送给你吧，我买的时候就觉得你应该会喜欢。”

季清幽愣住了，这个戒指，不论是品质还是款式，都是她的最爱。可是不属于她的东西，她不能要，这点自觉性还有。

“你不要觉得有什么别扭的，这算是给你的补偿，毕竟要一个女孩子拿婚姻来做赌博的筹码是很不公平的。你平时做事干练，也生长于优越的家庭环境下，所以选择贵一些的、样式简约一些的总没错，这款蒂芙尼的婚戒，不繁复不花哨，却能衬出你典雅的气质。”顾清尧像看穿了她一样，边开车边认真地解释道。

顾清尧的细致让季清幽心底陡然生出一丝蜜意，只是想到这只能算作一个补偿而不是什么定情信物时，心中又泛起酸意。

车内没有人说话，一片死寂。

许久，顾清尧的右手覆上了她的左手，说着：“把戒指戴起来，要是被记者拍到，你没有戴戒指，又免不了一场事端。清幽，你得做好心理准备，可能从明天开始，你的人生就不会和从前一样平静了。”

“我早做好心理准备了。”季清幽幽然回道，语气却很森冷。

“把她藏好，而选择把你抛出来，并不是我有多自私，为了爱她而去伤害别人，而是你们两个人生长的环境不同，换句话来说就是，你比她坚强。”顾清尧说。

季清幽回望他眼神中的色彩，刚准备反驳些什么，却被顾清尧的一句“清幽，真的很对不起”给堵了回去。

这些天以来，他对她说得最多的一句话就是“对不起”，而她却不能无所谓地回一句“没关系”。

五

第二天新闻被曝光出来时，效果果真如顾清尧所料的一样，势头猛蹿，吸引了所有人的目光。顾清尧向自己的助理季清幽求婚一事，变成了大家茶余饭后激烈讨论的话题。

顾清尧与自己两位女助理成了百度搜索风云榜上的热门人物，他的感情生活也变得格外扑朔迷离，众多的猜想纷纷而来。

顾清尧刷着网页，看着千篇一律的新闻报道与网友对于这件事的众说纷纭，唇角慢慢漾起了笑容。

“你要的效果达到了。”季清幽站在一边，面无表情地说道。

“只能说达到了一个预期的效果，我要的，远远不止这些。这件事闹得还不够大，我们得再给它推波助澜。”顾清尧笑着说，那笑容中带着一种独特的笃定。

而季清幽瞧着顾清尧那双黑白分明的眼里，满含信心。她没有说话，只是别过脸去看窗外的天，内心五味杂陈。

“戏既然已经演了，不如就演到底吧。你明天跟我去民政局，不需要刻意扮低调，就是做给别人看的，我们去登记。”顾清尧的话没有丝毫可商量的余地。

季清幽只淡淡地开口，吐出一个字：“好。”

顾清尧的目光停留在季清幽身上一秒，然后他说：“你明天穿一件宽松的衣服，不要再穿这种紧身的职业服。”

季清幽不去细想其中的缘由，只是很快地应了一个字：“行。”

次日，顾清尧特意选在了一个人最多的时候，开车带季清幽去民政局。

一路上两个人都没有说话，彼此沉默，彼此无声地说服自己不逃避不慌张。一下车，顾清尧便换上了一副面容，变得精神奕奕，对身边的季清幽体贴入微。

他身上那种独特的气质吸引了许多人的眼球，那些年轻的小夫妻认出了他们来，周围的议论声包裹着他们，一浪高过一浪。

顾清尧像没有发觉一样，做出搀扶状，季清幽有些诧异，但还是配合地将手送到他手上。顾清尧一边搀扶着她慢慢走，一边用另一只手扶上了她的肚子，慢慢摩挲。

季清幽恍然大悟，她终于知道为什么顾清尧一定要她穿一身宽松的衣服示众，也终于知道为什么顾清尧要做出这种紧张的神态来。一切的一切，不过是让路人猜她怀孕，而他们是奉子成婚。

事到如今，季清幽不知道是该可怜自己活生生被塑造成这个形象，还是该由衷地佩服顾清尧炒作话题的水平高明。

不得不说的是，他将一个“好丈夫”“好爸爸”演得入木三分。

“你这样也不怕毁了自己吗？”季清幽低低地问，声音只有自己和顾清尧听得到。

“我这些天一直在想一件事，如果这个所谓的梦想真的给自己爱的人带来困扰的话，那我不如退出好了。”顾清尧微微一笑，说得轻巧。

季清幽惊诧地抬头望着他，他却只小心翼翼地提醒她："前面的路不太平，小心一些。"

耳旁传来一个女孩子又惊喜又妒忌的声音："看来是真的，真的很幸福耶。"

季清幽唇角露出一丝旁人不易察觉到的苦笑。

领了证，接受了工作人员的祝福，顾清尧和季清幽二人又在众人的注目礼下回去。

一路上，依旧是一片沉默。两个人之间的互动相较于人前，简直就是天差地别。

六

这些天的娱乐新闻就像连环炸弹一样，圈内圈外全部炸开了锅。但顾清尧对所有人的态度都是一样的，就是不承认不否认也没有任何回复。正是因为顾清尧这样的态度，所以这件事更是勾起了大家的好奇。

求婚，领证，这几天又传出订酒店摆喜宴的消息，季清幽被推到了风口浪尖上，反而无人再想起李沐尔，那个在两周前还被骂得体无完肤的姑娘了。

季清幽享受着这随时有可能被中断的"幸福"，自欺欺人地将自己当作顾清尧的新娘，以为这样就能笑得自然一些。

这天，顾清尧将季清幽喊进办公室，季清幽心底腾升起不祥的预感，忐忑不安地在一群女人嫉妒的目光下走入了办公室内。

门从里面被反锁上，顾清尧转过身第一句话便是："事情彻底解决了。"

“所以我的利用价值没了是吗？”季清幽无比冷静地回复道。

“不是利用，是你帮我的忙。”顾清尧认真地纠正她的说法。

“好，那现在，是我的忙帮到头了吧？”季清幽凄凄地笑着问。

顾清尧不去看她，而是低头从办公桌上拿起一叠东西，然后递给季清幽。季清幽没有去接，条件反射似的往后退了一步，敏感地问道：“这些是什么？”

“我把我那套公寓和车子全部换成了你的名字，这些是产权证，你收好。”顾清尧平静地说道，话语间没有一丝波澜，显然是已经经过了深思熟虑。

“你——”

“公司也留给你，我走了之后，你就是主编。我知道你很有才华，当初看你的资料时，觉得让你当一个助理实在太委屈你了。”顾清尧对季清幽笑笑。

“你要去哪里？”季清幽往前一步，语气急促地问道。

“那天和你一起去领证的时候我就说了，我会退出。只是不是这时候，应该还会过一段时间，等我将一切事情交接完。”顾清尧平和地回应。

“那这些东西为什么要留给我？”季清幽举着手中的这叠东西，颤抖着嗓音问。

顾清尧凝视着她，眼底有深深的愧疚之色晕染开来，季清幽已经明白了缘由，她一直紧绷着的身体一软，无力地靠在墙上。

“闪婚闪离对女人的伤害最大，我知道，你可能不稀罕这些东西，可是除了这些，我给不起你什么，所以，还请你接受。这样我心里好过一些。”顾清尧努力让自己的声音听起来不那么冰冷，温柔，再温柔一些。

可是季清幽已经控制不住自己的情绪，许多天的压抑与伪装，她的泪水倾巢而出，肆意侵占了她的脸庞。

“让你心里好过一些就是为了给我安一个二婚的头衔是吗？”

顾清尧不敢去看她的眼睛，只是低低地反复说着：“清幽，你以前不是这样的。”

“那我应该是怎样的呢？”季清幽不打算放过他，咄咄逼人道。

顾清尧靠在办公桌上，双手支撑着整个身体的重量，一个字都说不出来。

季清幽冷笑着抹干泪水，然后拉开门径直跑了出去。

一些八卦的女同事本来是趴在门口想听二人的对话的，却在听得津津有味之时，看到季清幽红着眼眶突然从办公室内往外冲。

那些女同事纷纷面面相觑，随后，她们再将目光投向办公室内，只见顾清尧站在桌前，暗淡的光线笼罩了他整个人，看不清他的表情。

七

一波未平，一波又起。

顾清尧接到一个陌生的来电，居然是医院，他听到医院来电的缘由后，差一些就要崩溃。那边说，李沐尔在家自杀，血滴到楼下，楼下的人发现得及时，赶紧将失血过多处于昏迷状态的李沐尔送到医院抢救，才挽回了她的一条命。

李沐尔苏醒后，就见到顾清尧撑着头坐在她的床前，她扭动身体的一点点动静惊醒了顾清尧。

“你醒了？警察说你是自杀，怎么那么傻？啊？事情都解决了啊！”顾清尧抱着她单薄的身子，冲她低吼，那是一种极度害怕失去的恐慌。

“清尧，世上从此以后只剩下我一个人了。”李沐尔也回抱他，抽泣道。

顾清尧感觉到有温热的液体自他的后颈流向他的背脊，他平静了一下情绪，温柔地问道：“到底怎么了？”

李沐尔呜咽着断断续续地说：“前几天我回了趟家，参加……参加我爸妈的葬礼。我爸爸他还一直纠缠于弟弟的死因不放，整天喝闷酒，有一天晚上因为走夜路不小心，掉进了河里淹死了，就是找到我弟弟的那条河，接着妈妈也跟着喝农药自杀了，他们谁都没有想过我。夏熏走了，你也不在，我一个人守着空空荡荡的屋子，觉得活着已没了任何意义了。”

顾清尧听了事情的全部过程，心像被绑了一块大石头一样，一直往下沉，沉下万丈深渊。

他心疼她，抱紧她，却无能为力。

“谁说我不在，我一直都在的，我以后都不会离开你了。”顾清尧轻轻拍着李沐尔的后背，轻轻柔柔地哄着她。

李沐尔没有再回话，她伏在顾清尧的背上一直哭一直哭，仿佛要将这一生的眼泪都流光一样。渐渐地，她停止了抽泣，开始安静下来。

顾清尧知道她累得睡着了。于是，他将她放平在病床上，为她盖好薄被。这才发现，自己后背一片黏稠湿热。

顾清尧看着李沐尔手腕间包扎的伤口，心就像被钝器反复敲打一般，痛得无以复加。

李沐尔醒后，要么就是一直与顾清尧说话，说着说着就哭一场，要么就是失魂落魄地呆坐在床上一下午，像一个没有灵魂的木偶一般。

她的这种情况，顾清尧看在眼里，痛在心里，不是没有问过医生，而是医生总是摇头叹气："我们只能治好她身体上的病，她的心病我们无法医治。初步推断，她可能患上了轻微的抑郁症，找个心理医生会比较好。"

李沐尔出院后，顾清尧便将所有的空余时间全部给了她。

他给她找了一个心理医生，可是一个月的治疗下来，没有任何起色。李沐尔还是那样，眼神空洞，对生命没了任何渴望。

顾清尧费尽一切力气给她制造惊喜，想着只要陪着她，总有一天，她会好起来的。毕竟，时间是最好的治愈师，只要时间够长，所有痛苦的往事都能够被冲刷得越来越远。

时光荏苒，一晃就到了穿裙子的季节——夏季。

第十章

等一个季节

一

韩轩扬暑假回国，听到这个消息后，第一件事就是给李沐尔打电话。

在国外，他何尝不想念她。每次见到一起来美国的男生给自己国内的亲人、女朋友打电话浓情蜜意时，他就更加想念她。有几次，号码都按好了，韩轩扬就是没有勇气按下拨出键。

所以时隔这么久后，再次听到李沐尔的声音，韩轩扬竟有一种近乡情怯的紧张。

“喂，沐尔，你还好吗？”

“还好，没死呢。”李沐尔的声音如此没有底气，就像是来自虚空中一抹精魂所发出的声响，那么不真实。

“你的那些事，我都听说了。很抱歉。”抱歉没有在你最脆弱的时候陪在你身边，以至于让你走向了绝望。

“哦。”李沐尔淡淡地回了一声，然后便沉默了。

“我带你去一个地方，这次你一定要来，别再爽约。”韩轩扬接着说出这样一句话，语气很急促，生怕李沐尔拒绝他。

“好。”李沐尔只是简单一个字作回应。

“算了，还是你到学校门口，然后我去接你吧。”韩轩扬又“反悔”道。

“也好。”李沐尔的声音淡得几不可闻。

韩轩扬感觉陌生又心慌，却又迫不及待地想见见她。距离没有让他对她的感情变得生疏，反而更加深刻难忘。

韩轩扬在学校的门口，远远地就见到一个单薄的影子立在那边。韩轩扬一路走过去，李沐尔却始终没有发觉他的到来，她的目光平视着街道，不知道在看什么。整张脸，苍白薄脆得似一张纸。

韩轩扬从未想到，仅仅是看到这样的一幅画面，也足以令他悲从中来。

“嗨。”韩轩扬绕到她身后，轻轻拍了拍她的肩膀，算作时隔这么久之后的第一声招呼。

李沐尔转过身来，一脸茫然，她挤不出一个像样的笑容出来，只能僵硬地点点头。

“走吧。”韩轩扬故作自然地揽了揽她的肩膀，一步一步向前走。

李沐尔没有挣扎，就这么任他搂着。韩轩扬隔着衣服，也能摸索到她的肩膀瘦骨嶙峋。

一路往前走，终点是本市的一家小有规模的孤儿院。

李沐尔盯着“孤儿院”那三个字，突然敏感地回头问韩轩扬：“你带我来这里做什么？”她仿佛是一只受惊的兔子，见到猎人就以为是来捕捉她的。

“来。”韩轩扬向李沐尔伸出手。

李沐尔木然地看着韩轩扬眼底的诚恳，在犹豫了片刻之后，将手递给韩轩扬。

韩轩扬牵着她朝孤儿院里面走，李沐尔一直处于精神恍惚的游离状态，有一个小男孩儿撞到她身上，如果不是韩轩扬牵着她，那股冲力，大概会把她撞倒在地上。

小男孩儿很有教养，低着头说了一句“对不起”，李沐尔见他乖巧中却又透着这个年纪该有的调皮，便不禁想到了自己早逝的弟弟，以及因为这个弟弟而逝去的父母。她眼神中多了几分哀怨，没有多理会男孩儿的道歉，便自顾自地偏过身子离去。

韩轩扬跟上去，又牵住她的手，将她拉到一边的椅子坐下。

孤儿院中的小孩儿们也是要上课的，这会儿正是自由活动时间。

在老师的带领下，十几个七八岁的小孩儿围成一个圆圈，在玩着一个古老却魅力不减的游戏——丢手绢。

李沐尔看着他们，又有些失了神。韩轩扬的话随着风传入她耳蜗中，他说：“你看他们多快乐。”

李沐尔不说话。韩轩扬便又接着道：“其实他们当中的很多人都是因为各种各样的原因被抛弃，还有的，甚至连亲生父母是谁都不知道。而你，已经得到了你父母20年的宠爱。”

“有的时候，拥有了再失去，还不如一开始就得不到呢。”李沐尔喃喃地说。

“已经失去了，再惋惜也没有用。难道你打算这样一直消沉下去吗？你还有，还有顾清尧啊。”韩轩扬原本打算说自己，可是大概联想到自己在李沐尔的心中并没有多重的分量，所以就换成了顾清尧。

李沐尔听到这个名字，眉头微微蹙了一下，原本就黯淡得没有半分神韵的眸底，颜色更加沉了一分。

这些微小的细枝末节全部逃不过韩轩扬的眼睛。

“你怎么了？”他轻轻摇了摇李沐尔问。

“啊？没怎么啊。”李沐尔回过神，迅速回道。

“是不是顾清尧对你不好？”韩轩扬将自己的猜测说出口。

“不是。”李沐尔摇头。

“那是什么？”韩轩扬追问道。

“都说了没什么。”李沐尔有些不悦了。

“当初我自愿退出，那时我就说过，如果他对你不好，我说不定会再做出什么极端的事来。”韩轩扬言语间有些冲动。

李沐尔狐疑地盯着韩轩扬眼底的那抹狠劲儿，觉得很陌生。

“你，什么时候变得这么咄咄逼人了？以前的你不是这样的。”李沐尔说。

“那以前的你又是现在这副样子吗？”韩轩扬反驳的一句话让李沐尔无言以对。

曾经的他温柔似水，好像这世界再极端的恶果也能在他面前化为绕指柔。如今的他，偏激、多疑，并且犀利得如同一把明晃晃的刀子，乱扎人。

是她把他变成这样的吗？那时间可真是最厉害的易容师，把他们所有人都变得面目全非，并且无法回头。

又是一刻沉默后，韩轩扬的语气变得缓和下来，他叹了一口气后说道：“其实我如今已经没了任何渴望了，只是希望你开心。”

“逝者已逝，活着的人要更勇敢地笑对人生。这些，都是生命给你的磨难，跨过去了你便无坚不摧，你若在这个时候被它击倒，那你就永远无法跨过这道坎了。”

“呵，道理谁都懂，从你嘴里说出来却挺动人的。”李沐尔扯了扯唇角，干笑了几声。

“你终于笑了。”韩轩扬内心那块厚厚的冰块，也在一点点融化。

就在这个时候，刚才在院子里撞到李沐尔身上的小男孩跑过来，将手绢举起来说：“姐姐，我刚才已经跟老师承认错误了。姐姐还在生我的气吗？我们玩好了，这条手绢送给姐姐，姐姐不要再生我的气了好不好？”小男孩目光怯怯的，嘟着嘴角说。

李沐尔拿过那条手绢，然后蹲下身子，与男孩儿的身高平行。

她捏了捏男孩儿的脸蛋，笑着说：“姐姐没有生你的气呢。”

男孩儿一蹦一跳地离开了，回头还冲着李沐尔扮了一个鬼脸儿。

孩子就是孩子，永远不懂成人世界的悲戚。前一秒还是气着哭着，下一秒就能闹能笑。李沐尔望着男孩儿远去的背影，突然很想念那种轻松的感觉，不需要思考，没有压力，可以逃避现实。

“真的很累了，如果有一天能回去就好了。”李沐尔轻轻说。

“回去哪里？回到过去吗？”韩轩扬问。

“没有时光机器，人回不去。只是希望，自己的心境可以回去，和过去一样简单。”李沐尔望着蓝天，突然感慨道。

韩轩扬什么话还未回，李沐尔便转过头来，眼底已经多了几分明艳，像吸收了好天气的精华一般。

“无论如何，谢谢你今天带我来这里散心。消沉了这么久，我是该振作起来了。只是，我想换一种方式生活，这里，没什么我好留恋的了。”李沐尔前半句是对韩轩扬说的，后半句却是在对自己说。

这里，确实没有什么好留恋的了。她突然很想离开，去哪里不知道，只是很想离开这熟悉却带给她压抑的环境。她此时此刻突然真真正正理解了夏熏离开时的那份洒脱，如果真的失去了全部，反而就什么都不怕，什么都无所顾忌了。

二

李沐尔回到家的时候，顾清尧早就回来了。他看到李沐尔，便焦急地开口问：“你去哪里了啊？”不是质问的语气，只是带着紧张的情绪，特别明显。

自从李沐尔的父母走后，李沐尔就开始将自己与外面的世界分隔起来，她活在自己的世界中，自给自足，无人能走进。所以顾清尧平时都会特别照顾她的心情，对待她，比对待任何一个人都有耐心。不光光是因为她是他所爱的女人，还因为她所受的罪，有一大半皆因他而起。

“去见一个学弟了，他带我去了孤儿院。”李沐尔实话实说，没有一句欺瞒。

“去那里做什么？”顾清尧不悦地皱起好看的眉毛，有些警惕地问道。

“他带我去看那些孩子。那些孩子从小就被抛弃，却一样快乐地活着，并且还长成很有礼貌很优秀的人。”李沐尔脑海内浮现出那个送给她手绢男孩的影子，唇角微微漾开了一丝笑意。

“你，笑了？”顾清尧有些痴迷地盯着李沐尔唇边的笑意，不敢相信自己的眼睛。

李沐尔缓缓走过去，勾起顾清尧的脖子，附在他耳边轻声说：“我好像不应该因为自己的事而折磨你呢，你为我做得已经够多。”

顾清尧体内最柔软的那处细胞被激活，他反拥住她：“你别这样说。”

“我挺累的。”她又说。

顾清尧放下她，近距离看着她问：“是对这个环境厌倦了，想彻底脱离这个光怪陆离的圈子，重新选择一个地方生活吗？”

李沐尔略带惊讶地望着他问："你怎么知道我的想法的？"

"因为我今天本来就准备和你说这件事的。"顾清尧认真地回道。他的眸底闪着一抹奇异的温柔。

"你又想怎么安排我？"李沐尔的心现在如蜗牛的触角一样敏感。

"我是来和你商量这个办法可不可行的。"顾清尧耐心地抚平她的情绪，他看着李沐尔皱紧眉头的小脸，而对方也正好触到他眸底的温柔，恰如春水。

顾清尧是真的变了，让他改变的人，就是她。可是韩轩扬也变了，改变韩轩扬的人，依旧是她。一个由严寒的冬天往温暖的春天运转，而另一个，却由温吞的春天倒向犀利的冬天。

比小说还要戏剧化的，永远是生活。

"你现在的知名度已经不低了，所以短时间内是无法淡出人们的视线的。之前我与季清幽所演的那些戏，就是为了盖过你的风头，效果很好，可是依旧有余波，而我，不想你受到一丝一毫的伤害。"

李沐尔安静地听着。

"如果你死了，那所有人就都不会去关注你了。我的意思是，你可以制造一起假死的事故来求脱身。圈子里面，也不是没有这种事。"顾清尧努力平稳住自己说话的语速，好让李沐尔能够瞬间接受。

谁知李沐尔并没有表现出他想象中的惊惧，只是略微扬了扬眉毛，便沉声问："我该怎么做？"

"你可以先在网上自曝，说自己厌世，要离开这个世界。随后我对媒体放话，有官方新闻出来证实就好了。需要打点的一切我都想过了，不会出现什么纰漏。没有人会朝这方面去想，只是这件事你自己首先就要守口如瓶，不能跟任何一个人说，哪怕跟你亲近的人。"顾清尧咬着每一个音节的字音，声音低沉而坚韧。

“我知道。”李沐尔应道。

“你去德国等我，我有一本新书做预售，过些天就是宣传期。我准备只做一个城市，也只做一场，并且在那个时候宣布，我会退出这个圈子，也会离开这里，从此隐姓埋名。这场签售只是为了对喜欢我，以及喜欢过我的人作一个交代。”顾清尧接着说。

“我去德国，中途不会被人发现吗？这个新闻一出来，我又会站在风口浪尖上吧？”李沐尔问。

“嗯，这个问题我早想过，会有私人飞机来带你去的。你绝对不会被曝光，你会被保护得很好。”顾清尧自信地说。

“私人飞机？”李沐尔有些诧异，她看着顾清尧脸上的自信，心下一酸，脱口就问：“又是Caspar与你之间的交易？这次你又赔上了什么？”

“你可越来越聪明了。虽说是交易，但是我不吃亏。原本我就不适合做杂志，杂志亏得一塌糊涂，我说我要回去帮他打理生意，他自然喜不自胜。他膝下无子，有几个情人为他生的又没一个是儿子，所以与其信任外人，还不如信任我，毕竟这么多年了，知根知底的。而我要他做的，就是你去了德国之后，代我照顾你一段时间。”顾清尧对她说道。

“你舍弃了你所爱的事业，难道没有不甘心吗？”李沐尔感到惊喜，可是作为他的一个读者来说，从此以后他就要退出了，心中不免感到哀伤。哀伤的不是他的退出，而是他舍弃了作家这个身份，这个曾经让李沐尔痴迷于他的身份，也是他与她结识的原点。

“有舍必有得，这些时间以来，我成长了不少，也必然要明白这个道理。何况——”顾清尧故意拖长了话尾。

“何况什么？”李沐尔心急地问。

“何况你赌上了你的后半辈子跟我走，我怎么舍得让你输？”顾清尧笑答。

这句话听来格外耳熟，李沐尔却记不清在哪里听过。李沐尔努力地去回想，嘴唇却贴上了一片温热的物体，立刻，李沐尔就什么都想不起来了。

“你身体好些了吗？”顾清尧将唇移往李沐尔的耳边，暧昧地问道。

“早好了啊。”李沐尔傻乎乎地回道。这句话才说出口，她就立刻反应过来顾清尧为什么要在这种时候问她这种问题。

可是已经晚了，顾清尧以绝对性的优势将她压倒。

小白和小喵又互相对视了一眼，相继无奈地摇摇头。

三

李沐尔试探着伸出手感觉到顾清尧自鼻间发出的均匀的呼吸，她蹑手蹑脚地走下床，来到客厅的窗边。

夏天已经过去了一大半，所以热浪在一丝丝退烧，没了知了的鸣叫，夜倒是显得格外静谧。

李沐尔打了一个电话给韩轩扬，电话很快被接起。

“你还没睡？”李沐尔有些诧异。

“你不也没睡？”韩轩扬回。

“我睡不着。”李沐尔抬头仰望星空，向着窗户呵出一口气，视线立刻就变得模糊起来。

“我也是。”韩轩扬与她保持着高度的默契。

“我要走了，去另一个世界了，重新开始。”李沐尔突然说。

“你要去哪儿？”韩轩扬有些激动地问道。

“去——”李沐尔突然想起顾清尧严肃的表情，坚韧的眼神，不可抗拒的言语，她犹豫了。即使是她亲密的人，她也要守口如瓶呢。

“喂，喂，你怎么不说话了？”韩轩扬焦急地问。

“我——”李沐尔正想着用什么话搪塞回去，背后响起一串脚步声。那步子落下的声音干脆稳健，不是动物的，而是人的。李沐尔知道是顾清尧，心下一惊，赶紧将电话挂断。

“怎么我每次醒来都看不到你？”顾清尧从身后环住李沐尔，轻轻地问。

李沐尔的身子本稍稍起了些凉意，被顾清尧滚烫的身子这么一紧贴，差些又要摩擦出欲望的火花。

顾清尧正要吻上她之时，她用一只手挡住。

“怎么了？”顾清尧不满地问。

李沐尔笑道：“细水长流，现在就这么粘，以后到了德国，你不是看到我就烦了？到时候找了洋妞作陪，我就饶不了你了。”

顾清尧笑了，他揽着李沐尔的腰，低语道：“走吧，你不在我身边我不踏实。你放心，我不碰你，只是抱着你睡，行不行？”

“那行。”李沐尔也笑着，偷偷将手机关机，藏在窗帘之后，然后跟着顾清尧回到卧室。

李沐尔不知道的是，她自此一夜睡得安稳香甜。那边，韩轩扬却夜不能寐，抓住手机拨打了她的电话一夜，却永远是关机状态。

四

李沐尔看着电视中的顾清尧，借着一个访谈节目流露出自己即将要退出这个圈子的想法。全场哗然，这是电视直播，刚坐到这个位置而没有多少工作经验的主持人愕然地坐在那里，对着镜头不知所措。

而顾清尧一直很有礼貌地双目平视她，她低头翻着台本，面露尴尬。

李沐尔的手在衣襟中握成一个拳头。

导演冲上台，在主持人耳边低语了几句。被打断的节目重新开始录制，李沐尔看到主持人一反常态地问：“是因为季清幽季小姐吗？”

“你想太多了。我跟她正在协议离婚。离婚后，我的房子、车子全部归她，就连现在经营的这家文化公司，也归她，我净身出户。”顾清尧十分平静地答道。

主持人倒吸一口气，台下坐着的观众也开始窃窃私语，最后，声音越来越大，变成了热烈的讨论，电视机前的李沐尔能清晰地听到观众说的话。

顾清尧不可能没听到，他却依旧镇定自若。

主持人又问：“请原谅我的直率，顾清尧先生，我个人觉得您这些天的举动有些反常。我想知道，您这样做，就真的不顾及您读者的感受了吗？”

顾清尧沉默着，似乎在思考着怎么组织语言。半晌后他看着镜头回道：“我一直都是个很自我的人，出道以来这样的性格也没有改变过。我曾说过，我是随心所欲的，我这种性格不会被我的公众身份所绑架。”

“可是我想知道为什么。”主持人的情绪有些激动，似乎不是在做节目，而仅仅是一个想知道真相的普通观众。

“这是我的私事，我没有理由一定要告诉你。”顾清尧淡淡地回复道。

主持人被噎住，一时之间竟不知道怎么收尾。

好在顾清尧自己出来圆了场，他朝镜头露出一个笑脸，满脸歉意："新书的宣传缩减成一站，那也将是我写作生涯中最后一次抛头露面在大众面前。谢谢你们一直以来那么喜欢不那么完美的我，这本书是我给你们最后的答复。"

顾清尧手中举着的那本书，就是他的新书，名字叫《就算梦想再伟大》。

就算梦想再伟大，世上无人是明灯。他的前一本书与现在这本书的名字串联起来，是这样一句话。

李沐尔突然间流下泪来。她好想紧紧拥住他，再不分开。

世上无人是圣人，无人是天使，每个人都会犯下这样或那样的罪过。每个人的梦想都是美好的，发出圣洁的光芒的，可是要实现梦想，得付出多少代价！

他要带她走，他放弃的是他平生最热爱的事。

思绪转回来，节目中，主持人继续发问，语气愈来愈犀利。

"这些连日以来的新闻算是为新书炒作吗？会不会等大众都相信了你的话之后，才发现，根本就是乌龙一场。"

顾清尧没有被这个不会说话的主持人所激怒，而是微微弯了弯唇角道："不是炒作，不过我知道一定会有人这么说。这些都需要时间来证明，等大众明白过来时就会发现，认识我，才是乌龙一场。"

李沐尔此时此刻看着那张几乎日日近在咫尺的脸，却不能触摸。

她关掉了电视，将脸埋进自己的掌心，开始轻轻抽泣起来。

愧疚、心酸、难过，种种情绪，都在她即将离开这个熟悉的环境前，齐齐涌上心头。

而另一边，她之前按照顾清尧的吩咐发布的那条消息，已经以火箭升天般的速度被转发及传播。

从前，李沐尔都只是一个看故事的人。而现在，她俨然成了故事中的人，接受着读者们的嬉笑怒骂，或者唏嘘感慨。

五

李沐尔登机的这一天，来送她的是季清幽。

不知道为什么，在看到季清幽的脸时，李沐尔突然压抑不住内心的情绪，扑到她身上，然后狠狠抱住她。

“清幽。”李沐尔想说的话太多，却不知从何说起。

“不要说你舍不得我，我不该是你舍不得的人。”季清幽似笑非笑。

“我只是觉得对不起你，因为我，你背负了那么多，这对你不公平。”李沐尔发自内心地说道。

“现在说这些有什么意思，何况那些都是我自愿的，跟你无关。你要好好的，去了那边，等清尧也过去后，和他幸福地在一起，一定要幸福得让我嫉妒，才对得起我做的这些割舍。”季清幽笑着说。

李沐尔垂下头，抬起头来时，面上也已带着笑容。

这也许是她们之间最后一次见面，不要带着泪水，要以笑相对。

她过去一直以为季清幽是个内心如外表一样坚强的女人，现在看来，谁也没有比谁坚强到哪里去，但凡是女人，但凡爱上了一个人，就都成了爱情的囚奴。

可是季清幽却比她伟大许多。

走上梯子时，李沐尔突然回过身，对着季清幽拼命地摇手，然后也大声地祝福她道：“你也要幸福。”

季清幽怔了怔，随即也抬起手，朝李沐尔轻轻摇了摇。

再见，就真的再见了，那些充满着强烈的爱与恨的岁月都该消散在记忆中了。

而李沐尔登机的这一天，恰好也是顾清尧最后一场签售会举行的这一天。

签售会举办得如火如荼，气氛空前热烈。

签售现场，所有的人都井然有序地排着长长的队伍。可能这次的签售真的是一场盛大的告白，顾清尧没有吝啬自己的笑容，他询问每个前来签售的读者叫什么，然后认真地一笔一画地写上读者的姓名，满足读者的所有的要求，最后再附上笑容一枚。

“顾清尧哥哥，你是真的以后就不写书了吗？”一个十几岁的男孩将手中的书翻到扉页，递给顾清尧，然后小心翼翼地问道。

顾清尧愣了愣，眼前的男孩有着这个年龄少有的乖巧。他想到了他十几岁的时候，相当叛逆，浑身充满戾气，就像一只碰都碰不得的刺猬一样，谁也不愿意接近他，孤独让他学会了用文字表达一切。

“嗯，以后都不写了。”顾清尧眼神里充满温柔。

“为什么呢？我很喜欢看你的书，总觉得你带给我很多力量。”男孩追根究底道。

顾清尧充满了耐心，他的笔在空中停了停，随后在书上一边写下一段话，一边回复男孩儿道：“因为我，因为哥哥有比写书更重要的事情去做。”

“那不会可惜吗？”男孩儿继续问。

“不会。”顾清尧依旧笑着回道。

顾清尧将签好的书递还给男孩儿，男孩儿一看，上面写着一行很漂亮的字：拿得起放得下，懂得取舍就会有收获。

男孩儿似懂非懂地点点头。

身后响起几个女生不满的抱怨，这个男孩儿停留在顾清尧面前的时间太长了。如果他还不走开，估计保安就要来驱赶他了。

顾清尧抬起头，微笑着目送男孩儿离开的背影。

突然，他的笑容僵硬在脸上。他看到人群中有一个戴着口罩又戴着帽子的年轻男人，因为他的“全副武装”，距离也隔得有些远，所以看不真切。

不知道为什么，顾清尧起了一身的寒意。

不知不觉间，那个戴着口罩又戴着帽子的年轻男人走到顾清尧面前。他摘下挡住自己容貌的这些东西，然后朝顾清尧幽幽一笑。

“你认识我吗？”

顾清尧抬起头，打量了这个面孔半晌，觉得似乎在哪里见过，但自己确实不认识他。

年轻男人阴森森地笑起来，将手中的书递到他面前。

“签什么？”

“你随意。”

就在顾清尧低下头去签名的时候，说时迟那时快，男人喊了一声“你抬起头来”，顾清尧疑惑地抬起头，男人从袖子中抽出一把匕首，顾清尧条件反射地起身退避，男人扑上去，丝毫没有犹豫地将匕首刺入顾清尧的腹部。

顾清尧看着那把明晃晃的匕首就这么没入了自己的身体，随着剧烈的疼痛，他痛苦地呻吟出声。

身后看到这一幕的人们都被吓傻了，大家纷纷一边喊着“救命”一边四处逃窜开来。

女生的尖叫声，保安打电话报警的声音，大家四处逃窜的脚步声，最后是警车鸣笛的声音隐隐传来。

顾清尧呼吸困难，大口大口地喘着粗气，他望着那个男人问道：“你……你……你究竟是谁？”

“韩轩扬。”男人面无表情地吐出这三个字。

“我是来为沐尔报仇的，她为你而死，我必须杀了你为她陪葬。”韩轩扬的眼底一片森冷。

原来是这样。顾清尧想起来自己在哪里见过他了，曾让私家侦探跟踪过李沐尔，拍下来的照片上，有李沐尔与他在一起的画面。这个年轻男人，是李沐尔的学弟，大家都传他喜欢她。

顾清尧挣扎着抚着自己的腹部，想要向男人解释些什么，意识却越来越模糊。

最后，好像是有警察将韩轩扬架上了警车，而他自己，则被抬到了担架上，由救护车送往最近的医院急救。

他胸口的血越流越多，仅存的意识里，有护士拖着哭腔一直在他耳边说：“你要坚持住，很快就到了，再坚持一下下，就一下下！”

还有医生冷静地为他测验血型，然后打电话回医院，让医院立刻准备大量B型血，病人失血过多，用量暂时无法估量。

顾清尧的眼皮越来越沉重，他知道自己有可能支撑不到医院了。

脑海里突然浮现出众多场景。

李沐尔站在机场内，特别小女生地站在他面前，连头都不敢抬，却是来找他要小说版权录广播剧的。

自己为了确认她是不是小时候救自己的恩人，就把她带到身边，挽起她的衣服想要查看她身上的伤疤，她却误以为他要轻薄她。

顾清尧的唇角微微扬起了笑。

画面一转，变成了无休止的怀疑、争吵与内心的矛盾挣扎，以及那个雨夜，他捏住李沐尔的下颚，叫她滚，她就真的淡出了他的视线。

他懊悔，难过，最后又千方百计地哄她回来。

顾清尧的眉头又皱了皱。

“你舍弃了你所爱的事业，难道没有不甘心吗？”

“有舍必有得，这些时间以来，我成长了不少，也必然要明白这个道理。何况——”

“何况什么？”

“何况你赌上了你的后半辈子跟我走，我怎么舍得让你输？”

顾清尧突然倾尽全身的力气，将氧气罩拔了。这个举动让救护车上的所有人都怔住，一时间谁都没有反应过来。

“顾清尧，你干吗？！”一旁的护士再也忍不住了，号啕大哭出来。

顾清尧用手按住护士的手，那手上，满是黏稠的血，红得触目惊心。

“你……你帮我一个忙。”顾清尧有气无力地说着，如果不细听，根本听不见他说的什么，只能靠唇形去分辨。

“你说。”护士止住眼泪，将耳朵凑近顾清尧的嘴唇。

“你……你帮我转告沐尔，叫她不要再等我，不要再等——”顾清尧拼尽所有的力气还是没有将这句话说完整。

救护车鸣笛的声音远远大过顾清尧说话的声音，就算护士耳朵离得再近，还是没有听出顾清尧说的什么话。

“你说什么？”护士问。

顾清尧眼睛已经闭上，他的心脏“扑通扑通”，最后的跳动都是为了一个叫李沐尔的女孩儿。

她在等他，可是他注定要失约了。

这辈子注定不能和你在一起了，那下辈子还能不能再遇见？我不会再让你受这么多委屈了，一定从一开始就加倍疼惜你。

顾清尧的手逐渐垂下来，心脏似乎已经没有了一丝一毫的跳动。

救护车已抵达医院，医护人员手拿吊水瓶，推着车几乎是在走廊上奔跑。

急救室里。

“还有救吗？医生？”戴着口罩的护士问医生。

“病人处于休克状态，先止血，准备手术！”关键时刻最能保持冷静的依旧是医生。

多想从梦中醒来赴你今生之约。

六

时间一晃就入了冬季。

柏林的冬季异常严寒。冷风刺骨，街道上很少能看到行人，湖面上早就结了一层厚厚的冰。

李沐尔走进一家传统的木制玩具店，身后跟着的是Kenda，店主很热情地迎接她们。

李沐尔一眼便看中了货架上的一只小木马。

她像个孩子一样将那只小木马取下来，摇晃着木马脖子上的铃铛。

“你说我买这个给清尧当礼物好不好？”李沐尔回过头问Kenda。

“你买得够多了，这些天，你几乎每天都在给清尧挑礼物。”Kenda说。

“我不知道他喜欢什么嘛，你又不是不知道，他那个人脾气怪得很，所以干脆买一堆让他挑。”李沐尔孩子气地回道。

说完，李沐尔又转过身去继续玩那只小木马，爱不释手的样子。

Kenda眼底流露出疼惜，她轻轻说道："沐尔，其实我一直没告诉你，清尧他……"

"他怎么了？"李沐尔很敏感地回头问道。

Kenda看着李沐尔一脸期待的表情，世界上最美丽的莫过于等待心上人的表情。Kenda实在不忍破坏这样的美丽，所以忍了很久，也不想将真相告诉李沐尔。

"其实清尧他，好像不喜欢这些东西。不过如果是你亲手挑选的，他也许会喜欢。"Kenda改口道。

李沐尔果真就没有再怀疑，她兴高采烈地付了钱，买了这个可爱的小木马。

长长的街道上，到处是流光溢彩的特色小店。

Kenda没有陪着的时候，李沐尔就独自来这条街道上散步。飞速流转的时间让柏林的冬转入夏，这条街变成了菩提香四溢的林荫大道。一转眼，又从夏转入秋，满街的枯树叶铺成一条金黄色的地毯，直通向勃兰登堡门。

不变的是，总有那么一个瘦小单薄的身影孤孤单单地走在这条街上，隐没在一群狂欢的人群中。

她始终在等着，有那么一个人会突然地出现。

"你舍弃了你所爱的事业，难道没有不甘心吗？"

"有舍必有得，这些时间以来，我成长了不少，也必然要明白这个道理。何况……"

"何况什么？"

"何况你赌上了你的后半辈子跟我走，我怎么舍得让你输？"

她总是回想着这段话，这是专属于他们之间的约定。

清尧，我就在这里等你，你说过你会来的。

第十一章

与夏熏的重逢

一

一日一日又一日，窗外的皑皑白雪已经积落得厚厚一层。

李沐尔坐在摇椅上，手里握着杯子，看着窗外遥远的天际。有时候，她这么一坐就是一天，水倒了也忘记喝，直至冷却。

Kenda路过她身边时，给她的杯子里又添了一些热水。

“你每天都在看什么？”她问。

“看划过天空的飞机，在想，哪一架才是载着他来柏林的。”李沐尔轻声回道。

Kenda怔了怔，双手撑在摇椅的椅背上，默然了很久才低头道：“我们出去滑雪吧。”

“我不会。”李沐尔双手握着杯子，径直答道。

“我也不太会，不过可以去学呀，南山的滑雪场特别热闹，我们去凑凑热闹也好，省得每天孤单冷清——”话说到嘴边，Kenda突然失声，其实她想说，找些事情让自己的注意力分散也挺好，哪怕是出去看看白雪，看看人潮。不然万一顾清尧能够回来，她已经耗得形同枯槁。

原本以为李沐尔会直接拒绝，没想到她站起身，应道：“那就去吧。”

Kenda又是愣了一愣，然后朝她露出一个微笑道："那我去开车，你换身衣服就出来。"

李沐尔裹着一套厚厚的棉衣站在台阶上静静等待，Kenda从远处望过来时，觉得她就像是一个纸糊的美人。

两人路过被白雪覆盖的乡野，路过寂静的街道，最后到达南山。

李沐尔觉得整个柏林的人都仿佛聚集在此了，他们穿着滑雪服，戴着防风镜和手套，拎着雪杖和滑雪板向高处进军，一边还说说笑笑，李沐尔置于这汹涌人潮中，竟然有些恍惚。

她出生的地方，每到过年时，也经常是大家都聚集在某条河边或者某条步行街上，人人脸上带着喜气，期盼着来年的幸福。

"Hey，愣着干吗？想学滑雪吗？"Kenda从背后轻搡了她一下。

李沐尔的思绪被拉扯回头，看到Kenda不知从哪儿拿来的一副手套和滑雪帽，一把塞到她怀里。而Kenda本人早已经全副武装。

李沐尔抬头看了看那高耸入云的山峰，摇了摇头道："不想学，感觉很危险。"

她得保护好自己，必须安全地，静静地，等待顾清尧的归来。

"那我们坐缆车上去，山顶有一家餐厅，我们去喝杯咖啡，看看风景。"Kenda这样提议，李沐尔同意了。

餐厅也依旧人多，李沐尔找到一个靠窗的位置坐下来，Kenda负责去买热饮和甜品。

身边都是金发碧眼的欧洲面孔，他们口中发出的音节也那么陌生。不知是不是李沐尔太想念家乡了，竟然在人群中听到有人在讲中文，并且字正腔圆，那声音还格外熟悉。

她猛地回头，向声源望去，却只看到一个穿着皮衣的欧洲妙龄女郎。

应该是她的错觉吧。

李沐尔摇了摇头，转过头来，却看到有一人端着盘子站在她面前一动不动。那并不是Kenda的穿着打扮，看骨架，像亚洲人。

李沐尔缓缓抬头向上望，整个人立刻僵在原地。

居然是夏熏，端着盘子的人居然是夏熏！

夏熏显然也怔住，没料到会在这里见到李沐尔。

当日不得已挥手告别，如今再度相见竟是在异国他乡，在这样一个滑雪场。

"我没看错吧？是你吗，沐尔？"夏熏扑哧一声笑出来，面前喷洒出的白雾让一切都变得那么不真切。

"嗯。"李沐尔很惊喜，想要说什么，却什么都说不出口，只能重重地点了点头。

夏熏身边跟着一个高大且英俊的男孩儿，他有些好奇李沐尔和夏熏之间的关系，询问了几句后，夏熏指着李沐尔解释道："很重要的朋友。"

那一个"重要"让李沐尔眼眶酸涩。

"我朋友丹尼尔。"夏熏又向李沐尔介绍起这个男孩儿。

三人坐下，Kenda举着托盘向这边走来。她买了两块芝士蛋糕和两杯拿铁。

李沐尔向她介绍坐在对面的二人，Kenda对夏熏并无印象，但她看到李沐尔的脸上出现久违的笑容时，她觉得夏熏的出现拯救了李沐尔。

于是四人坐下来，边喝着下午茶看窗外众人滑雪打雪仗的场景，边聊天叙旧。

德国本是夏熏游历的最后一站，可是夏熏却莫名喜欢上了这里，无论是连绵起伏的山峦，还是辽阔宽广的平原，甚至是这里喜好大口吃肉大口喝酒的人们，于是她提交了留学申请。

李沐尔有些羡慕夏熏的洒脱，在经历了那样的事情后，还能笑对坎坷，仿佛浴火重生。

二

在之后的接连几天里，Kenda因为时常要出去办事，偌大的屋子里便只剩下李沐尔一人。

夏熏经常来陪她，两人一起坐在摇椅上，看屋外渐渐停止的飘雪。

“我在国外的这段日子，你身上居然一下子发生了这么多事。我在滑雪场看到你时，第一反应就是自己出现了幻觉，是太想你了吧，不然你怎么会出现在这里呢。”夏熏感慨唏嘘不已。

“你呢？过得还好吗？”李沐尔笑了笑，不想再提起自己的伤心旧事，便反问她。

“国外的生活远远没有国内精彩，但是平静无波。”夏熏回答了，又似乎没有答。

李沐尔便不再问她。

夏熏发现时光也不过是匆匆过了一两年，李沐尔几乎是经过了脱胎换骨的变化。

她不再聒噪，变得很安静，甚至是沉静。

“你就每天这么待在家里不闷？”夏熏突然问她。

“他说让我在家里等他的。”李沐尔慢慢答道。

“真心想找你的人，无论你在哪里都会找得到你的。走吧，跟我出去。”夏熏站起来，就去拉李沐尔起身。

“去哪儿？不会又是滑雪场吧？”李沐尔边被夏熏拉着走边不安地问。

“去我们学校转转，我为了陪你，旷课几天了。”夏熏回头白了她一眼。

于是，自打李沐尔到柏林以来，唯一的两次出行都是被别人喊出去。一次是跟着神龙见首不见尾的Kenda去南山滑雪场，这次是跟着好久不见的夏熏去他们大学。

雪已经停了，天气晴朗。阳光照射到积雪之上，反射出一道刺眼的光。

气温还是很低，夏熏并没有去上课，而是裹着大衣，端着热咖啡，坐在校园小径的长椅上，指着来来往往的人群不停问李沐尔：“这个穿藏青色大衣的帅哥怎么样？”

李沐尔摇摇头，但笑不说话。

“那个呢，那个戴着耳机夹着书本的男孩怎么样？”

李沐尔依旧摇头。

“现在眼光变得这么高，肤白貌美大长腿的少年都入不了你的法眼了。”夏熏调笑着搡了搡李沐尔。

李沐尔依旧只是笑笑，恬淡地看着过往人群。

她并不是闷闷不乐，而是根本没什么可乐。时光荏苒，明明两个人都在世事中变得成熟，可夏熏还是故意用调侃的语气跟李沐尔说话，她想要时光倒退，想要李沐尔变回以前的开朗，可是效果不大。

就在两个人相对坐着时，丹尼尔走来。

“Hey，你们坐着干什么？今晚有联谊舞会，所有女孩儿都去梳妆打扮了。”丹尼尔笑着说。

“我不用打扮，天生丽质。”夏熏呛他。

丹尼尔宝石蓝深邃的目光扫过郁郁寡欢的李沐尔，唇角扬起一抹朗然的笑容。

“你打扮起来一定非常漂亮。”他的动作很夸张，一点都不似严谨的德国人。

“我就是过来玩儿，没打算参加舞会，我也不会跳舞。”李沐尔语气淡淡的，唇角那礼貌性的笑也是淡淡的，轻云一般，揉进惆怅里。

“那有什么要紧，你不会滑雪不也去了滑雪场？不会跳舞就坐着看别人跳，别什么事儿第一反应便是拒绝嘛。”夏熏对李沐尔表示不满。

“行行行，我去，我去。”李沐尔还跟以前一样，夏熏一不满，她就没辙，两个人之间微妙的上风与下风关系，这点一直未变。

夏熏带李沐尔去了学校附近的一家礼服租赁店。

刚踏入店内，就感觉到了人满为患的“威胁”。

来来往往的年轻女孩儿，几乎都是来自夏熏他们学校。她们都想在这家店内挑到适合自己的礼服，好在晚会上大出风头。

“我们来晚了。”李沐尔拉着夏熏的衣袖，轻声说。

“一点都不晚。”夏熏冲她挤了挤眼睛，然后反手拉着她熟门熟路地走进了最里间。里间的人很稀少，夏熏信步走过去，挑出一款很少见的长袖网纱黑色晚礼服递给李沐尔。

“一般姑娘都希望自己穿得越少越好，不懂遮掩和若隐若现的美。”夏熏暧昧地笑了笑。

李沐尔抚摸着那拼接的丝滑布料，明白夏熏已经一眼看穿了她。

从前，她不愿意和其他人一起沐浴，就是害怕别人看到她双臂上丑陋的伤疤。今日，她拒绝去参加舞会的根本原因也不完全是一向冷清惯了，而是，舞会要穿晚礼服，晚礼服又是裸露得多，她实在是没有那样的心理素质，她觉得自己驾驭不了。

李沐尔进了试衣间换上了晚礼服，自她扭扭捏捏出来的那一刻，夏熏眼底蓦地腾升起一把火焰。

“看看镜子，走几步，啧啧，其实你呀，真应该多试试这样的衣服，这样才能衬托出你是天生的美人坯子。”夏熏赞不绝口。

李沐尔看着镜子中的自己，手臂部分被长袖遮住，礼服的下摆是燕尾裙式样，走几步便会露出白且直的一双美腿，整个人仿佛被披上了一层光辉，说不出的风情万种。

夏熏为她挑的这件礼服很冷门，没有任何人来试，可却格外适合李沐尔，扬长避短。李沐尔情不自禁多看了镜子中的自己几眼，因为等待而变得忧郁的心情终于晴朗了几分。

“你的呢？你的是什么样的，快穿给我看看。”李沐尔迫不及待地催促夏熏。

夏熏狡黠地笑了笑，又从另一个柜子里挑出一件用蕾丝亮片缝制的白色礼服长裙。夏熏拿着它躲进试衣间，出来时，已然成了一名气质名媛。长裙遮住了夏熏的小粗腿，收腰与低胸的设计却凸显出了她弧线完美的脖颈以及小蛮腰。

明明模样很是动人，李沐尔却不愿意像刚刚她夸奖自己一样去夸奖夏熏，故意眯着眼睛，勾起的唇角带了几分轻佻道：“真白，简直就是浪里白条，黑白双煞中的白煞。”

“那你岂不是黑旋风李逵？”夏熏没好气地回她。

互相斗着嘴的两个人不相让，结完账走出店门，突如其来的冷风让毫无防备的李沐尔浑身打颤，夏熏赶紧将衣服披在了她肩上。过马路时，明明是绿灯，走在斑马线上，却有一名疑似酒驾的司机大叔开着卡车迎面奔来，李沐尔在千钧一发之际拉着夏熏飞跑。

马路对面，两个人惊魂未定，却望着对方忽然哧哧笑起来。

双方的长发和眼眸都黑漆漆的像在墨池里漂过，澄澈得透光。

三

两个人吃了一顿香肠饭，又喝了点啤酒，这才化了精致的妆容奔赴学校的舞会现场。

已经有人陆陆续续地进场，如果不是事先知道这只是一个学校的联谊舞会，李沐尔会误认为自己闯入了某个巴黎晚礼服的时尚秀场。

来来往往的姑娘袒胸露背，风情万种，每一个都足以吸引眼球。

灯光忽灭，舞台中央亮起一束白光，主持人登场，宣布今晚的联谊舞会正式开始。大家开始欢呼雀跃，李沐尔却端着盘子，小心翼翼地夹了一些吃食坐到最不起眼的角落。

夏熏在这种场合下就是人来疯，她和丹尼尔已经摇摆在舞池中央。

李沐尔目睹着他们的疯狂，一杯接一杯地喝着酒。

看夏熏抱丹尼尔抱得那么紧，她应该是喜欢他的吧。真幸福，自己喜欢的人就在眼前，被自己紧紧拥抱着。

李沐尔呢？只有喝醉了才能雾里看花一样，依稀看到顾清尧吧。

耳边仿佛能听到来自人群的喧嚣鼎沸，闻到校园里碧桃的花骨朵儿盛开时的香气，看到初春的光景。

此间少年不常在，少年歌声眠旧巷。

就在李沐尔觉得自己的肚子已经喝不下去酒时，她摇摇晃晃地站了起来，一个趔趄，踩到了自己的裙摆，差些就要摔倒。

就在这时，一只有力的手及时扶住了她的腰。

一双和丹尼尔一样深邃的蓝眼眸，一张比丹尼尔还要俊朗的脸，扶住她的男生的脸与她的脸几乎贴到了一起。

李沐尔顿时酒醒，一下子跳脱开来。

“一个人坐在这里喝闷酒多无聊，来和我跳支舞吧。”男生热情邀请，并朝她露出大大的笑容。

李沐尔听着他饶舌的口音，只是摇摇头。

“摇头是什么意思？不想跳还是不会跳？”男生凑近了一些。

“我不会。”李沐尔淡淡回道。

谁知，这一句“我不会跳舞”并没有让男生打退堂鼓，反而给他制造了机会。他又凑近了一些，细细嗅着李沐尔身上淡淡香水与酒精混合的气味，细声道：“不会跳舞我可以教你，能走路就能跳舞。”

李沐尔内心有些反感，想要开口继续拒绝，他却带着些霸道地接着说：“请你接受我的邀请，不然的话，我就当着所有同学的面把你抱到舞池里去。”

李沐尔吃惊地看着他，他的笑容中带了一丝邪气。

眼前的男生自信且骄傲，不容别人拒绝。这样的他，个性有些像自己日思夜想的顾清尧。

于是李沐尔伸出手，礼貌地说：“那就麻烦你教我了。”

男生唇角的弧度上扬得更加乖张，却弯腰侧身，手臂伸得直直的，让李沐尔可以挽着他的手臂进入舞池，表现得十分具有绅士风度。

一股热浪迎面扑来，男生揽着李沐尔的腰，跟着音乐的节奏前三步后三步，一会儿提腰，一会儿并脚。

“怎么样，很容易吧？”男生的笑容在灯光的映衬下愈发显得邪魅。

“一点都不容易。”李沐尔气喘吁吁。

男生拉着李沐尔穿越人潮，又回到了他邀请她跳舞时的僻静角落。

两人坐下，李沐尔顺手拿起桌上的杯子，又要给自己倒满一杯酒，却被男生拦下。

“喝得醉醺醺的，在男生面前很危险，你难道不知道吗？”男生的眉眼似笑非笑，似乎深藏暗涌。

“那就不喝了。”李沐尔打了一个激灵，将酒杯放下。

“一般坐在安静角落独自买醉的女孩子都有心事，你的心事是什么？我现在有空，可以听你说说。”男生的表情看起来似乎兴致盎然。

“关你什么事，你想听我还不想说呢。”李沐尔偏过头去。

她的酸楚，她的等待，她的故事，只是属于她一个人的，才不想跟一个陌生人随便分享。

男生也并没有追问，只是笑笑，他头忽然凑近了一步，笑嘻嘻地问：“你叫什么名字？”

李沐尔愣了愣，觉得这男生的脑回路未免也转得太快了，她没有回答，男生却并不介意，率先自报家门：“我叫艾文。”

“现在你可以告诉我你叫什么名字了吧？”男生不屈不挠。

他愈是这样逼迫，她就越是不想说。

谁知人群中突然冒出熟悉的喊声：“喂，李沐尔，找你半天，原来你在这里呀。”

一曲终结的夏熏拖着丹尼尔跑到李沐尔跟前，明明是玩累了才想起李沐尔，夏熏的动作表情却好似一直在寻找李沐尔似的。

“李——沐——尔。”艾文一字一顿地咬着李沐尔名字的发音，忽而一笑。

“艾文，原来你在这里。”丹尼尔欣喜地叫起来。

这名叫艾文的男生似乎跟丹尼尔还有夏熏是同系同学，并且关系匪浅，感情深厚，他与丹尼尔称兄道弟，看到夏熏的第一眼便夸赞她今日又比昨日更美艳了一分。随后，他的眉毛跟跳舞似的，富有节奏感地上下跳动，一直盯着李沐尔。

夏熏与丹尼尔先是不解地互相对视一眼，后来从彼此的眼神里明白了些什么，他们相视一笑。

“丹尼尔，我跳舞还没跳够呢，走，继续陪我跳去。”夏熏朝丹尼尔挤眉弄眼，手指着舞池的方向。

丹尼尔起身，和夏熏两人“狼狈为奸”，再一次迅速隐没在人潮中。

桌前再一次剩下李沐尔和艾文尴尬地面对面。

当然，尴尬的是李沐尔，艾文觉得这一切都很有趣。

“你号码多少？我明天想带你去一个地方。”艾文径直问道。

“我没有手机号。”李沐尔没好气地回道。

虽然艾文没有什么恶意，但是李沐尔实在不喜欢这么轻率又浮夸的人，李沐尔一度怀疑他骨子里流淌的绝对不是德国人的血。

“我去问夏熏也能问到，只是我想听你亲自说。”艾文凑近了一些，眼神特别专注，却给李沐尔压迫感。

“行行行，我给你就是了。但是提前说好了，明天我不跟你出去，你也不要打电话给我。”李沐尔将自己的手机号码抄给他，不耐烦的神色全部都写在脸上了。

“这我可不能答应你。”艾文笑笑道。

“那我不给你了。”李沐尔作势要抢过艾文的手机，却被艾文抢先一步记下，李沐尔的动作落空。

“那你打吧，我不接就是了。”李沐尔手垂下来，有点生气了。

令李沐尔有些出乎意料的是，艾文并没有就此罢手，而是一把抓住她垂下的胳膊，用力一拽，将她拽到自己面前。

他温热的气息拂在她的脸上、她的耳边。“你要是敢不接，我现在就把你的袖子扯下来给大家看看你手臂上的伤疤。”

李沐尔心下一惊，眼睛顿时瞪得跟铜铃一般大，想要挣，却怎么也挣脱不开。

艾文松开她，笑得似乎很无邪：“大家都是袒胸露背，你非要遮遮掩掩，你的这种特别刚才在舞池里已经吸引了很多男生的目光了，我猜他们是觉得你身上有股遮掩的美，可女孩子们会怎么认为呢？”

李沐尔不语。

艾文笑嘻嘻地接着说：“她们会嫉妒那些停留在你身上的目光，会希望你摔倒，希望你毁容。要是看到你的伤疤，她们会怎么样？”

“你是从什么时候看到的？”李沐尔不自觉地抱紧自己的身体，冷冷发问。

“不需要看，搂着你时能感觉出来，因为——我对伤疤太敏感。”艾文忽然撸起自己的袖子，李沐尔惊讶地看到他的手臂上居然也蜿蜿蜒蜒地盘踞着好几条触目惊心的疤痕。

“你，你的伤疤是怎么来的？”李沐尔语气有些急促。

也是被那样一场大火烧伤的吗？眼前又是一片火烧燎原。

“小时候热水瓶爆炸，被划伤的。”艾文轻描淡写一句带过，然后迅速放下袖子。

四

李沐尔第二天早上是被一个陌生的电话吵醒的。

宿醉头痛，李沐尔撑着额头接起电话，在听到艾文阴魂不散的一句“午安”时，身体一个激灵，立刻就醒了。

再看看时间，居然已经是正午了。

她回忆起昨夜，一幕一幕的画面正如电影镜头重播。艾文拉着她跳舞，陪她坐在角落里看人群，要了她的号码，又将自己手臂上的伤疤展现给她看。

她惊讶，他却若无其事。可能在部分男生心中，伤疤是男人的象征，会表示自己很Man。可女孩子却特别在意，遮遮掩掩，总觉得那是自己身上一处瑕疵，恨不能遮掩一辈子。

后来呢？李沐尔记得自己喝醉了，吐了，吐完之后又吵又哭又闹，艾文、夏熏和丹尼尔三个人拉住她，才没让她掀了桌子，砸了杯子，搞得人人侧目。

压抑得太久了，心中累积的负面情绪太多，只能借着酒劲狠狠发泄出来。丹尼尔和艾文都不明所以，只有夏熏知道她内心最压抑的秘密是什么。

夏熏打了Kenda的电话，Kenda在外地出差，只是简单交代了一句“帮我照顾好她”后就匆匆忙忙挂了电话。夏熏费尽力气才将酒劲上涌，已经完全记不清回家的路的李沐尔拖回了家。

这一晚，因为怕她出事，夏熏便没有返校，而是在地板上打了地铺，陪伴了李沐尔整整一夜。

李沐尔轻轻回了电话那头艾文一句“午安”，然后一转头就看到裹着毯子在地上蜷缩成一团的夏熏，懊悔不已。

从回到家之后，她的那段记忆就消失了。但从夏熏并没有喝多少酒却也睡到正午的状况来看，她半夜里确实闹腾得不轻。

“约好今天跟我出来玩，你不会忘了吧？”艾文说。

“谁跟你约好的？”李沐尔捂着嘴，小声回呛道。

“怎么办，我昨天跟了夏熏一路，现在就在你家屋子外，你说我是闯进去好呢，还是绅士地站在门外等候好？”艾文不慌不忙地询问李沐尔。

李沐尔蹑手蹑脚走到窗边，轻轻拉开窗帘，一眼就看到空旷的地方，艾文笑容迷人地仰着头朝她招手，如果他不是这么无赖的话，李沐尔会承认他的笑容是真的与冬日午后的阳光一样迷人。

“你等着，我下来。”李沐尔没好气地说完这句话后就挂了电话。

她快速洗漱，随意绾了绾头发，套上一件外套，就怨气冲冲地跑到艾文面前，艾文见到她后，笑容更加灿烂。

“我们去哪儿？”李沐尔将帽子套在头上问道。

“跟着我走。”艾文并没有直接回答她的问题，而是径直拉着她的胳膊走。

他拉着她走到马路边上，拦了一辆出租车，目的地直奔火车站。

“我们究竟要去哪里？我得回去了。”李沐尔感到不安，她跟着艾文出来，原本以为只是在柏林走走，没想到艾文要带着她出城。

艾文似乎明白她的担忧，朗然一笑：“放心吧，丹尼尔和夏熏都知道我是找你来了，要是你丢了，他们会放过我？”

“那我们究竟要去哪里？”李沐尔又重复了一遍问题。

“一个很美的地方。”艾文调皮地眨了眨眼睛。

“很美的地方是哪里？”李沐尔依旧是不依不饶地发问。

对于不知名的远方，她根本没有憧憬，有的只是深刻的不安。

艾文轻叹一口气，将攥在手里早就买好的两张火车票拿给她看。

Köln，科隆。

李沐尔知道这里，一座历史与现代相融合的名城，莱茵河贯穿整座城市，高中时期的历史老师曾经这样描述过莱茵河：那就像一条白色柔美的缎带从旁飘过，洗涤了历史的罪恶。

李沐尔对这座城市，从那时起，就生出了别样的好感。

“怎么样？现在可以放心走了吧，我就是想让你开心起来。”艾文捕捉到了李沐尔脸上的一丝丝妥协，他摊了摊手，这句话倒说得真诚无比。

“行，量你也要不出什么花样。”李沐尔应承下来。

艾文一瞬间高兴得像个顽童，他一把抓住李沐尔的手臂，李沐尔却触电一般地弹开，连连后退好几步。

艾文先是不解地望着她，李沐尔却护住自己的手臂，头垂得低低的。过了一会儿，他突然明白过来，脸上少了些许不正经，多了许多歉意，“sorry。”他说。

李沐尔只是木然地摇了摇头，然后自己往火车站候车大厅走。

只想将这些伤疤裹得严严实实，悉心藏好，不让别人窥见。时间走了好远，这些伤疤也并没有变浅变淡变消逝，永远在那里。

她没有那么怕被别人知道了，却依旧怕被别人碰见，那是她自己都不忍触碰的记忆。

五

抵达科隆已是晚上。

艾文请李沐尔吃了一顿大餐饱腹后，带她来到了莱茵河畔。

河面吹来微风，有大型的油船和货轮频繁往来，高耸入云的科隆大教堂在星空的映衬下更添了几分神圣。

原先是艾文带路走在前面，李沐尔跟在后面。这会儿全然相反，李沐尔沿着河畔一直向前，艾文不紧不慢地跟在她后面，保持着恰到好处的距离。

经过与李沐尔的相处，虽然很短暂，却看出了她非常没有安全感，十分抗拒别人的逾越。这样的人通常有着自己的故事，内心也有着自己的小世界，这个小世界里只有她和与她亲近的人。那些个亲近的人或许想离开，却走不出去。而他这个想走入她内心的人，却也没有任何路可进。但总要试试，不能试都不试就放弃，她肯跟他来科隆已经是进步。

艾文看着她孤零零似乎心事重重的背影，眼珠滴溜溜一转，他三步并作两步上前，猛地拍了一下她的肩。

李沐尔瞳孔骤然睁大，像一只受了惊吓的兔子。

“那边有座桥，桥上的风景和河畔的风景又不一样了。”艾文唇角含着一抹笑意指着不远处灯火通明的霍亨索伦桥。

这座桥很长，长得看不见尽头。李沐尔和艾文沿着鹅卵石铺成的人行道，缓慢地行走着。

忽然起风了，有轻轨呼啸而过。

李沐尔顺着风向听到有金属质感的物件敲打栅栏的声音，仔细一瞧，不远处的前方，人行道的栅栏上悬挂着许多颜色各异的锁。

“这是一个美丽的象征，它将许多人的一生都绑在了一起。”艾文走上前，手上把玩着其中一把似乎有了些岁月侵蚀痕迹的铜锁，眼神变得格外温柔。

“这些锁真好看。”李沐尔也轻轻抚摸着那些锁，似乎在轻轻触摸着一颗又一颗温柔的心。

“很多人都不想把他们的爱情锁光秃秃地留在桥上，所以你看，这些锁要么被镶上水钻，要么被配上花，就好比他们的爱情，如水钻般亮晶晶，又如花朵般鲜艳。”艾文在李沐尔身后说道。

李沐尔回头，看到艾文像变魔术一样，从口袋里掏出两把铜锁，又从另一个口袋里掏出一把小刀。

他将其中一把看上去小一些的铜锁递给李沐尔，轻声问："我们就简简单单的，不要其他的配饰好不好？"

李沐尔不仅没有伸手去接，反而缩回了手，微微瞪大眼睛，拒绝道："你这是在做什么？"

艾文拿着铜锁的手蓦地就垂下来，有些讪讪的。

风依旧在吹，气氛却很尴尬。

突然，艾文猛地抬手，将小刀连同两把铜锁都丢进了莱茵河里。只听"扑通"一声，河水被突然激起一层涟漪却又很快恢复平静。

"开个玩笑，吓着你了？"艾文耸了耸肩，笑得似乎真的云淡风轻。

"玩笑一点都不好笑。"李沐尔闷闷地回了这么一句，然后转过身，径直往回走。

走到河边草地上，李沐尔一屁股坐下，然后托着腮，望着远处鳞次栉比的高楼大厦，陷入了发呆的状态中。

艾文看着她神思迷惘的模样，也坐到了她身边，学着她托腮冥思，忽然道了一句："有人说，喜欢发呆的女孩子，内心都有一个忘不掉的人。"

李沐尔被他这句话击中，怅然地望向他。

夜幕下，被包围在万家灯火之中的艾文，蓝眼睛更加深邃，似一片无垠的汪洋，能将人吸进去一般。

"你真无聊。"片刻，李沐尔脱口而出这四个字。

"为什么把别人对你的好感都看做是恶意或者无聊？我只是想靠近你，但不是想伤害你，你应该也感觉到了，不然不会跟我来科隆，可是态度为什么还是这么疏离呢？当个朋友也不可以吗？"艾文终于忍不住了，他的表情变得严肃，语气也变得急促。

他一路上都照顾着她的情绪，呵护着她的伤口。在霍亨索伦桥上，他故意将她引来这里，想要对她表白，可是她的表情太冷淡，令他收回满腔热情。虽然他一直都在同她耍无赖，但要认认真真地捅破这层窗户纸，他却胆怯了，于是干脆将铜锁扔进河里，一切当从未发生过，只是错觉。

他这么为她着想，她怎么一直都拒人于千里之外呢？

李沐尔愣愣地看了他好久，艾文就在她这样木然的眼神里逐渐冷静下来，突然意识到自己刚才的话语不是很妥当，他微微垂下头，说了一声：“抱歉，我——”

“该说抱歉的人是我呢，是我这么久以来都活在自己的幻想世界里，已经不知道要怎么和别人相处了。”李沐尔望着艾文，挤出一个笑容，拼命想要自然，落在艾文眼底却很生硬。

“那你的幻想世界是什么样的？”艾文不禁好奇地问。

问出口又感到后悔，这也是一种逾越。

“不愿意说也没关系，要是愿意，我就当一回听众。”艾文补充道。

“我认识一个人，他带给我惊喜，带给我快乐，也带给我灾难，甚至，颠覆了我也许本该岁月静好的人生。”李沐尔转过头，眼神放空，目光幽远，不知通过那一望无边的天际，最后落到了哪里。

时间一点一滴地走着，在科隆这样的城市里，岁月仿佛不知疲倦，夜深也依旧辉煌的灯火照耀着李沐尔藏在心底的故事。

“所以你就一直守在这里？”艾文原本不相信天底下还有如此钟情的女孩子，真正见到后却为她感到不值。

“那个男孩这么久都不来找你，要么变心了，要么就是出事了。只有这两种可能。”艾文语气非常笃定。

一语惊醒梦中人。

为什么她总是那么被动，他让她等，她便等。她为什么不去主动地寻找他？

李沐尔拍拍身上的泥土，蓦地站起身。

“你去哪里？”艾文急喊。

“回去。”李沐尔撇过脸，低低回道。

她要回去，回去找Kenda面对面问清楚，他为什么还不来？不要她了，还是出什么事故了？

“你现在回去？已经很晚了。”艾文追着她。

可是李沐尔丝毫不为所动，她的脑海里，她的意念里，她心心念念要一个答案。

艾文三步并作两步追上她，轻拉了她一把又很快松开，喊道：“这么晚了，火车站都是酒鬼流浪汉，你好歹等等我，我保护你嘛！”

在遇见这个中国女孩之前，艾文一直觉得自己是个自我又固执的人，可是遇到李沐尔之后，艾文甘拜下风，因为李沐尔远比他执着得多。看似弱不禁风，心却坚定不移。

他和李沐尔回到来时的火车站，买了凌晨的火车票回柏林。

上了火车，找到座位坐下后，艾文这才发现整节车厢就只有他们两个人。空空荡荡，玻璃上倒映着二人的影子，孤寂冷清。耳边是火车在铁轨上发出的轰鸣声，时而呼啸着逼近，时而由近及远地消逝。

李沐尔看着黑漆漆的窗外，眼皮渐渐垂下，睡眼惺忪。

“想睡就睡吧，我在你身旁，不会离开。”艾文将她的脑袋轻挪到自己肩上，语气宠溺，像在哄一个婴儿入眠。

看着她沉沉入睡的侧脸，艾文望向窗外，脑海里浮现的是她睁着眼睛望向前方时的迷惘神情，她坐在草地上，单手托腮。

“我无辜跌进了一个舆论漩涡中，我的一切都被毁了，我什么都没有了，只剩下他。我多想他在我身边啊，永远不会离开。我在等，等到他来我身边永远不离开的那一刻。”

第十二章

归途

一

李沐尔跌跌撞撞跑回家的时候，她看到Kenda的行李箱与各种整理袋横七竖八地摊在地毯上，行李箱朝门打开，上面还放了一份今日早晨的报纸，她刚出差回来。

“Kenda，Kenda。”李沐尔边喊着她的名字，边满屋子地找她，最后在卧室里找到了她。

Kenda正在往她的床头放一只毛绒玩具，那似乎是带给她的礼物。Kenda回过头朝她一笑：“早安，这么早去哪里了？”

“Kenda，我想问你一件事。”李沐尔走过去，坐在床上。她说这句话的时候，看到镜子里的自己一脸风尘仆仆，可被黑眼圈和眼袋包围的眼睛却闪烁着一股莫名的坚定。

“什么事？”Kenda看着她的眼睛，似乎猜到了几分，但脸上却一直都是从容与淡定。

“顾清尧他——”李沐尔顿了顿，然后问道：“现在究竟在哪里？”

她终究还是不敢直接问他是不是不要她了，也不敢问他是不是出了事，因为这两种情况都是她极其不想要的。

“我不知道。”Kenda回答得十分干脆，不假思索，但眼神却有几分闪躲。

李沐尔望了她好几秒，突然从床上站起来说：“我不想再这样漫无目的地等下去了，我要回国，我必须要回去。”

“你疯了吗？国内到处都是你的——”

“事情闹得再凶猛，这么久也该过去了。”李沐尔打断她的话。

“可是，是顾清尧让你待在这里的，这一切都是他的安排。”Kenda急忙说。

“也是他说他开完最后一场签售会就来柏林找我的，可是时间已经过了这么久，他就像从人间消失了一样，不见人影，连电话也不来一个。”李沐尔紧咬着下嘴唇，越说越委屈。

Kenda望着面前这个瘦弱清秀的女孩，对她的心疼从来都不止一点。

“其实——”真相就要脱口而出，却在最关键时刻戛然而止。

“其实什么？”李沐尔直勾勾地盯着她。

“其实你只是太累了，听夏熏讲你去参观了她的大学，还去参加了舞会，认识了新的朋友，挺好的，你休息一下就不要想太多了。”Kenda用故作轻松的语气，她不敢再与李沐尔对视，便谎称自己还有别的事情，眼神闪躲着出了门，路过李沐尔身旁时，伸出手来轻拍了拍她的肩膀，那声若有似无的叹息衬得Kenda这小动作似是告慰。

李沐尔是真的太过疲累，她衣鞋未脱就倒在床上，眼睛一直木木地盯着天花板，累到极致却怎么也睡不着，她听到楼下Kenda在收拾行李的声响，时间滴滴答答，不知是过了多久，Kenda高跟鞋“咚咚咚”走来走去的声音渐渐变模糊，随着一声“咣”的关门声，李沐尔知道，她又离开了。

“你赌上了你的后半辈子跟我走，我怎么舍得让你输？”只要一闭上眼睛，顾清尧的音容笑貌就会一遍遍浮现在脑海中。

他的脸庞，一遍一遍复刻重现。他浓密的眉毛，生气时会骤然抬起，失落时又会骤然落下。他的眉眼细长，垂下眼睑的样子让人忍不住想要窥视他心中所想。他薄而凉的唇角，威仪与温暖便全在弧度上了。

李沐尔从床上一跃而起，开始翻箱倒柜，终于翻出了自己的护照。

她拖过墙角的行李箱，随意往里塞了几件衣服，又拿了一些Kenda放在抽屉里给她零用的钱，从二楼冲到一楼，再冲出了家门。

在人群稀疏的马路上拦了一辆出租车就直奔机场。

他不来找她，一定是被某种不可违逆的原因困住了，她要去解救他，不能坐以待毙。此时此刻，她的困意越强烈，脑中却越是清醒，几乎是在一瞬间肯定了顾清尧一定是遇上麻烦了。

从候机到登记，再到回程漫长的18个小时，李沐尔一直没有闭过眼。

她的手捏成拳头，咯咯作响，坚定着某种信念。

我的爱人呐，当我跋涉到你面前倒下的瞬间，请你一定不要责怪我，请你抓紧我的手。

二

双脚踏上故地的那一刻，一切的不真实都开始变得真实。

李沐尔将手机开机，蹦出Kenda打的32个未接电话。还有夏熏和艾文发的几条零零碎碎的，从生活小事到质问她去哪里了的短信。她的生活圈，只剩下了这几个或近或远的人在关心着她。

李沐尔边走边回了一个电话给Kenda，电话几乎是在一秒内被接起。

“你去哪里了？你怎么现在才回电话？我很担心你，你知不知道？我出门去超市买一些东西回来就没见你人了，你还带走了行李箱，你是要出远门吗？还是——你回去了？”Kenda一连串急促的质问句像是机关枪“突突突”对准李沐尔不停扫射，在这扫射过程中，她已经推断出了结论。

李沐尔觉得有些喘不过气，她在那一头安静下来后，缓缓应道：“是，我回国了。”

听到Kenda长吸了一口气，害怕她再说出什么，李沐尔直接挂了电话。于心不安，她又关了手机，拔了电池。

她的世界一下变得安静又喧嚣。

安静是因为孤独，这里没有她的爱人朋友亲人，落入眼中的一切都是触景伤情。喧嚣是因为周边熙熙攘攘的人群，他们讨论着这个飞速运转的世界今日又发生了什么匪夷所思的事情，谁又被卷入了一场舆论战争里，他们讨论得眉飞色舞。

应该去哪里找顾清尧呢？一切似乎都已变了样子。

不知不觉，她跟着大队人群走进地铁口。风将地铁架上的旧报纸吹落在地，李沐尔仅仅是瞟了一眼，便杵在原地动弹不得了。

有被大人牵着手的小孩踩在那张报纸上，李沐尔几乎是歇斯底里地扑上去，要扯过那张报纸看个真切。

“别理她，是个疯子。”大人这样安慰被李沐尔反常举动吓哭的小孩子。

人们离得她远远的，议论纷纷。

很快，地铁来了，人们坐上地铁，整个走廊便空了一块。李沐尔坐在空地上，反复读着那条旧新闻——少年因不明原因捅伤著名作家顾清尧。

黑白的报纸首页，记忆中一向温柔的韩轩扬，眼底全是令人不寒而栗的杀意。顾清尧捂着腹部，手上和衣服上全是鲜血，他的五官皱成一团，看上去痛苦到极致。

新闻寥寥几笔，只交代了韩轩扬被赶来的警察戴上手铐，却未交代顾清尧的下落。

“我就说你不来一定有你的苦衷，可是我没想到是这个，居然是这个。”李沐尔情绪有些失控，她跌坐在空地上，手抓着一旁的椅子，哭得不能自抑。

一切都错位了。

李沐尔当时走得匆忙，来不及，也不能与韩轩扬好好地告别。她以那样的方式消失，韩轩扬便去找到他以为的始作俑者复仇。

韩轩扬想用顾清尧的鲜血来偿还，也不明不白葬送了自己。

她以为岁月漫长，总有一天，他们都会再遇见，她的不告而别可以换来惊喜的重逢，可终究换来的只能是血与泪，留下她这样一个伤心人，捧着迟来好久的真相。

很快，地铁又被新的一拨人涌满。来来往往的人群，有好心人递给她一包纸巾，有人望着她无奈地摇摇头。

没有人知道她是谁，为什么在这里，又为什么哭得这样伤心。大家被每一天新的娱乐新闻吸引，早就忘记了这个曾经站在舆论中心的瘦弱女孩。

哭到全身四肢百骸像散了架，她撑着站起来，抹干眼泪，将那张报纸折叠，放进口袋。

李沐尔打量着四周，拖着沉重的身体缓慢行走着。

顾清尧不会有事的，她还能那么清晰地记住他的每一句话，哪怕相隔再远，也能感受到他的气息，所以他一定只是受伤了。可是受伤了为什么不联系她？受伤了就该接受治疗，他会在哪家医院接受治疗？

是昏迷不醒，还是——

李沐尔不敢去想。

走出地铁站，走到人群里。天色暗下去，城市灯火慢慢清晰。无论是科隆，还是这里，模糊的灯火里却怎么也走不出你的身影。

三

天色完全变黑时，李沐尔找了一家餐馆吃了顿饭，这才恢复了一点点气力。

她走到最近的一家二甲医院，直奔住院部。

他这样身份的人，就算住院，也是被收进三甲级别以上的医院吧，还得是VIP病房。全市的三甲医院加上高级私立医院，一共都不到五家，所以很容易排除。

“请问，你们医院有收进一名叫顾清尧的病人吗？”李沐尔询问护士台的人。

“没有。”住院部前台的护士抬了抬眼皮，扫了她一眼后直接冷冷回道。

于是，李沐尔离开，又打车去了第二家医院，还是相同的结果。

接连几家，也是如此。李沐尔抱着仅存的一丝希望走进了最后一家高级私立医院。

“请问，你们医院有没有收进一位叫顾清尧的病人？就是个子挺高，皮肤很白，气质挺冷的，但是有时候也会笑——”

“没有，没有。”这位护士连眼皮都懒得抬一下。

“你都没有看一下住院名单，你怎么就知道没有？那么多住院的病人，你能记住所有人的名字？”李沐尔鼓起勇气，质疑护士道。

护士好笑地抬头看她：“年纪也不算小了，怎么脑子却不太好使。有名人住进来了我们会不知道？这世上有几个人叫顾清尧呐，不还是前段时间被个疯子捅了一刀的那位？闹得沸沸扬扬的。你是他的粉丝吧？不妨告诉你，像你这样到医院来找人的女孩子还挺多。去别处看看吧。”

面对护士的嘲笑，李沐尔没有离开，而是觍着脸皮继续问：“那您知道是哪家医院收了他吗？”

“不知道不知道，他是死是活都不知道，记者都不知道的事情我们怎么会知道？快走吧，深更半夜别影响病人休息。”护士不耐烦极了，想要赶人。

李沐尔心中那仅燃着的一丝微弱的火苗也瞬间熄灭。

李沐尔失魂落魄地离开医院，随意找了一家旅舍过了一夜，第二天醒来便继续找，这次，她找遍了整座城市大大小小的医院，都说没有顾清尧这个病人，她像个疯子一般地寻人，却怎么也寻不到要找的人。

顾清尧似乎真的从地球上消失了。

李沐尔打开手机，她坐在马路边的绿化带上，拨了一通国际长途给Kenda，听到她焦急声音的那一刻，李沐尔嘴一张，便在刹那间泪如泉涌，哽咽了好久也说不出一句完整的话。

“我找不到，我找不到他，我怎么也找不到他。”她反反复复重复着这句话。

“你先回来。”Kenda温柔哄她。

“不，我不回去，我要找到他。”李沐尔的声音特别坚定。

“你要怎么找到他？他根本就不在国内！”Kenda焦急地低吼道。

这一声低吼让整个世界都安静了下来，李沐尔和Kenda之间透着一股沉寂的诡秘。

一个藏满秘密的潘多拉盒子，人们禁不住好奇只是想掀开盒子的一角，窥视内里，却没料到盒子里释放出了令人意想不到的牛鬼蛇神。人们将盒子盖住，以为这样就可以将这些秘密锁藏一辈子了，可是人们毕竟太天真，再紧绷的弦也终究会有彻底瓦解的一天。

“这么说你知道他在哪里？”李沐尔极端的冲动过后就是极端的冷静。

“我怎么会知道？我的意思是说，他受了那么重的伤，国内的医疗水平可能赶不上国外，我是这个意思。”Kenda并没有打算破罐子破摔，她努力用平静的语气掩饰着自己的慌乱。但有时亡羊补牢，为时已晚。

“是吗？”李沐尔冷冷反问了一句，却没有拆穿。

Kenda轻咳了两声，声音里的慌乱完全被粉饰太平。

“你赶紧回来吧。”她道。

李沐尔真的就没有再固执地要寻找顾清尧的下落，她在当地待了不到两天，便又买了张机票，重新飞回柏林。

四

重新回到柏林的李沐尔没有再向Kenda问起过顾清尧的下落。

那句Kenda在匆忙之中露出的马脚，李沐尔选择了“遗忘”。她回归到最初来到这个国家时的她，安静，恬淡。

夏熏与艾文听到她回柏林的消息后，都纷纷在第一时间来看望她。

“你心情好点没？”夏熏也已经从Kenda口中知道了事情的来龙去脉，她惊讶于顾清尧和韩轩扬之间的纠纷。印象中的顾清尧虽然冷漠偏激，却对李沐尔一往情深。印象中的韩轩扬温润懂事，却对顾清尧起了那么大的误会，以至于冲动到亮起了明晃晃的刀子。一个大出血后失踪，一个进了监狱。这么离奇的人生偏差，任谁都会唏嘘不已，可此时此刻的夏熏更担心的却是李沐尔。

如果不知道真相，她也许会抱着希望一直等下去。可是知道了真相，又在遍寻不得人的情况下，李沐尔会不会心如死灰呢？

“我没有心情不好。”李沐尔抬起头，微微笑了笑。

夏熏说话小心翼翼，李沐尔却笑得从容不迫。她的笑容甚至让夏熏一瞬间恍惚。

李沐尔安静地切着血橙，然后将一瓣瓣橙子放在果盘中，推到夏熏和艾文面前：“吃些水果吧。”

夏熏和艾文互相望了望，眼里全是不解。这样的李沐尔实在是太反常，也实在是太陌生。夏熏与李沐尔曾经同处一室，几乎是连体婴儿一样地相处了那么久，她也从没见过李沐尔如此温柔的一面，除非——

“你是不是已经知道顾清尧在哪里了？”夏熏身子前倾，贴近了李沐尔的耳边，轻声问道。

在夏熏的印象中，李沐尔一直是一位重色轻友得理所当然的人。她就是一只纸糊的老虎，如果说在夏熏面前还有老虎的样子，那在顾清尧面前，只能变成一只听话的小猫了。

李沐尔嚅动着嘴唇，刚想说点什么，Kenda便从楼下走下来，她吃力地拖着大只的行李箱。艾文见况，立刻上前去帮忙。

“你们来了？多陪陪沐尔吧，她一个人在家也挺无趣的，异国他乡也没什么朋友。”Kenda的问候随和得让人如沐春风。

“好。”夏熏与艾文来过几次，跟Kenda也会过几次面，对她的印象似乎都不错，于是笑着回应她。

“你又要出远门？”李沐尔状似随口一问。

“是啊，工作不能落下。”Kenda声音依旧很轻柔。

她隔几天便会出差，李沐尔一直不会问她去哪里，去做什么工作，这次也一样。

“一路顺风。”李沐尔朝她挥挥手。

当Kenda前脚刚跨出门时，李沐尔脸上的笑意后脚就烟消云散。她仓皇之下吞下一瓣橙子，然后急声对夏熏和艾文说：“帮我一个忙。”

“跟踪Kenda。”李沐尔来不及解释，只是下了这样一个指令。

夏熏有些不解，但她看到李沐尔一脸焦急，这种焦急中又隐隐藏着某种期盼时，她便不问了，似乎已经猜到了什么，她一贯聪明。

艾文在这几人里一直扮演着局外人的角色，他没有参与他们的过去。如今，过去已经成为故事，他听着那些时间过去很久却颜色依旧鲜艳的故事，眸色一暗，决心当李沐尔的骑士到底。

“上车。”艾文开着自己的私家车，招手让李沐尔和夏熏赶紧上车。

柏林上午10点的街道也是安谧的，道路两旁老旧的建筑不断延伸至眼前又不断后退，窗台上盆栽里精心养育出的花朵散发出的清香刚漫入鼻腔，味道又很快消失不见。

“开慢一些，慢一些，我怕她有所察觉。”李沐尔有些紧张地扯了扯艾文的衣袖。

Kenda在Caspar身边那么多年，早就练就出了眼观六路，耳听八方的本事。如果不小心一些被她察觉出什么，那就功亏一篑。

于是，艾文减慢了车速，车行驶在石板路上，与Kenda的车保持着不远不近恰到好处的距离。

“沐尔，你到底是怎么确定Kenda知道顾清尧下落的？我看她对你关切备至，她真知道顾清尧下落一定会告诉你吧，一定不会忍心看你每日苦等的。你是不是想多了？”夏熏憋不住心里的疑惑，问出了口。

李沐尔回过头，与趴在椅座上探头探脑的夏熏对视了N秒后叹了一口气：“Kenda关心我，也是可怜我，但我特别感激她。可她一定也有她的立场和苦衷，如果不是被逼到一定的地步，她不会露出这丝马脚来给我揪。”

“我好奇这丝马脚是什么，能让你一个粗线条的人摇身一变，变成007？”既然已经捅破窗户纸，夏熏就打算打破砂锅问到底了。

可李沐尔却没有再继续这个话题，她眼睛盯着正前方，手指关节弯了弯，轻声对艾文说：“拐弯，跟上。”

艾文默不作声地听着李沐尔的话，在车子行驶了一个多小时后，停在了郊野的一家洞天别院的私家医院外。

李沐尔看到Kenda下车，又转身小心翼翼地望了望四周，最后由穿着护士制服的女人引进院内。

Kenda驾轻就熟的样子表明她来过这里很多次。这里地点偏僻，想要藏一个人很容易。Kenda每次出门总会带一大包的生活用品，远远超出了她的使用量。能让一个名人无声无息地从世界上消失，拥有这样能力的人并不多，Kenda的老公Caspar就是其中一个。

一切一切的线索都指向李沐尔猜测的那个答案——顾清尧就在这里，她日思夜想的顾清尧就在这里！

她因为激动，全身有微微的颤抖，她一把拉开车门，就要尾随Kenda而去。

艾文一把拉住她，声音低沉却有力量："你冷静一些。"

李沐尔回头望着他，艾文从她的眼神里看到一股因为挤压许久此刻全然爆发的渴望，她渴望见那人一面。艾文顿时觉得又欣喜又可怜，喜是替她欣喜，怜是觉得自己可怜。

时间已经过去了十多分钟，夏熏先打开车门，万分小心地观察了一下四周环境，然后用唇语对沐尔和艾文说："下车吧。"

来自东南方向的袅袅微风，吹醒沉睡了一冬的万物。

他们一行三人整理了一下自己的情绪，佯装从容地跨进医院的大门，从大门到大厅，一帆风顺，却到进了住院部时被两个护士拦下来。

"你们是谁？"护士的表情非常警惕。

"我们是病人家属。"艾文走上前一步，用德文跟护士解释。

"哪个病人？几楼几房？"这个医院的护士没有那么容易被糊弄，追问道。

三人互相看了一眼，答不出来。

就在这关键性的一刻，艾文猛地将李沐尔往前一推，然后自己反手挡住护士。李沐尔仅仅愣了一秒，便反应过来，开始拼命往病房的方向跑去。

"去哪里？站住！"护士想要去追，夏熏也赶紧跑过来拦截护士。

四个人在这边拉拉扯扯，那边李沐尔已经气喘吁吁地跑到病房区域。

这是一家高级私立医院，也是疗养院，病人不多，李沐尔从玻璃窗外挨个望进去，许多病房都是空空荡荡的。

走到最里间，气氛一下子变得很沉寂，李沐尔胸口剧烈的心跳声如同鼓擂。

透明的玻璃窗内，李沐尔看到顾清尧躺在床上，正翻阅着手边的报纸。Kenda背对着李沐尔的方向坐在床沿，似乎在和顾清尧说着什么，顾清尧却始终面无表情，没有任何回应，甚至连头都懒得抬一下。

他的头发，他的侧脸，他的身形，他翻书的动作，他冷冽的表情，一切的一切，她都好想念。

原本安静的走廊隐隐约约传来医生护士嘈杂的对话声，他们似乎叫来了安保，在一间病房一间病房地寻找李沐尔。

李沐尔有些贪婪地望着顾清尧，目光深远又不舍，脚下一软，根本就迈不开步子。

多久了，以为隔了千山万水，其实只有这一个多小时的路程而已。

“就是她，抓住她！”不远处，护士不客气地指着李沐尔冲安保说。

病房内的顾清尧听到窗外的动静，条件反射般地抬头，与李沐尔四目相对。

顾清尧有些惊愕，在反应过来后，表情虽是淡淡的，眼底却一下子明澈敞亮起来。

“快跑啊，傻站着干什么！”夏熏大吼了一声，她和艾文两个人与医院的工作人员纠缠不休，为的就是给李沐尔争取更多时间。这会儿东窗事发，当然是走为上计。

李沐尔慌乱之中朝顾清尧抛出一个久别重逢的笑容，随后拼命往楼梯那边跑。

夏熏和艾文依旧和医生护士安保们纠缠，见李沐尔已经跑到楼下，他们便转身说了一声“对不起，打扰了”后，也疯了一样地跑下楼。

医院里的工作人员自然不会轻易放过这几个来路不明的人，可他们溜之大吉的速度太快，等工作人员追到楼下时，发现那个带头闹事的男生跟身边的两个中国女生已经坐上车远去，追也追赶不上了。

车窗未关，东南风呼啸着变成北风。

李沐尔反反复复的一句“我看到他了，终于看到他了”，夹杂在风中树叶摩擦的沙沙声中。

五

艾文送李沐尔回了家。

“我们今天都有课，所以待会儿得回去了。”在屋檐下，夏熏有些抱歉地看了看李沐尔。

这么久以来，这两个朋友都是惺惺相惜，互相陪着对方渡难关。

“你需要我翘课留下来陪你吗？”艾文俏皮地眨了眨眼睛，他将选择权丢给了李沐尔。

李沐尔摇摇头，轻声说着：“今天已经很谢谢你们了，陪我闹了这么一出，已经很不好意思了，怎么还能耽误你们上课呢？”

“你这么说也忒见外了。”夏熏扬了扬眉毛。

“如果有什么事情的话，可以随时打电话给我。没有事情，也要打电话报个平安。”艾文低声说。

“好。”李沐尔觉得有些好笑，她已经回到家了，哪里还能不平安呢？

“如果今晚之前你不打电话给我，我就打给你。如果你不接，我就会来找你。”艾文拿出了一贯的嬉皮嘴脸。

“好。”李沐尔笑着答应。

她已经不再反感艾文的霸道与无赖，在他一次次帮助她，带她走出困境的过程中，她也许早就接受了他，在这天寒地冻的国度里，早已将他视作朋友。

李沐尔望着艾文和夏熏朝她挥挥手告别，渐渐远去的身影，左脸似乎还维持着笑容的姿势，右脸已经沉浸在阴霾里。

她走回屋内，从一楼走到二楼，躺在床上睡不着，起床灌了自己足足一大杯冷水，却怎么也冷静不下来。

Kenda一直都没有回来，今天在医院的动静那般大，Kenda恐怕已经发现她了。

李沐尔坐在桌前，从日落坐到繁星满天，再到日出，她再也坐不住了，稍稍洗漱了一下，再次摔门出去。

走了很长一段路，李沐尔才拦到一辆出租车，凭着记忆中的路线，她让司机将她送往昨日到达的私立医院。

经过昨日一闹，医院的戒备似乎变得格外森严，好几个穿着制服的安保面色严肃地在门口巡逻。

李沐尔长吸了一口气，故作镇定地走过去。

“来做什么的？”安保鹰隼一样的眼神不断在李沐尔身上来回扫。

“病人家属，来看望病人的。”李沐尔微微一笑。

“几楼几——”

“4楼401，我男朋友腿摔断了，在疗养呢。”李沐尔打断安保，然后努力挤出一个无邪的笑容，心里却七上八下。

李沐尔昨日来时经过四楼的第一个房间，确实记得有一个棕色头发的男孩儿坐在床上，腿上打了石膏。

几个安保让开了一条路，李沐尔绷直了后脊，假装不急不缓地走进医院。

她乘坐电梯来到了顾清尧所在的五楼，却在迈出电梯没几步时听到护士的叫声：“这位小姐，这位小姐！”

李沐尔记得这个声音，这是昨天带头拦截她，并且与夏熏他们起了正面冲突的护士的声音。门口的那些安保没有将她认出来算正常，但这护士一定是将李沐尔的身影记得深刻到骨子里了。

昨天已经闹过一次，打草惊蛇。今天她孤身一人，不能再闹一次。

李沐尔停下脚步，回头微笑着望向那护士。

“果然是你，你又来做什么！”护士的语气和态度都十分不客气，戒备全写在脸上。

“五楼最里间病房的顾清尧是我朋友，我是来探望他的。”李沐尔想着，既然已经打草惊蛇了，不如就正大光明说出自己来的目的。这里是医院，又不是监狱，没有不让亲朋好友来探视病人的理由。

“我们这里没有顾清尧这位病人。”护士断然回道。

“你想都不想就说没有，难道这整座医院的病人名单你都倒背如流？”李沐尔瞬间揪出了护士的错处。

护士有些恼羞成怒，面露凶光地回道：“我说没有就是没有！”

事已至此，李沐尔已经没有退路，她迎上去说道：“可我昨天清清楚楚看到了这个人，就在五楼最里间的那间病房！”

“那是——”

“那就带她去看看。”这位护士的话还未说完，即被身后另一道冷冷的声音打断。

李沐尔看到她身后缓缓走来一个体形微胖的中年女人，看打扮似乎是护士长。

“跟我来吧。”她瞥了一眼李沐尔，随后转身往走廊尽头走去。

李沐尔和那名护士都跟着她走到最里间的病房前。窗户依旧透明，可屋内一眼望过去却空空如也，什么都没有。

这怎么可能呢？

李沐尔推开那扇门，整间病房一尘不染，像是被人刻意打扫过。可真的没了，连他的一丝气息都寻不到了。

“现在你可以走了吧。”护士长这句话仿佛是从鼻孔里说出来的，气势逼人。

李沐尔迟迟不肯离开，她在房间里缓缓踱步走着，忽然眼前一亮。窗台的角落里放置着一个透明的玻璃瓶，瓶内插着一枝姿态绰约的山茶花。

住在顾清尧家时，李沐尔就曾发现顾清尧不但喜欢小动物，也喜欢植物。他总在窗台上放置一个透明的玻璃瓶，里面插着一枝纯白色的花。李沐尔问过他那是什么花，他说是山茶花，他欣赏山茶花的洁净与芬馥。李沐尔总时不时地能记起他说那句话的表情，唇角勾着一抹轻松的笑意，浅而淡。

“你们把他藏在哪里了？”李沐尔突然转身，问护士长她们。

“我听不懂你在说什么。”护士长冷静地回复她。

李沐尔与护士长对视了几秒，护士长眸中平静无浪，任李沐尔再怎么看也看不出波澜。李沐尔又望向缩在护士长身后的那名护士，护士有些心虚地移开目光，又低下头。

李沐尔心中起了一片又一片的凉意，她没有再说话，走到窗台前，伸手折下了那枝开得正好的山茶花藏在袖中，然后默默走出了病房，走出了医院，没有再回头。

第十三章

散场的拥抱

一

车子驶过并不平缓的马路，李沐尔下车付钱时才发觉天空在下雨。

初春的雨下得不大，却淅淅沥沥不间断。

李沐尔一路小跑着进屋内，衣服还是不可避免地被打湿。她进屋第一件事并不是换衣服，而是小心翼翼地从袖子内取出那朵被她折下的山茶花。

山茶花的花瓣被雨水打湿，又被她的手臂压皱，可摸上去却感觉异常柔软。

李沐尔将它小心翼翼地插在茶几中央的花瓶里，然后望着它傻傻发呆，直到听见有脚步声从楼上下来。

Kenda穿着一身睡衣，似乎是刚沐浴完毕。

“你回来了。”她的语气稀松平常。

“你都不问问我是从哪里回来的吗？”李沐尔站起来问她。

Kenda打开冰箱拿出一瓶矿泉水，拧开瓶盖，“咕噜咕噜”灌了自己足足大半瓶水后，眼皮都未抬一下，随口应道：“能从哪里，还不是从医院。”

“原来你什么都知道。”李沐尔冷嗤了一声，又坐下来，声音低了一分贝，听起来很失落。“也对，你怎么可能不知道。”

Kenda将搭在手臂上的一条白毛巾丢给李沐尔，自己又反手拉开一把椅子坐下。

“昨天我看到你了，站在窗外傻傻看着清尧。”Kenda的声音很温柔，眼底也藏着一丝笑意。

而李沐尔却被这丝藏着的笑意刺到，Kenda虽然一直在照顾她，免她孤苦伶仃，无枝可依。但她也一直都在欺骗她，Kenda知道顾清尧的下落，知道他的近况，却一直不肯告诉她。

Kenda从李沐尔的眼底看到了怒意，她的笑容收了起来，转而哀叹了一声。

“我有我的苦衷，很多事也不是我本意。”

“我当然知道你有苦衷，我感激你在这样的苦衷之下还一直帮助我，陪伴我。可是你不该骗我，骗我他会来，一直让我苦苦等待。我以为他不会来了，他把我丢在这里了，其实他明明就是被你们圈禁了！”李沐尔越说越激动，她拍着桌子站了起来，眼泪莫名就决了堤。

“圈禁这个词有些严重了吧？”Kenda的表情变得很严肃。

“难道不是吗？那他为什么不来找我？我昨天看到他时，他明明已经苏醒了。如果不是被圈禁被限制自由了，他为什么不履行自己的诺言呢？！”李沐尔歇斯底里地吼道。

泪眼婆娑的她与Kenda的对视变成了对峙。

最终，Kenda心软下来。她走到李沐尔背后，用毛巾替她轻轻擦拭着头发。Kenda无奈又略带歉意的声音平稳地穿透柔软的毛巾，抵达李沐尔的耳蜗深处。

“韩轩扬那一刀不偏不巧地刺穿了清尧的肾脏，引起了大出血。后来他紧急被送往医院抢救，人是抢救过来了，一检查却被发现肾功能衰退，人依旧昏迷不醒。Caspar动用私人飞机将清尧接到德国，为他寻找到了合适的肾脏资源，进行了移植手术。后来，清尧便一直在你去到的那家私立医院疗养。”

Kenda的语气虽然平稳，却一字一句都让李沐尔心惊肉跳，坐立难安。

“那为什么不让我知道这件事呢？如果不是我去到国内看到了旧新闻，是不是打算瞒我一辈子？”李沐尔揪过白毛巾，努了努嘴唇问道。

“清尧的通信工具全部被没收，他的身边也一直有仆人跟着，一方面是照顾他，另一方面就是监视他，不让他乱跑。Caspar不愿他费尽心血培养的接班人再因为你而受一点伤害，让你以为他就此消失了也好。而我是一路看着你们辛苦走来，不愿意拆散你们，所以想着，让你留在柏林，时间久了，事情也许会有转机。”Kenda缓缓答道。

李沐尔信这是最终的真相。

“所以，就因为我跟踪了你，发现了清尧疗养的医院地址，Caspar就派人将清尧连夜接出去了？”李沐尔目光幽幽地盯着眼前的那朵山茶花。

这才多久，被摘下的山茶花即便用清水养着，也很快陷入凋零的境地。

“是。”Kenda这次倒答得肯定。

“那他现在在哪里？”李沐尔问。

“不知道。”Kenda给的回答依旧迅速。

“是不是知道还是不告诉我？”李沐尔苦笑，笑中却带泪。

Kenda耸了耸肩膀，摊了摊手，没有再说话。

李沐尔也没有再追问了，她知道，她是问不出结果了。此刻的她特别累，这些天以来，她都没有好好休息过，现在，她只想睡一觉，到地久天长时。

起身离开时，失魂落魄的李沐尔袖子扫到花瓶，瓶子霎时碎了一地。

凋败的山茶花的花瓣浸泡在碎玻璃和水渍里，再也回不到当初的模样。

二

时间像极了一个轮回。

明明春天已然来到，李沐尔却蜷缩着身子，恢复到了冬眠时的状态，足不出户，每天望着窗外发呆。

连绵不断的细雨过后的第一个艳阳天，夏熏和艾文来到李沐尔的住房内，想要带她出行，说是今天外面十分热闹。

“我真的不想出去。”夏熏拖着李沐尔在前进，李沐尔却一直往后退。

“你看你现在这副样子，Kenda说得也没错，让你留下来是等待重逢的机会，你却自甘堕落了。真到你们重逢那一天，我要是顾清尧，看你一身肥肉，也懒得要你。”夏熏放开她，却对她一脸鄙夷。

这招对李沐尔确实有效，李沐尔低头看了看自己的肚子，又摸了摸自己的脸颊，不自信地问：“我真的胖很多了吗？”

“可不是？之前搂着你跳舞，摸到的是骨头，现在估计只能摸到一堆肥肉。”艾文摩挲着下巴，上上下下打量着李沐尔，在一旁添油加醋。

“连你也这么说！”李沐尔一惊，跑到了穿衣镜前，来来回回打量了自己好久，才极其不情愿地承认自己胖了整整一圈的事实。

“好吧，我跟你们出去走一走。”李沐尔一转身，带着一种大义凛然的风范。

抱着期待重逢的心愿，她不能让自己像被掐断了茎根的山茶花一样，一天天枯萎。

夏熏和艾文两人互望了一眼，彼此会心一笑。

他们将带过来的一只巨大的布袋丢到李沐尔面前，“先让你挑吧。”

“这些都是什么？”李沐尔翻开布袋，里面尽是一些夸张到极致的衣帽和鞋子，更多的是各种各样的假面和头盔。

“今天是一年一度的狂欢节，街道上在举办‘化装大游行’呢。这些东西可是我们搜集了好久的好东西。”夏熏提起这次的“化装大游行”，眼底有满得快溢出来的兴奋。

夏熏爱笑爱闹，在国内时便是这样，到了国外留学，时常冷冷清清的街道让她很不能适应，遇上这样的大游行，怎么能轻易错过呢？

李沐尔在布袋里挑挑拣拣，实在是找不到能入她眼的装饰品。

“你们化吧，我就算了。”她连连摆手。

可夏熏才不打算放过李沐尔，她以迅雷不及掩耳的速度从袋子里拿出类似画画用的油彩，还有一件扮演吸血鬼的斗篷。

她更趁着李沐尔未反应过来时，将油彩泼到李沐尔脸上。

李沐尔先是一惊，随后怒气冲冲地瞪着夏熏。夏熏却和艾文两人笑得前俯后仰。

最终，李沐尔还是妥协了，她被夏熏打扮成一个新时代的女吸血鬼，戴着“獠牙”，脸上涂满油彩，穿着黑色的斗篷衫就这么出门了。

李沐尔之前一直担心自己的打扮太过异常，不好意思跨出家门，但一回头看到夏熏和艾文，一个变身为哈利·波特，另一个打扮成怪物史莱克，她就突然释怀了。

走到大街上，李沐尔看到化装成伏地魔的丹尼尔和满大街各形各色的“飞禽走兽”后，觉得自己的打扮再正常不过。

所有人都盛装游行，这游行队伍里还有不少的音乐舞蹈爱好者。男人们演奏着木琴，吹着长笛。女人们跳着热情的桑巴和弗朗明哥。孩子们尽情地欢呼，吃着糖果。所有人都纵情于这一场狂欢盛宴。

“看那边，那边可以免费领啤酒耶。”夏熏这个女酒鬼一见到酒就两眼冒星星，何况德国黑啤世界闻名，夏熏不会放过每一次有人买单免费蹭酒的机会。

夏熏一见到啤酒，就松开了一直紧握着的李沐尔的手。

李沐尔一直站在街角的咖啡店前，身边只有艾文陪着。

“你要不要也去尝尝？”艾文问她。

“我可没她那么喜欢喝酒。”李沐尔头摇得跟拨浪鼓一般。

“杜塞尔多夫的黑啤很好喝，有甘甜的味道，虽然这丝甜味停留在口中的时间很短暂。就像在莱茵河畔的那一夜，美好的时光虽然短暂，但总归是有过的。”艾文忽而一叹，声音很低沉，却在周边的一片狂欢声中显得格外清晰。

李沐尔假装没听见，她为了躲避与艾文单独相处，猫了猫身子进了咖啡店。

“油彩涂抹在脸上很难受，我去洗掉。”

咖啡店空无一人，连服务生都不知道跑到哪里去了。她走进洗手间，像在闹中终于取了一处静处。李沐尔对着镜子拼命地用冷水洗脸，直到感觉脸颊冰凉，后又火辣辣。

脸上的油彩终于被洗净，李沐尔走出咖啡店，喧嚣依旧，艾文却不知跑去了哪里。

站在一群打扮成天使魔鬼，行径夸张的人中间，素面朝天的李沐尔显得很是突兀，她踮着脚尖前后张望，却怎么也看不到熟悉的人。她这才意识到自己是彻底和夏熏他们走散了。

李沐尔被人群挤得站都站不稳，她吃力地掀开自己的斗篷，想要掏出手机来打电话给他们其中的一人，突然手腕被一个戴着假面具的男人抓住，然后一股强硬的力量将她硬生生拉扯到街角。

李沐尔被吓得不轻，第一反应便是自己遇上了趁乱抢劫的。

“救命！”她本能地喊道。

那男人却伸手捂住她的嘴，开口的那一句话便让李沐尔差些泪流满面。

“别喊，是我。”他说。

男人揭开假面具，此时此刻站在李沐尔面前的人除了顾清尧还能是谁？

四周顿时一片寂静，唯有顾清尧开口说的那一句“是我”在李沐尔耳蜗中不断轰鸣。

李沐尔张嘴，可是努了努嘴唇，却因为激动一句话也说不出来。这么久以来，这是第二次见他。上一次，隔着医院的玻璃窗，远远地与他对视了一下，似乎一眼万年。这一次，他和她这么近距离地站着，李沐尔却觉得一切都不真实了起来。

“你——”

“你别说话，听我说就好。”顾清尧的声音仍旧清冽，如一汪干净的泉水。

“我现在没有多少时间，Caspar一直派人监视着我，他们都以我身体还没恢复为由，不许我外出，今天是狂欢节，我化装成这样，才能见到你。”顾清尧一口气说完，目光灼灼地盯着李沐尔。

两人对视了片刻，顾清尧才再次开口：“我一会儿得赶回去，你再信我最后一次，下周四的晚上，你在西柏林墙下等我，我这次一定不会再失约。”

为了让李沐尔相信他的话，顾清尧抓住李沐尔的肩膀，用力捏了捏，似乎这样的行为便可以加重他话里的分量。

“好。”李沐尔答道。

印象中的顾清尧冷静又严厉，偶尔流露出温暖时，笑容也是沉稳绵长的，他从来不会像今天这样慌张，似乎周围都是盯着他的眼线。

“我走了。”顾清尧轻轻拍了拍她的肩膀，转身戴上假面具就要混迹在游行队伍中离开。

李沐尔却喊住他：“清尧。”

顾清尧回头，李沐尔的脸涨得通红，不安局促，手一直绞着衣服下摆。

“我是不是胖了？”她憋了半天憋出了这样的一个疑问句。

顾清尧唇角忽地上扬，眼底闪着一抹柔软的笑意，迅速回一句：“是胖了，但很可爱。”

这是对她的夸奖吗？李沐尔手不自觉抚上脸颊，触及到的皮肤更加的热辣无比。

等到她反应过来时，一抬头，顾清尧已经消失在人海中了。

望着依旧热闹的游行队伍，李沐尔的心情却瞬间变得很失落。

三

她一个人在街角处站了很久，思绪被夏熏喝得醉醺醺大吵大嚷的声音拉扯回来。

“你们去哪里了？怎么这么久才来？”李沐尔微微蹙了蹙眉头问。

她这蹙眉头的动作，一是不满他们三人将她一人丢在这里，二是夏熏身上的酒味熏到她了。

“不故意消失久一些，怎么让你们家清尧对你多说些贴心话呐？”夏熏轻佻地笑着，用手戳了戳李沐尔的胸口。

李沐尔被戳得痒痒的，脸一红。抬头的一刻，看到艾文和丹尼尔都冲她笑，虽然一个从容一个调侃，但似乎他们都知道顾清尧今天会来找她这件事。

怎么越来越觉得，这像是一幕设计好的戏，大家都知道剧情走向，就她不知道？

艾文似乎看出了李沐尔的疑惑和猜测，他走近她，进而肯定了她的想法：“顾清尧找Kenda帮忙，让她掩护他出来找你。然后Kenda又找了我们，希望我们能在狂欢节这天带你出来，人多，便可以掩人耳目。”

原来Kenda一直都是在帮她的，李沐尔心底一热，有些后悔前些天对她的态度多是埋怨。

“清尧怎么说？”夏熏很八卦，穷追不舍地问。

“能怎么说，就说让我再相信他一次，给他一周时间，下周四晚上来找我。”李沐尔的心情很是复杂，又惊又羞又恼又喜，可这些情绪中，终究是喜占了上风，她说完这些话后，嘴唇不自觉地微微上翘。

夏熏还在一旁说着胡话，丹尼尔扶住已经不太站得稳的她，眼神宠溺。

而艾文一直都在看着李沐尔，她脸上每一个细小表情的变化都被他收入眼底。他在心底长长叹了一口气，瞳仁里一直都耀眼的一束光慢慢黯淡，看来，他当她护花使者的任期就要结束了。

李沐尔发觉到艾文在看她，这一次她没有回避，而是迎着他的目光，露出一个弧度漂亮的笑容。她用唇语在说“谢谢”，他听懂了，也回给她一个灿烂到极致的笑容。

虽然在这段感情里他一直是单相思，但他从未埋怨过什么，至少上帝让他体验了一段真挚的感情，让他明白真的喜欢上一个人，是愿意为她卑微到尘埃里。

四

柏林的春天总是一分为二。

白天还是生机盎然，热闹非凡。到了夜晚就万籁俱寂，骤然冷下的空气似乎又将人们带回了熟悉的寒冬。

已是深夜，窗外幽黑而寂静。偌大的半山别墅里晃着明黄的灯火，越发显得冷清。

顾清尧坐在Caspar面前，姿态不卑不亢，眉眼间却比起以往少了桀骜之气。

“看来你的身体已经恢复如常了，还有排斥反应吗？”Caspar端起茶杯，喝了一口茶，微笑着问道。

“偶尔还会感觉到胸闷头晕。”顾清尧神色淡淡。

“药还是要继续吃上一段时间，张姐给你熬的补汤也要每天坚持喝。”Caspar已经放下茶杯，手上盘着一串小叶紫檀，嘱咐这段话时的神情宛如一个真正的慈父。

“我会每天都坚持喝的，但我身体已经恢复如常，你安排在我身边的那些人是不是可以撤了？”顾清尧不想跟他绕弯子，直接开门见山。

“这些人也是照顾你。”Caspar笑得更加温和了。

“但他们限制了我的自由，他们妨碍我去见——”

“不是已经见到了吗？”Caspar打断顾清尧的陈述。

原来他知道，他什么都知道。一定不是Kenda故意出卖，而是Caspar太狡猾，他是一个聪明绝顶到自负的商人，他自负得不信所有人，包括他的妻子。

“其实这么久以来，我一直都想要按照自己的想法去生活，但我忽略了，我的一切本就是你给我的，如果没有你，我恐怕连生活的资本都没有。”顾清尧的声音平缓却有力。

“你明白就好。”Caspar依旧是不动声色地笑。

“事到如今，连我的生命也是你给我的，所以我心甘情愿成为你的傀儡，你希望我是怎样的，我就怎样，但——”

“女人的事情你别管。”顾清尧语气陡然一冷，掷地有声。

“她不适合你。那个叫李沐尔的女孩子，不但不能帮助你，而且会成为你的累赘，甚至是负担。”Caspar幽幽地说。

“即便是负担，那也是甜蜜的负担。”顾清尧辩白。

Caspar嘴唇扯了扯，似是嘲讽地笑，他眼角细密的皱纹全都堆积到了一起。

“你是我的继承人，我一直都觉得你是聪明的，没料到在女人的问题上，你蠢到无可救药。你从小桀骜，唯一的两次向我示弱居然都是因为女人。”Caspar感到特别可笑，脸上又带了一丝微微的惋惜。

顾清尧“腾”地站起来，直视着Caspar一字一顿地说：“你把这世上所有的东西都可以等价换算为金钱，从来不知道这世上有比金钱更珍贵的感情，你从未体验过，你真可怜。”

Caspar不气不恼，淡淡应道：“清尧呐，‘可怜’这两个字，必须是由强者对弱者所说。你今天要是能走出这间屋子，我就默认你为强者。”

他眼皮稍抬了抬，随后又轻落下。

顾清尧望着守候在门口的保镖和仆人，自己身体未痊愈，纵使在痊愈的状态下，他也绝不可能赤手空拳走出这间屋子。

顾清尧坐下，沉默了几秒后，对Caspar说：“我走不出这间屋子，但我可以自我毁灭。”

“什么意思？”Caspar眉毛抬了抬。

顾清尧从Caspar的反应中得到了自己想要的结果，他缓了缓继续说道：“你给我最好的教育和历练，不过是将我看做一件你细心打磨的艺术品，我越发光，你越高兴。你在我受伤之后，给我最好的医治和疗养也不过是将我看做你的继承人，不希望我出一点意外，让你的庞大事业后继无人。从头至尾，你都没有将我看成是你的儿子，事实上，也就不是。”

Caspar并未否认，声音低沉道：“所以——”

“所以我如果绝食，熬夜，将自己的身体彻底弄垮，你应该就很闹心了。”顾清尧忽然微微一笑。

一直平静着的Caspar勃然大怒：“幼稚。”

听着他从牙缝间狠狠挤出的这两个字，顾清尧笑得更开心了：“如果真幼稚，你为什么这么不冷静？我抓住你的心理特征了？”

Caspar无言。顾清尧确实抓住他的心理特征了。他将顾清尧看做是私有物品，在这件物品的利用价值耗完之前，它不可以有一丝瑕疵。

两个人四目相对。

时间一分一秒过去，Caspar又喝了一口茶后抬起头来看他：“说说你的条件，你只有提一条的资格。”

“同意沐尔跟我在一起，这会是我唯一的条件。”顾清尧回答得斩钉截铁。

“无非就是个女人，我应下了，希望你以后别后悔。”Caspar脸上带着刻意的嘲弄之意。

顾清尧并不介意，他唇角微微上扬，声音轻轻，话却十分有分量：“永远不后悔。”

五

转眼便是周四。

李沐尔在Kenda与夏熏的精心打扮下，穿了一条洁白如婚纱的连衣裙，裙外披了一件手工制作的线衫，既可以挡着寒意，又可以遮伤疤。她的长发盘起，露出修长的脖子。整个人如出尘仙子，可看起来似乎太素净了些。

“来，微微张嘴。”夏熏手拿一支口红站在李沐尔跟前。

李沐尔瞟了一眼镜中的自己，又瞟了一眼口红的颜色，微微蹙眉：“太夸张了，不要了。”

“这可是今年的新款，颜色看起来虽艳，但用起来效果特别好。”Kenda笑着鼓励她。

涂抹了一点口红，这素净中一点鲜红让李沐尔整个人都耀眼了起来。

“真是好看，清尧看到了一定喜欢。”Kenda扶着她的双肩，将口红塞进李沐尔手中。

李沐尔手心攥着口红，已经微微攥出汗。

似乎是看出了她的紧张，夏熏绕到她背后，附在她耳边呵了一口气，轻声道了一句：“加油。”

夕阳西下时，李沐尔一个人搭车来到西柏林墙下。

晚风骤起，游人渐渐散去，墙角下除了一个满面胡碴的流浪汉，便只剩下李沐尔一人。

李沐尔手心依旧攥着那支口红，她莫名地害怕，但不是害怕面前这个醉醺醺的流浪汉，而是怕顾清尧再次失约。

她再也不想尝试等待的滋味了。从春天到冬天，等了一个轮回，望眼欲穿都等不到那个人的感觉真难受。

从希望的云层上跌落，又从绝望的缝隙中求存。

夜幕已经完全来临，气温又低了一些，李沐尔抱紧自己取暖。在站到双脚已经麻木，快要支撑不住自己的重量时，她转身。

而就在这一刻，身后响起一道熟悉得不能再熟悉的声音：“你去哪里？”

李沐尔怔怔地回头，顾清尧着一身燕尾服，玉树临风站在那里的样子，让她眼角瞬时沁出了眼泪。

“清尧，清尧。”李沐尔第一声是不可置信，第二声已经是惊喜，她想要奔过去，却一个趔趄差些跌倒，站得太久，耗费了她太多力气。

“你就在原地，别动。”顾清尧急喊道。

你就在原地，别动，等我去拥抱你。

顾清尧奔跑过去，敞开修长的双臂，将李沐尔紧紧抱在怀中。当那熟悉的清冽气息完全包围她时，她才清醒地确信，她的顾清尧回来了，并且再也不会离开了。

两个人将这拥抱的姿势持续了太久，才被身后一道尴尬的轻咳声打断。

一转头，两个人看到夏熏和Kenda推着一辆小推车向他们走来，推车上层摆放着一个插着蜡烛的蛋糕和一束鲜花。

李沐尔有些疑惑，顾清尧却笑着冲推车过来的二人道了一声："多谢。"

走近一瞧，蛋糕上分明写着李沐尔的名字。而那束鲜花是一束红玫瑰。

"生日快乐。"顾清尧将红玫瑰递给李沐尔，然后温柔地望着她说。

李沐尔顿时醒悟过来，今天是她的生日。她早就忘了自己的生日，因为在她的生命里，有着比生日重要得多的事情。可他却清晰地记得，怪不得他会将约会的日子定在周四。

"亲一个，亲一个！"夏熏突然拍着手喊道。

一向稳重的Kenda也笑着跟着起哄。

李沐尔脸蓦地一红，顾清尧微微一笑，一低头，轻轻在李沐尔额头吻下来。

比李沐尔嘴唇还要鲜艳得多的玫瑰，比生日蛋糕还要甜得多的世纪之吻，这一切都让李沐尔清楚地晓得，她午夜梦回时想起的少年再也不会失约，他会一直都在。

番外一

不惧刀枪，只怕时光

01

季清幽在一堆文件与合同里忙得焦头烂额时，秘书敲门进来给她送咖啡和报纸。

“季总，休息一会儿吧，人毕竟不是铁打的。”秘书有些心疼她。

“好。”季清幽简单一字应下来，可头抬都未抬。

秘书微微叹了一口气，然后走出办公室，又轻声为她带上门。

季清幽将手边的文件处理完毕后，揉了揉干涩的眼睛，隐形眼镜竟就这样被揉出眼眶。幸好这尴尬的一幕没被客户和下属看到，她摸索着找到眼镜，花了好久的工夫才重新戴上。

手肘碰到咖啡杯，发出刺耳的声音，她才察觉，秘书给她送的咖啡她还一口未喝。早已过了下午茶的时间，季清幽浅尝了一口，冷却的摩卡味道一点都不好，她将那仅尝的一口咖啡吐掉。

这一切自然都不是坏心情的开始，真正的坏心情来自——季清幽不小心瞄到报纸的头版头条，那个她好久没有看到的名字重现江湖。

这条报道大致是说，顾清尧伤后被接到柏林接受治疗，如今伤势大愈，他正式与他的粉丝们告别。顾清尧接管了Caspar旗下的一家子公司，能力相当出色，将公司做得风生水起。他身边也有了固定伴侣，只是那个女孩儿相当低调，不肯接受媒体访问，媒体只拍到了她的背影，从背影看，颇像当年顾清尧身边自杀的那名女孩儿。

“什么像，明明就是。”季清幽将报纸丢到一边。

她站起身，走到窗边，从十八楼的高层望下去，整座城市似乎都在脚底，这样居高临下的感觉理应很好，可季清幽眼角涩涩的，心里空得很。

原本以为拼命工作就能忘掉他呢，原来只是将他记得更深了。

季清幽自嘲地笑笑，觉得自己相当可怜。她回过头，目光泛泛地看着门外正在准备下班的人们，他们也是这么觉得的吧。

当年的闪婚闪离，真相他们并不知道。在常人眼中，她季清幽就是一个被抛弃的女人。残忍的还远远不止这些，幕后老板Caspar撤资，令原本欣欣向荣的一家杂志社瞬间陷入泥潭。

当时他们都说。

“走吧，凭你的能力和资历去哪里找不到一份好工作，哪怕是当管理层，你也绰绰有余，何必守着这么个烂摊子不放？”

“你是替谁守着？替顾清尧吗？他都那么不仁不义了，你还这么有情有义吗？”

“一切都会重新好起来的，你那么优秀，要相信自己。”

其实他们说得都不错。她确实优秀，无论去哪里，她都能得到一份环境舒适且薪水优渥的工作，可是她却没办法丢下手上的这个烂摊子，只因为这曾是他的理想。

季清幽时常想，如果他还在，也是会尽全力将这杂志做好的。他不在了，她就得替他去做完剩下的事情，不可以半途而废。既然爱他，便也深爱他的理想。

对于李沐尔那女孩儿，季清幽始终是看不上。

虽然一开始对她有了些误会，可误会解除后，季清幽依旧看不上她。

瘦瘦弱弱的女孩儿，普通的长相，没有任何过人之处。

顾清尧喜欢她什么呢？喜欢她瘦弱得像只纤细的兔子，不堪一击吗？据说这样可以激起男人的保护欲望。如果真是这样，那季清幽确实输得彻底，因为从小到大，她都要求自己坚强认真努力，她凡事争第一，从不给别人留余地。

如果不是因为她好强，那是初次见面的问题吗？

李沐尔和他相识于微时万分美好，而她和他第一次见面便针锋相对，他认为她是Caspar派来的卧底。事实上也确实如此。

可Caspar也终究是利用了她，他不动声色地撤资，甚至连顾清尧的下落也不告诉她。

想着想着，干涸了许久的眼角，居然有了些湿润的味道。她居然流泪了吗？不，绝对不是，她只是眼睛太疲劳了。

02

整座大厦从灯火通明到万籁俱寂，季清幽熄灭了大厦里唯一亮着的一盏灯，然后坐电梯到负一层取车回家。

开到楼下的超市，季清幽习惯性地买了一份关东煮打包，然后又拿了一瓶苏打水结账，这就是她的晚餐了。一个人吃饭一个人看剧，一个人抱着孤单入眠，这就是她生活的全部。

可今天似乎有些不同寻常，她刚用钥匙打开房门，就听到厨房锅碗瓢盆撞击的声音。

“谁？”她看着家里亮起的灯光，戒备地问了一声。

“小幽，是我。”厨房内探出一个头，竟然是妈妈。

“妈，你怎么来了？”季清幽很惊喜。

“还不是你工作太忙，怕你照顾不好自己的身体，特地给你买了野生的鲫鱼煲汤给你喝。”说这话时，季母的目光往下一扫，扫到季清幽手上拎着的打包袋，眉头皱了起来：“你平时就吃这些？”

“也不是经常吃，就是偶尔。平时我都自己做饭吃来着。”季清幽讪讪地往身后藏袋子。

“你能骗得了别人，还能骗得了你亲妈？从小你撒谎时就明显底气不足。”季母快步向前，将季清幽手上的袋子夺下，将关东煮都丢进了垃圾桶内。

“哪有骗人啊。”季清幽语气软下来。

“我来你家时，你家厨房的厨具都蒙上一层灰了，你几时用它们做过饭？”季母那双有如神探般的眼睛仿佛可以洞悉天地间的所有事，季清幽从小就怕她妈妈的这双眼睛。

晚间，季清幽喝着汤，吃着妈妈亲手做的饭菜，感觉很香甜。

季母却坐在一边看着她，等她喝完最后一口汤后才说道：“小幽呐，其实我这次来，有一件事想跟你说。”

“什么事？”季清幽抬头反问。

“你年纪也不小了，前些天——”话才说到这里，季清幽立刻猜到妈妈的来意，一定是又有人给她说媒了。

“妈，我不是跟你说过吗？我的婚姻大事我自己做主，你之前也答应过我不干预的。”季清幽打断道。

“你自己做主，做到现在有主了吗？”季母咄咄逼人道。

“我这不是工作忙嘛。”季清幽皱起眉头。

“就是因为你工作忙，所以我才替你操心操心。前些天张姨介绍了个男孩子，我觉得条件不错，你要不要见见？”季母有些强势地开门见山。

“妈，你饶了我吧，我真的不想见。”季清幽有些反感。

“不行，你这次必须见。明天就是周末，我约了人家下午两点在你公寓对面的茶餐厅见面。”季母一点都没有要妥协的意思。

“可是妈——”

“去见一见，如果不合适，就当交个朋友。我也是觉得你生活圈子太窄了。去吧，给别人一个机会，也当给自己一个机会。”季母苦口婆心。

季清幽拗不过自己的妈妈，最终还是应允了。就给自己一个机会吧。

03

周末的下午，阳光熹微。

季清幽穿了件平日里穿的A字裙就跑到了茶餐厅。男人似乎很早就等在靠窗的位置，他看着窗外来来往往的女人，猜测着哪一个是他的相亲对象。他的相亲对象，各方面条件都十分优异，让人心动。

季清幽出现在他面前时，他却有些小失望。

这个女人怎么能这么随意呢？素面朝天的，绾着头发，穿着一身职业装就来了。不知道的还以为她是周边写字楼加班的白领，来这里喝杯下午茶的。他可是买了新的西服和领带，将头发梳理得一丝不苟来的。

对比之下，她似乎很不重视他们之间的初次见面。

“你好。”他站起身，朝她伸出手。

“你好。”季清幽朝他笑了笑，却径直在他对面坐下。

男人的手尴尬地垂在半空中，不一会儿默默地落下。

他叫来了服务生，绅士地将菜单递给季清幽：“季小姐，你看看你喝点什么。”

“一杯摩卡，不加糖。”季清幽看都未看，直接对服务员说道。

“那我和季小姐要一样的。”男人礼貌地将菜单交还给服务生。

热气腾腾的咖啡端了上来，男人浅尝了一口，眉头一皱，叫来服务生：“给我两包白糖。”

“喝不惯苦咖啡，干吗要跟我点一样的呢？”季清幽边喝着咖啡边喃喃道。

偏偏这句话落在了男人耳里。

男人笑笑，并不在意：“季小姐好像很喜欢喝苦咖啡？”

“嗯，加了糖之后就不是它本来的味道了。何况，苦咖啡提神。”季清幽说。

“听说季小姐的工作相当辛苦。”男人的话音顿了顿，季清幽很快接过话茬：“这世上的每一份工作都很辛苦，何先生，听说你从事金融业，那就更加辛苦了。”

“是。”男人不否认。

“所以，我希望我未来的太太是一个既能协助我打理事业，又能照顾好家庭的全面手。换句话说，那便是要出得厅堂，下得厨房。”男人开门见山。

季清幽是不反感男人的这段话的，因为她看过男人的资料，年仅28岁，已经成了业内有名的操盘手。何况，他还仪表堂堂，风度翩翩。这样的男人确实有资格对女人提高要求。

“这个自然。”季清幽应道。

男人又是一笑，声音一沉：“季小姐你没听懂我的意思。我是说，如果你打算和我结婚，我需要你放弃你现在所做的工作，来协助我。季小姐我看过你的资料，你是公共关系学的硕士生，很适合当我的贤内助。”

季清幽抬眼看了看他，男人眼底满是自信。

“季小姐，我对你是很有好感的，如果你愿意——”

“我不愿意。”季清幽很快地拒绝，她看着男人眼底的自信消失，瞬间浮现上来的神色是不解，后来便变成了嘲弄。

“识时务者为俊杰，我以为季小姐是聪明人呢。其实作为一个离过婚的单身女性，守着伊索文化这样一盘散沙，来我身边才是正确抉择。但季小姐既然不愿意，那我们的见面就到此为止吧。”男人说罢叫来服务生买单。

季清幽望着男人骄傲离去的背影，望着店内服务生们对她的指指点点，胸腔内积压着一股气流，却怎么也发泄不出来。他说的可不是事实吗？她确实离过婚，她也确实守着伊索文化这样一个在外界人看来已经有名无实的文化公司。

无论如何，她也必须守着，这是顾清尧曾经付出过全部精力的梦想大本营。

她颤抖着手端起咖啡杯，一口一口喝着，苦苦的咖啡不知为何竟然喝出了咸涩的味道，像是眼泪。

番外二

无奈明月照沟渠

01

自从李沐尔寻回了她的真命天子后，艾文便斩断了与她的联络，就当从未认识过这个女孩。李沐尔并不能理解为什么艾文连个普通朋友都不愿与她做。

“我深爱你，可以看着你高兴，看着你落寞，却无法看着你和别的男生一起幸福到老，这么简单的道理不明白吗？小傻瓜。”午夜梦回，艾文捏着她的照片时总是忍不住自言自语。

学校里的活动总是出奇的多。

艾文活跃程度非常高，总是在联谊舞会上独领风骚，吸引众女孩的目光。

又一年的圣诞节，艾文跳完舞后，从舞池归来，却看到自己的位置被一个陌生女孩占领了。

那也是一个中国女孩。长且直的黑发落在肩上，一双乌溜溜的大眼睛打量着四周，她整个人被裹在一件并不合身的礼服裙里，更衬得她瘦小，惹人怜爱。

“喂，这里可是我的位置。”艾文底气十足地冲女孩嚷嚷。

女孩居然像一只受惊的兔子那样站起来，朝他鞠躬："对不起，对不起。"

女孩如此诚惶诚恐，倒让艾文有些不好意思了。

"我开个玩笑，没吓到你吧？"艾文上前一步，女孩却退后一步，她的动作与神态都明确地表示自己确实被吓到了。

"唉，该我向你说对不起了。"艾文有些无奈地耸了耸肩膀，搬过另一张椅子坐在女孩身边。

"你叫什么名字？"艾文问。

"李筱洁。"女孩垂着脖子，声音低低的，脆生生的。

也姓李呢。艾文怔了怔，被这种微妙的巧合所吸引。

看来是大一的新生，刚来到这儿，人生地不熟，见什么都好奇，见谁都羞涩又害怕。

"我请你跳支舞吧。"艾文友善地朝她伸出手。

跳一支热情的舞蹈，应该就能在短时间内消除一切隔阂了。

"好。"李筱洁抬头，居然朝艾文甜甜一笑。

她笑起来时两颊有浅浅的梨窝，特别动人。

舞池间，踏高跟鞋穿低胸短裙的姑娘不少，她们舞技娴熟，浑身上下都散发着性感的魅力。可艾文揽着的这个中国姑娘，总是踏错舞步，但不小心踩到艾文脚时抱歉的一笑，却散发着无上的魔力。艾文眼前的一切开始恍惚起来。

"怎么样？很容易吧。"

"一点都不容易。"

昔日的对话重现。

一曲舞毕，他望着眼前气喘吁吁的女孩，笑着问："怎么样？很容易吧。"

“一点都不容易，不过还是谢谢你。”李筱洁朝他微微一笑。

这么短的时间内，他已经是第N次见到她的甜美的笑容。

“姑娘，有没有人告诉过你，别轻易冲一个男孩笑。”回到休息座椅上的艾文替李筱洁拉开一罐啤酒。

“为什么？”李筱洁不解。

“小心我爱上你。”艾文忽然贴近李筱洁的耳际，温热的气息拂在她面上。

李筱洁看到他不怀好意的眼神，立刻严词声明道：“我可是有男朋友的。”

艾文看到她瞬间收敛笑容，双手护胸，一脸戒备的模样，愣了愣，然后哈哈大笑起来。

这个女孩真是可爱。

不过他刚才是又被拒绝了一次吗？

时光兜兜转转，一样的场景，不一样的人，却落入一样的结局，还真是令人唏嘘呢。

02

第二次见到她是在学校的图书馆。

艾文实在不是一个喜欢读书的人，但没办法，就快期末考试了。中国有句古话叫“临时抱佛脚”，艾文只求成绩差强人意不补考就成。

李筱洁坐在窗边的椅子上，面前平放着一本厚厚的书和一杯早就冷却的奶茶。

她看书看得极认真，春日午后的阳光透过玻璃，爬上她的发梢，爬上她的肌肤。李筱洁整个人被暖暖的阳光包围着，浑身上下散发着一股柔和的光芒。

艾文眼底堆起了笑意。他蹑手蹑脚地走到李筱洁身后，突然伸手碰了碰她的肩，“看什么呢？”

李筱洁吓了一跳，条件反射般地转头，看到原来是前些天在舞会上拉她跳舞的男孩艾文。

艾文看到她兔子一般无辜的双眼，很满意她的反应，不禁朗声笑起来。

他的笑声极富感染力，本来应是特别衬这无限春光，但这里是图书馆，所有周围静静看书学习的人都皱起了眉头，口中发出“啧啧”的不满声。

“嘘。”李筱洁竖起食指，放在唇边，做了一个噤声的动作。

然后她一手拿书一手拉着艾文走出阅览室。

走廊上的阳光有些刺眼，艾文微眯了眯眼睛，待适应了阳光强度后才发现李筱洁手上拿的根本就不是一本跟学习有关的书，而是《如何挽回爱的人》这本看起来像心灵鸡汤一样的读物。

“干吗看这个？你男朋友不要你了？”艾文觉得有些好笑。

“他的电话打不通了。”李筱洁闷闷地回道。

艾文有时候照镜子时会仔细瞧瞧自己的脸，是不是长得很有“闺中密友”的气质。每个女孩在与他认识一段很短的时间后就会交代出自己的背景心事和故事。

“我本来不想出国的，但他要来，我怕失去他，所以也就跟过来了。我不喜欢柏林，但我喜欢他。但自从来了柏林后，他约我的次数越来越少，现在我打他的电话居然也打不通了。”李筱洁的语气失魂落魄。

这个傻姑娘，又不是她做错事，干吗一副想要认错的表情。

“一般这种情况只有两个可能，要么就是他不要你了，要么就是他出事了。”似曾相识的场景，一模一样的语句，艾文不自觉说出这句话时，自己都怔了一怔。

“他会出什么事？”李筱洁脸色突变，变得煞白。

为什么这些傻姑娘总是听到这句话才如梦初醒，又是为什么这些傻姑娘听到这句话后的第一反应便是男朋友出事了，而不是不要她们了呢？她们似乎都对自己的男朋友有着一种狂热的笃定，不撞南墙不回头。

“想知道出什么事了去找他不就完了，你不是说他在柏林的另一所大学念书吗？”艾文抬了抬眉毛。

“对哎，那你现在陪我去吧。”李筱洁说。

“可是我——”可是艾文是打算来看会儿书的，没打算陪着新认识的女孩逛柏林。

“可是什么？”女孩的眉头微微蹙了起来。

可是艾文天生不爱惹女孩子不高兴。

“没什么，走，现在就走。”艾文双手插裤袋，佯装出一副潇洒的样子。

03

李筱洁的皮肤可真白，不是欧洲人天生的那种白，而是一种瓷器般的肤色，仿佛一碰就碎，风一吹就能起涟漪。艾文又想起中国古话中的一个形容词：吹弹可破。

艾文望着她，她望着窗外。

出租车不一会儿就到了李筱洁男朋友的学校。

“我进去找他。”李筱洁一下车就急匆匆地往里冲。

“唉。”艾文一边付钱给司机一边拦住她，“女孩子要矜持一些，这学校我认识人，我让他出来找你，你待在原地别动。”

李筱洁便听他的话站在原地一动不动。

艾文拿出手机打电话给自己在这所学校的朋友，电话接通，聊了一会儿，艾文笑着挂了电话，一转头却发现李筱洁人没了。

他四处张望了一下，终于在学校大门的墙角处看到了瘦小的她，蜷缩成一团，眼泪“啪嗒啪嗒”往下掉。

“怎么了这是，这才几分钟，你怎么就哭得跟水龙头似的呢？”艾文特别不解。

李筱洁抽泣着并不说话，只是用手指着不远处。

艾文顺着她手指的方向，看见一个长相清秀的中国男孩揽着一个金发碧眼的欧洲女孩，两人特别亲密地同吃一根热狗。

艾文瞬间就明白了一切。

李筱洁蹲着，艾文站着，他的影子包围了她，像是一道隐形的保护。

“与男朋友失联这种事，出事的我就只见过一个，其他百分之九十九都是出轨。”艾文冷着一张脸。

李筱洁将脸埋在膝盖之间，号啕大哭。

艾文脸色阴郁，他默默走到正和欧洲女孩亲热着的少年跟前，喊道：“喂。”

中国少年刚抬头，左脸颊就挨了艾文一拳。

欧洲女孩尖叫着跑到一边，少年的嘴角一下就渗出血丝，可见艾文下手很重。

“你是谁？”少年惊恐地抬头望着艾文。

艾文却懒懒地笑着，刹那间，一拳头又朝着少年的右脸颊砸过来，下手更重。

“你到底是谁？”少年又问了一遍。

艾文依旧没有回答他一句话，缓缓走向他，少年一直往后退，却依旧没有躲过艾文飞来的一踢。

将这男孩收拾了一顿后，艾文走向仍旧蹲在地上的李筱洁。

“起来吧，我替你报仇了。”他温柔地向她伸出手。

李筱洁跟着艾文不回头地离开，一路上仍然在哭泣。

艾文牵着她，脑中仿佛有一圈蚊虫在不停地追逐，让他头疼欲裂。

“我求你别哭了，不就一个男朋友嘛。”艾文不耐烦地说。

李筱洁一下子甩开他的手，白了他一眼：“说得轻巧，我从小到大只喜欢过这么一个男生，他居然背叛了我。”

“背叛就背叛呗，人这一生，不经历几个人渣怎么成长呢？”艾文被李筱洁甩开的手插在口袋里，闷闷地说道。

忽然，他停下脚步，认真地望着李筱洁说：“我赔你一个男朋友吧。”

李筱洁也停下脚步，认真地凝视着他，在等待他的下言。

“你觉得我怎么样？”艾文鼓起勇气问出这句话。

李筱洁看了看他，干脆地答道：“不好。”

然后她就径直大步向前走了。艾文望着她的背影，还沉浸在她那干脆的拒绝声中，待反应过来时，李筱洁已经甩开他一条街的距离。

她居然就这么拒绝了？连考虑都不考虑一下？

艾文感觉自己怒火中烧，急需发泄。

04

因为心有不甘，艾文整天跟着李筱洁。

李筱洁整理完了自己的情绪，打算开始新的生活。学校里也有不错的男生想要追她，可每当看到阴魂不散的艾文冲他们挥舞着拳头时，就默然走开，放弃了这个念头。

李筱洁最初对艾文的行动选择无视，可逐渐的，她便忍不住了，终于在一个阳光炙热的午后选择爆发。

“你说吧，你要怎么样才能不跟着我，我的桃花都被你跟没了。”李筱洁凶巴巴的。

艾文望着树荫下，她因为生气而涨红的脸，悠悠地笑道：“当我女朋友。”

“除了这个条件。”

“只有这个条件。”

“你简直是个无赖。”李筱洁气急。

“现在知道也为时不晚。”艾文懒洋洋地回。

“行，我同意。”李筱洁态度突然一百八十度大转弯。

这倒让艾文有些错愕了。女孩的心思真是有如海底针，怎么猜都猜不透。

“不过——”李筱洁话音一转，声音低沉道：“要当我的男朋友，必须手机一天二十四小时开机，不可以找不到人，不可以失约。”

“完全可以。”艾文轻松一笑。

看来，这个女孩子仅仅是缺乏安全感呢。

“如果哪天手机打不通的话，我就会提分手哦。”李筱洁涨红了脸说道。

“我知道了。”艾文宠溺地笑。

初夏的阳光有着水晶一般的质地，晶莹透彻，像他们刚刚开始的爱情。

05

一年很快过去，转眼便迎来了柏林的冬天。

临近春节，李筱洁本来买了回中国的机票，却因一场暴风雪被困在柏林。

从机场回市区的路上，李筱洁情绪一直很低落。这是第一年没有家人在身边的春节，她特别不习惯。

艾文正不知该怎么安慰她时，夏熏给他打了一个电话，邀请他带着李筱洁来顾清尧的别墅过春节。

这可真是解了艾文的燃眉之急。

“走，带你去一个地方。”艾文笑着拉李筱洁的手。

“哪里？”李筱洁问。

“到了你就知道了。”艾文冲李筱洁眨了眨眼睛，故意卖关子。

他们的车压着白雪，来到一处僻静的别墅区。艾文牵着李筱洁还未走到顾宅，就听到一声鞭炮响，不远处白色的雪花一片片炸开来。

夏熏迎着这串鞭炮声跑到艾文他们跟前，她倒是不怕生，见李筱洁第一面就像是认识多年许久不见的旧友一样拉过人家，“就等你们来贴对联了。”

走到家门口，艾文看到，虽然整片别墅区寂静如常，但顾家却格外热闹。住在周边的邻居都知道今天是中国的春节，纷纷来恭祝新禧，他们好奇地望着这几个忙忙碌碌的中国人。

顾清尧每放完一次鞭炮，便皱着眉头弹衣服上的灰尘，他是个极度热爱干净的人。

而李沐尔呢？她正围着围裙在桌前包饺子，几个邻居家的小孩子纷纷瞪圆眼睛围绕在她周围。

“姐姐，一会儿可以给我一个吗？”终于有一个小男孩拼命咽着口水，忍不住问。

“当然了，不止一个哦，想吃多少都可以。”李沐尔轻轻答道。

顾清尧听到男孩的问句，忍俊不禁地回头，恰好撞上李沐尔望向他的目光。

男生清冽如山涧泉水，女生洁净如空谷幽兰。

两人默契地相视一笑。

这一切都落在艾文的眼里，他唇角也不禁微微上扬。撇开视线转头时，他看到站在她身边的李筱洁满脸惊喜和愉悦。

“谢谢你。”她回眸时那一双剪水双瞳里清晰地映着他的身影。

番外三

人生若只如初见

01

电视台的演播厅内人来人往，若干台摄像机对准坐在舞台中央的那个男人。

他身穿一件笔挺的西服，袖子下摆精致的袖扣彰显了他尊贵的身份。他拥有与周边人完全不同的黑色眼眸，似乎能看穿一切。

“好了，聊完公事，下面我们来聊聊私事吧。”女主播笑了笑，将早已写好的台本打开。

顾清尧不动声色地坐在那里，依旧保持着微笑的神情。

“前些天有记者跟拍你，拍到了你车内坐着一个中国女孩儿。之前一直听闻你不近女色，如今却拍到了这样的画面，我们是否可以认为那是你的女朋友？”女主播开门见山地问。

“那确实是我的女朋友。”顾清尧干脆地答道。

女主播先是一愣，因为顾清尧对自己的私生活一向沉默寡言不愿多谈，今天倒是反常。但很快主持人的专业素养让她的神色恢复如常，她笑着又问：“那可否多跟我们介绍介绍她的情况？”

“她就是一个普通的女孩子。”顾清尧神色漠漠。

“如果过于普通一定不会得你垂青，这个女孩子一定有不为人知的好吧。”女主播不依不饶。

顾清尧并不反感她打破砂锅问到底的行为，他微微一笑：“确实有不为人知的好，不过，这样的好我知道便好，就没必要和大家分享了吧。”

女主播又是一愣，神色讪讪。

这个顾清尧果然不是省油的灯。

“用你们中国的一句话来说，顾先生你这是在金屋藏娇呢。”女主播试图用一个温和的玩笑来掩饰自己的尴尬。

顾清尧不再说话。

女主播合上台本，对着数台摄像机露出职业性的笑容：“那今天的焦点访谈就到这里结束了，大家晚安。”

就在女主播起身，摄像师打算关闭摄像器材的一刻，顾清尧突然说：“其实，从今天起，她就不再是我女朋友了。”

众人皆是一愣，随后八卦的火焰点燃了他们体内的细胞。女主播重新坐下来，摄像机所有的光都打向顾清尧。

难道商业奇才顾清尧和神秘中国女孩的爱情见光死？顾清尧今日打算单方面宣布分手吗？

“从今天起，她会是我的合法妻子。”顾清尧一字一顿，这句话吐露得清晰无比。

众人沉默，过了一会儿，人群中不知是谁带头鼓起掌。

然后所有人都拍着手，起着哄，甚至有人吹起了口哨。

02

这档节目是现场直播。

顾清尧说这句话时，夏熏正陪着李沐尔坐在电视机前。

“合法妻子”这四个字一出，夏熏就突然狠掐了一下李沐尔的手心。

“啊！”李沐尔疼得尖叫一声。

“这就对了，你现在性格越来越内敛了，遇到你的男神要向你求婚这种事，尖叫才是正常反应。”夏熏说。

“他今天真的会向我求婚吗？”李沐尔不自觉问夏熏。

“当然了，做节目说出的话还会有假？”夏熏夸张地瞪大了眼睛。

就在这时，李沐尔的手机响起来。她接起，是刚下节目的顾清尧打来的电话。

“晚上想吃什么？”他问。

凑在一旁听电话的夏熏朝李沐尔挤眉弄眼，用唇语讲出“蜗牛大餐”这四个字。

李沐尔头摇得跟拨浪鼓一般。

“蜗牛大餐。”夏熏不断地重复这四个字，李沐尔不断摇头。

电话那头的顾清尧轻声一笑，说道：“想吃法国蜗牛大餐吗？正合我意。”

还没等到李沐尔解释，顾清尧就接着说：“在家等我，我回去接你。”

挂电话之前，他又特意交代：“穿漂亮一些。”

电话挂断之后，夏熏从沙发上跳起来，一把拽起李沐尔：“走吧，我给你梳妆打扮去。”

每次顾清尧与李沐尔之间产生了什么异样的火花，夏熏似乎都表现得比当事人兴奋。而李沐尔永远是反应慢一拍，在被夏熏抓到梳妆台前坐定后，她才开始感觉脸上火辣辣的，正慢慢浮上一层红晕。

“这件怎么样？”夏熏从李沐尔的衣柜里挑出一件波西米亚风格的白色长裙。

李沐尔摇头。

“那这件呢？”夏熏又快速从一堆衣服里挑出复古高腰的小礼服裙。

其实，李沐尔的这些衣物，百分之八十都非自己添置，而是夏熏给她挑的。

李沐尔还在仔细端详，夏熏便当她默许了，将礼服裙的衣架拿出，将裙子轻轻放置在沙发上，然后便开始给李沐尔化妆。

李沐尔从来不知道夏熏的化妆与挑衣服的本领都是谁教的，每次问起时，她都笑着说自己是自学成才。可从她脸上的那股自豪劲儿可以看出，应该是一位与她关系亲密的女性，李沐尔似乎已经猜到了是谁。

轻扫娥眉，细抹胭脂，再穿上那件黑色的复古礼服裙。

李沐尔穿戴完毕时，顾清尧刚巧回到家里，他走上二楼，看到李沐尔时眼前一亮。

他并不开口赞美，李沐尔从他脸上微怔的神色便可看出他的认可。

女为悦己者容，这一刻的李沐尔也是满心欢喜。

“好了，我现在就把我们家沐尔正式地交给你了，你们玩得开心，吃得开心，我在这里给你们看家。”夏熏冲李沐尔眨了眨眼睛。

顾清尧冲李沐尔做了一个“请”的姿势，示意她先下楼。

“清尧君，请加油！”夏熏冲着两人的背影喊了一声。

顾清尧回头，唇角微微上扬，像极了夜空皎洁的上弦月。

03

顾清尧亲自开车，带李沐尔来到库达姆大街的一家西餐厅。

店内已为他们预留了位置。

鲜花、红酒与整齐的餐具一字排开，一切准备就绪。李沐尔看着不慌不忙上菜的服务生，心跳得特别厉害。

印象中，顾清尧真的不是一个浪漫的人呢。今天他要求婚的话，会颠覆他以往的性格吗？他会怎样给她惊喜？在甜点里埋钻戒，还是派一个可爱的小女孩送礼盒来呢？李沐尔情不自禁地幻想着各式各样的甜蜜场景。

顾清尧望着她，眼神幽深。

可从开始到结束，李沐尔一直都在笨拙地拿着刀叉食之无味地吃着法国大蜗牛，喝着蘑菇汤，甚至是甜点端上桌，李沐尔一口一口小心吃着，想象着自己应该能咬到一个坚硬的物质，可绵软的舒芙里一到口中就融化，杯子已见底，也没有吃到期待中的东西。

“吃完了吗？”对面一直沉默着的顾清尧突然开口问。

“嗯。”李沐尔点头。

“那我们就走吧。”顾清尧用纸巾优雅地擦了擦唇角，然后起身。

不是说会求婚吗？但现在看来，似乎只有她一个人内心欣喜若狂，像个傻子。他似乎只是将今晚的晚餐当作普通的一次约会看待。

李沐尔感到委屈。

回家的路上，李沐尔只字未语，顾清尧竟也很沉默。

两个人之间这种奇妙的“拉锯战”一直持续到快到家门口，李沐尔终于忍不住了。

“你难道没有话想跟我说吗？”她问。

“嗯？”顾清尧抬了抬眉毛。

“我看了你录制访问节目的直播了。”李沐尔说出这句话时，脸颊憋得通红。

顾清尧用玩味的眼神打量着坐在副驾驶座上的李沐尔，一直默不作声，似乎在等着李沐尔的下言。

“你说，你说今天——”李沐尔在他熠熠的目光下倒紧张得说不出完整的话了。

“我说你会成为我的合法妻子对吗？”顾清尧替她说完了下半句。

他的语气神态出奇温柔。

“我还以为你会向我求婚呢。”李沐尔低着头，小声地嘟囔了一句。

“你怎么就那么耐不住性子？”顾清尧用手指点了点她的额头，李沐尔感觉他的指尖有灼人的温度，引得她发了高烧，才会有眩晕的错觉。

“你现在去打开后备厢。”顾清尧坐直身体，吩咐李沐尔。

李沐尔怔怔地下车，听话地打开车子的后备厢。

只那一瞬间，后备厢内腾飞出好几个粉色的气球，气球上印着她和他的照片。李沐尔记得顾清尧喜欢用拍立得记录他们的每一天，如今，这些美好记忆都随着气球越飞越高，在璀璨的星空下绽放它们独特的光彩。

“还有别的呢。”顾清尧也下了车，他悠悠的声音响彻在李沐尔后方。

李沐尔垂下因为仰望太久而酸痛的脖子，一低头便看到后备厢内静悄悄地躺着一束鲜艳欲滴的红玫瑰。

“呀！”李沐尔惊喜出声，想要将玫瑰抱出来时，却又看到花朵中间嵌着一个浅蓝色的小礼盒。

“打开看看。”顾清尧蛊惑的声音在一旁响起。

李沐尔心跳得特别快，她从礼盒的外观就能判断出这里面放的是什么，这是一种女生天生就有的直觉。

缓缓打开盒子，里面放置着一枚小巧而精致的钻戒，多个切割面呈现出耀眼的色彩。

“准备得这么隐秘，我还以为……以为你就是随口说说，根本没有与我白头偕老的打算。”

“女生真是麻烦，总喜欢这么肉麻的东西。”顾清尧微微蹙起眉头，表情有些别扭，似乎很不自在。

顾清尧越是觉得不自在，李沐尔的内心就越是兴奋。因为从前，他一贯只按照自己的喜好做事，是个十分自我和执着的人。如今，他却为了讨好她，做了自己觉得别扭的事。

“但你终究还是准备了。”李沐尔脸上的幸福，满得就快要溢出来。

“刚才在餐厅，太多人看着。现在只有我们俩，我就一次性将该做的全做了吧。”顾清尧轻抿的唇微微上翘。

李沐尔正在猜测他下一步的举动，顾清尧就单膝下跪在她面前。

他的目光温柔得让人痴迷，连两道眉间都泛着柔柔的涟漪。

“从今天开始，我想要你成为我的合法妻子。我想要你站在我的背后，你只需要抱着花束就好，我负责给你挡住旁人冰冷的语言和目光。所以，答应嫁给我吧。”

他的语气那么笃定，李沐尔怀中紧紧抱住玫瑰，头不住地上下点。

如果此刻，她感到眩晕，那一定是被突如其来的幸福砸到了脑袋。

04

顾清尧和李沐尔的婚礼定在周四，这是他们在西柏林墙下重逢的时间。

李沐尔的婚纱裙是经过特别设计，从巴塞罗那空运而来，一针一线全是手工制作。而顾清尧倒是没有刻意打扮，他清朗的面容和挺拔的身影，随意往那里一站，就是一道风景。

他们的婚礼举办在一个风和日丽的下午，一片广袤的草坪之上。

参加婚礼的人不多，但每一个都是带着真诚的祝福而来。

李沐尔若桃花的面颊藏在面纱之下，由夏熏搀扶着，一步步走向红毯尽头的顾清尧。李沐尔低着头，时不时地朝后方望着。红毯两边的人不停地向她抛着花瓣。

“你很紧张？”夏熏凑近她，语气揶揄道。

“才没呢。我只是觉得，为什么别人的婚礼都有礼童托着婚纱的裙摆，我却没有。”李沐尔语气闷闷的。

每个女孩子都希望自己的婚礼尽善尽美，在年华老去时回忆起来，不枉梦一场。

夏熏愣了愣，然后凑得更近了，急促的语气喷洒在李沐尔脖颈上。

“其实，清尧给你找来了两个礼童，只是，一直到婚礼开始前，都没有搞得定。”

“谁？”李沐尔问。

夏熏笑了笑，没有说话。

红毯已经走到尽头，夏熏将李沐尔的手交到了顾清尧手中。两人互相望着彼此，交换戒指，宣布誓言。

在周围的喧嚣与起哄声中，顾清尧如雕塑一般冷峻的面容与字字珠玑的誓言，落在李沐尔的眼里、耳里，都让她产生一种错觉，像是时间倒回到他们相识于微的时候。

她被人潮硬推到他面前，红着脸低着头，不敢提要求。

顾清尧那时候戴着大黑超，遮挡住幽深的眼眸，他第一次见她时是什么样的心情呢？李沐尔突然很想知道。

“汪汪——”

“喵——”

就在李沐尔陷入遐想时，一只苏格兰折耳猫和一只萨摩耶犬闯入人们的视线内。

“小白和小喵。”李沐尔惊喜出声。

“呐，这就是清尧给你找的礼童了。”夏熏笑得贼贼的。

这两只萌物是顾清尧的宠物，李沐尔住在他家里的那段时间，每日和它们作伴，已经生出了感情。在异国他乡的这些日子，李沐尔也时常想起它们。

李沐尔不说，顾清尧却能猜到，他将它们接到柏林，本来想训练它们给李沐尔做“礼童”，却一直没有搞定，不料，这两只小家伙居然在宣读誓言时闯进来捣乱。

李沐尔蹲下身子，抚摸着两只小家伙柔软的毛，抬头的一瞬间，对上顾清尧眼底的一汪清澈泉水，瞬间倒映出了全世界。

花絮一

不见不散

文/清尧

去年的冬天，陆宝突然对我说："清尧，帮我的新长篇想个题目吧。"

彼时，她没有任何构思，没有任何成型的大纲，但她依旧想要一个题目。这是她的写作方法，常常从一句话，一句歌词，乃至一个题目开始，延伸出一个庞大的故事。

我给她的题目是：《半夏失约西柏林墙》，尽管最终被她改成了《少年失约西柏林墙》，不过如她所说，这是一个关于失约的故事。

我们在生命中，跟多少人说过不见不散，又彼此就此别过，再也不见？我时常想，我们总是这般，一面相遇一面错过。所以，我想向你推荐这样一部小说。

这部以我、沐尔、寒轩扬和清幽的名字作为主角的小说，是一部很美的悲剧。我看完的那天午后，阳光打落在我的窗前，我望了一眼天空，眼角有些酸涩。偶像作家顾清尧邂逅灰姑娘李沐尔，这样一个原本常规美好的故事，却因为命运的捉弄，最终走向了灰暗的一面。她不知道身后有着一个深情的爱慕者，亦不知自己深陷情场不能自拔；他不知道自己每一步都是落入别人的陷阱，通往深渊，他不回头，只愿赴约；他爱得深沉，爱得心痛，却最终不得佳人。

他们都是爱的牺牲品。

我在想，故事中的人物，是什么样的心情，开心还是痛苦，释然还是念念不忘，可我清楚地明白，我被这样短短的十几万字深深触动了。恍如一个婴孩，捏紧了我的心脏，他的手掌力气不重，却让我疼痛不已。

其实，陆宝的每部小说，都或多或少地带着她自己的影子，她是一个坚强的女孩子，却时常柔软。她敢爱又不敢爱，她是一个矛盾的存在，她总是让你觉得她过得很开心，却从不让你看到她过往的伤口，这样的女孩子，是值得让你疼爱的。

我敲下这段话的时候，夜已经深了，我闭上眼，脑海中依旧浮现出李沐尔的影子，我在想，她在遥远的西柏林墙，抬头仰望天空的时候，又是何样的表情，年复一年，日复一日，仰望天空的航班，期待，某一天，有个人会走到她面前，带她走，给她幸福。

可是，一切终究是梦呀。

就如同，我们开心地挥手说："某年某月不见不散。" 回首，却发现彼此早已错过，在这菁菁年少。

花絮二

时光都走了，你又还在哪？

文/清幽淡雅

一直很害怕读陆宝的文字，因为她总是可以用娴熟的文笔把那么多感同身受的东西描绘得那么淋漓尽致。毫不意外，看到这本书的结局，想象着文中的女孩一个人孤零零地走在德国的大街小巷里，却找不到那个一直在等候的人时，心忽然一酸。

我只是想靠近你，一步一步，小心翼翼地靠近你，守护你。善良单纯的女孩沐尔，一直用她的包容与爱温暖着那位别扭的冷峻少年，此后，少年也因此情根深种，一往而深。

还有那一直默默守护在旁，爱而不能，求而不得的男孩韩轩扬，不仅仅因为沐尔是他的救命恩人，更因为他是心疼她的，所以纵使知道自己的付出得不到任何回报也无怨无悔。

这是一个守护的故事，这是一个爱与被爱的故事，这是一个令人心疼的故事……他们都爱她，可是最终，他们都伤害了她。韩轩扬一定不知道，他最后的爱，造就了沐尔一生的悲剧。清尧一定不知道，他最后的不来，造就了沐尔一生的悲戚。

等待一万年不久，如果爱恰在那之后。等待一秒钟太长，如果爱早已不再。

说好的再见，原来是再也不见。

我们都曾有自己的坚持，我们都曾有自己的信仰，可随着时间的流逝，有的人放弃了，有的人忘记了，最后和最初的自己渐行渐远……故事里是一个最终孤独等待的女孩，故事外是一个追梦的女孩——陆宝，她对写作的坚持，她对梦想的执着，都曾让我一度折服，她有着这世间的女孩子少见的勇气。

亲爱的陆宝，祝新书大卖。安好的岁月里，我想，会有那么一个人，此生为你而来，将你好好收藏，细心呵护。

花絮三

天堂是随时和随地

文/Star.Z

在我们必定铭记的青春里我们也必定拥有过无数的约定，它们从我们口中说出，带着青春独有的笃定和对未来的幻想。只因为当时的我们不懂这命运的翻天覆地与这世间的现实残酷。所以，那些信誓旦旦的言语变成无法赶赴的永远。

陆宝的这本书，或许在某一层面上就是在讲这件事。

我喜欢这个故事也喜欢陆宝这个人。

我一直觉得陆宝是个很厉害的人，她拥有我所羡慕的想象力，能让书中的人物在特定的环境下爆发出他们最真实丰满的情绪。开心与悲伤，消沉与积极。她拥有一个成功作者掌控故事全局的力量，才让每一个冲突都牵动着读者的心。

《少年失约西柏林墙》如果只能用一个词来形容那就是“好看”。没有特别华丽的言语用来堆砌，却不失语言的力量。有的只是条理清晰的故事情节，一气呵成让人拥有不断深入阅读的欲望。

没有什么比“这本书很好看”更令人期待的了。你可以在书里看见一个成功的作家的生活，你也可以了解CV圈的世界，你可以学会如何去爱，又可以学会理解为什么有些人选择放弃爱，你可以在这里看见成长，也可以读懂他人的青春。

其次说到人物，人物的名字取自她的好友的笔名，有幸出演男二号，所以更加关注韩轩扬在整部故事里的发展。虽然他没有男主角那么完美无瑕，但是他深藏的那份爱却更能击中我的心。隐忍的他怀抱着至死不渝的爱终于走向那样的结局，我相信你们会理解和原谅他。

亦相信你们会喜欢这本书。

花絮四

谢谢你 赐予我 倾城之恋

文/沐尔

这篇文对于我来说是特殊的，因为陆宝盗了我的笔名做了她小说中的女主，这等流氓行为，嘿嘿，我能说我很喜欢吗？

看到微博上清尧他们都写好了序交给了陆金宝，嗷嗷嗷，让我这个还没写好的人情何以堪。本来计划着这个夜晚用来看韩剧，现在不得不忍痛放下，又拾起这个我先前一直看不下去的故事，认真看下去。

原谅我说这对于我来说是一篇看不下去的小说，并非它不精彩。

第一个原因是，我骨子里希望李沐尔能够一帆风顺，我不想她经历得太过悲痛，我的心好脆弱的，我太善良，见不得那么多伤痛（废话！沐尔，就是我啊，我当然希望她幸福快乐像个公主一样啊，我手臂上哪里有疤了？陆宝，下次见面我咬死你啊，你为什么把我写得这么苦逼呢？）。

第二个原因是，每次看这文我都是笑得合不拢嘴，我能想象得到陆宝对着电脑写这个故事时露出的猥琐表情，以及她在意淫我们四个人之间的爱恨纠葛时她置身事外的得意。

至于第三个原因，丫的，我可是鼓足了勇气说的，我怕我会爱上清尧君啊！因为清尧君，哇，白马王子啊，我心里梦寐以求的对象啊，外表冷酷，内心如火，极品中的战斗机啊！（你够了！正经点！）

以上为某二货刚看完小说抽风状态下写出来的话。嗯，其实我骨子里是一个45度忧伤的文艺女青年。

那一天的你令我心疼到了极点，我多后悔在离别时未能给你一个拥抱，告诉你，别难过，你还有我，我一直都在。嗯，陆宝，我们认识近一年，这期间，你把我送给你的植物养死了，居然还不第一时间告诉我，导致我以为只有我是植物杀手，你是那种温柔贤惠的妹子，哼，你这个骗子，认识你后，我明白了一个道理：再文艺的外表都Hold不住你猥琐的内心。

另外，我要对亲爱的读者说的是，我和清幽妹子很好的，虽然故事里为爱杀了个片甲不留，但是我们在现实生活中真的有在相爱。所以，当你们看完这个故事后，可千万不要讨厌清幽妹子啊，嗷嗷嗷，我太有爱了。

最后，我要表白，陆宝，我爱你啊，谢谢你送给我那么美好的清尧君，嗯，我会好好蹂躏的。